LETTRES JAPONAISES

PETITS OISEAUX

Titre original :
Kotori
© Yôko Ogawa, 2012
First published in Japan in 2012
by Asahi Shimbun Publications Inc., Tokyo
French translation rights arranged with Yôko Ogawa
through Japan Foreign-Rights Centre

© ACTES SUD, 2014
pour la traduction française
ISBN 978-2-330-03438-2

© LEMÉAC ÉDITEUR, 2014
pour la publication en langue française au Canada
ISBN 978-2-7609-1275-5

YÔKO OGAWA

Petits oiseaux

roman traduit du japonais
par Rose-Marie Makino-Fayolle

ACTES SUD/LEMÉAC

I

Lorsque mourut le monsieur aux petits oiseaux, sa dépouille et ses affaires furent contrairement à l'usage promptement débarrassées. Il vivait seul et son corps avait été découvert plusieurs jours après le décès.

Équipe de secours, policiers, assistant social, président de quartier, fonctionnaires, entreprise de nettoyage, badauds. Toutes sortes de gens allaient et venaient, se relayant pour faire chacun son métier. Les uns emportaient le corps tandis que d'autres préparaient des liquides désinfectants, et que d'autres encore fouillaient le courrier à la recherche d'une adresse à contacter. Même les badauds, avec le brouhaha de leurs rumeurs, remplissaient le rôle d'apaiser, ne serait-ce qu'un peu, la sombre atmosphère qui régnait sur les lieux.

Presque aucun d'eux ne savait qui était ce monsieur aux petits oiseaux. Et même s'ils le connaissaient de vue, personne n'avait jamais vraiment parlé avec lui. C'était la première fois que la maison de cet homme recevait un nombre aussi important de visiteurs.

C'est le livreur de journaux qui avait trouvé le cadavre. Inquiet de voir les journaux déborder de la boîte aux lettres, il avait fait le tour de la maison par le jardin, et découvert le corps près de la baie vitrée de la salle de séjour largement ouverte.

La décomposition avait déjà commencé, mais apparemment le monsieur ne s'était pas débattu, il paraissait plutôt reposer tranquillement, l'air profondément soulagé. En chemise et pantalon ordinaires, allongé sur le côté, jambes légèrement repliées, dos arrondi. Seule, la cage en bambou entre ses bras surprit les gens rassemblés. Dans la cage un oiseau se tenait sagement au milieu du perchoir.

— C'est un oiseau, dit le livreur de journaux qui, se sentant responsable d'avoir découvert le corps en premier, se tenait un peu à l'écart à surveiller la scène.

Alors qu'il n'y avait aucun mystère à la présence d'un oiseau chez ce monsieur, les gens eurent un sursaut d'étonnement, comme s'ils n'en avaient jamais vu de leur vie.

Celui-ci était si petit qu'il aurait tenu tout entier blotti au creux de la main. Alors que sa mangeoire était vide, il ne paraissait pas affaibli, observait les gens en penchant sa tête. Protégé par les bras du défunt il remuait vivement ses yeux noirs, sans aucune appréhension. Son plumage d'une douce nuance de jaune ne présentait aucun motif ni ornement, si bien qu'il ne s'avérait pas nécessaire d'ajouter quoi que ce fût pour qualifier cet oiseau.

Après un moment de silence, un policier souleva la cage en la protégeant de la lumière éclatante du jardin. L'oiseau battit des ailes deux ou trois fois, s'accrocha à la cage et revint sur le perchoir. Des fientes sèches accumulées mêlées de plumes retombèrent au fond de la cage en voltigeant. Dans la lumière le plumage restait d'une nuance discrète.

Bientôt, après un petit "tchi tchi", l'oiseau se mit soudain à gazouiller. Tous ceux qui étaient présents se tournèrent vers la cage. Ils ne la quittaient pas des yeux, incrédules, se demandant si ce chant qui s'élevait, aussi pur que celui d'un ruisseau qui aurait traversé le jardin de part en part, émanait vraiment d'une créature aussi petite.

L'oiseau continua longtemps à chanter. Comme s'il croyait pouvoir ainsi ressusciter le défunt.

Le policier, plongé dans le ravissement par ce chant si beau, finit par laisser s'ouvrir la porte de la cage, sans doute ses forces s'étaient-elles relâchées. Peut-être se croyait-il capable de l'accueillir doucement au creux de sa main. Toujours est-il qu'un instant plus tard, l'oiseau s'envola, et après avoir tourné une fois au-dessus du corps, s'échappa par la baie vitrée large ouverte. Personne n'avait pu l'arrêter.

Le travail ne tarda pas à reprendre, le brouhaha revint. Puisque son maître était mort on n'y pouvait rien, c'était normal de rendre cette petite créature à la nature, on avait beau dire, il s'agissait d'un oiseau, son bonheur n'était-il pas de voler librement à travers ciel ? Se disait chacun en son cœur. Le policier essaya de sauver les apparences en retournant à son dossier.

Un moment plus tard dans un coin du jardin s'éleva un unique gazouillis, mais si lointain pour les gens rassemblés qu'ils n'y prêtèrent pas attention. Personne ne savait qu'il s'agissait d'un zostérops, un oiseau à lunettes.

Le monsieur aux petits oiseaux avait été appelé ainsi sans qu'il y eût de lien direct avec l'oiseau de la cage. Longtemps avant de s'en occuper, autrefois, il avait entretenu, pendant près de vingt ans, la volière du jardin d'enfants voisin. Personne ne le lui avait demandé, il était entièrement bénévole. C'est ainsi qu'il était devenu le monsieur aux petits oiseaux.

On ne le voyait dans la volière du jardin d'enfants qu'avant ou après la classe, ou les jours de vacances. Les enfants, ce n'était pas son fort.

Dans sa manière de travailler, il y avait une rigueur qui dépassait le cadre du bénévolat et l'apparentait à une ascèse. Tout d'abord il allait chercher dans le débarras son matériel : seau, lave-pont et pelle à ordures. Ce n'étaient que vieilleries, mais tout était impeccablement entretenu. Il y avait en réalité deux enclos, le petit réservé à un couple de poules bantams, tandis que la grande volière accueillait les oiseaux de compagnie. Il commençait toujours par les bantams. Parce que s'il s'en occupait après les oiseaux, le couple se mettait à crier de jalousie, et leurs "gii gii" stridents étaient désagréables.

Sécher la paille de la litière, enlever les fientes, laver l'abreuvoir, renouveler la nourriture. Son corps maîtrisait parfaitement l'ordre dans lequel procéder, chaque geste s'enchaînait sans heurt dans un mouvement continu. Les bantams elles aussi connaissaient la marche à suivre, et dès que la porte de leur poulailler s'ouvrait, elles se faufilaient entre les pieds du monsieur aux petits oiseaux, se promenaient à travers la cour de récréation, s'ébrouaient dans le bac à sable, et revenaient à peu près au moment où la nourriture venait d'être distribuée. Pas besoin de voix ni de signes, ils respiraient au même rythme.

Dans l'autre volière, le spectacle était beaucoup plus innocent. Les oiseaux l'accueillaient avec des cris incessants, des battements d'ailes et de queue, donnaient des coups de bec sur le grillage. Il y avait toutes sortes de perruches, d'Australie, ondulée ou calopsitte, des moineaux de Java cerisier ou cannelle, des bengalis. Certains mouraient de leur belle mort, ils avaient des problèmes d'affinités, si bien que les espèces et le nombre changeaient fréquemment. Mais le choix ou l'acquisition de nouvelles variétés n'entraient pas dans ses attributions. Il ne s'occupait que de l'entretien de la volière et du poulailler.

Mangeoires, abreuvoirs et nichoirs étaient récurés à grande eau avec un acharnement sans pareil. Et quand il entreprenait de frotter le sol au lave-pont, la directrice du jardin d'enfants commençait à s'inquiéter de ne jamais en voir la fin. Dans la cour désertée, seuls résonnaient les coups de brosse et l'écoulement de l'eau ponctués de mélodieux chants d'oiseaux. Le dos rond, les yeux rivés à ses pieds, il ne se souciait ni de tremper le bas de son pantalon ni d'avoir le visage éclaboussé. Sa respiration était calme, son regard pur. Déjà le but n'était plus le nettoyage, insensiblement remplacé par le recueillement puis l'incantation. Parfois les oiseaux voltigeaient au-dessus de sa tête, venaient se percher sur son épaule, et leurs gazouillis de plus en plus intenses lui accordaient leur bénédiction.

Même si elles reconnaissaient sa silhouette, les femmes rassemblées dans le bureau, plongées dans leur travail, ne lui prêtaient guère attention. Elles ne se disaient même pas : "Ah, il est encore là." Elles le considéraient comme faisant partie du paysage, au même titre que les oiseaux dans leur volière.

Seule la directrice, ayant choisi le moment où le travail se terminait, passait entre la cage à écureuils et les balançoires, et s'approchant des volières, lui adressait quelques mots.

— Je vous remercie de votre assiduité.

Cheveux blancs joliment coiffés, visage maquillé avec grâce, corps potelé dans une robe de tissu souple, la directrice, toujours la même depuis le jour où il était venu proposer ses services, était polie.

— De rien, euh… finissait-il par bredouiller, son caractère renfermé l'empêchant de faire de gentils compliments, et il faisait semblant de se concentrer sur la fin de son travail.

— Hier, sur le perchoir, une perruche ondulée a gonflé son plumage d'une manière extraordinaire, vous savez.

— Aujourd'hui elles ont l'air comme d'habitude.

— Alors, tant mieux.

— Oui.

— Ils ont dit à la télévision que la semaine prochaine il y aurait une vague de froid.

— Ah bon ?

— Vers quel moment faudra-t-il allumer le chauffage ?

— Je surveillerai le temps et je viendrai le faire.

— Si vous voulez bien vous en charger, je suis rassurée.

Ensemble ils ne parlaient que des oiseaux.

— La semaine dernière, la poule a pondu un œuf, vous savez.

— Ah oui ?

— Je l'ai utilisé afin de préparer des petits pots de crème caramel pour le goûter des enfants, vous n'en voudriez pas un avant de partir ?

En l'invitant ainsi, la directrice de la maternelle savait bien qu'il n'accepterait jamais, mais elle voulait néanmoins lui montrer de la reconnaissance pour ses services rendus.

— Non, euh, c'est que je n'ai pas beaucoup de temps…

Il se préparait rapidement à partir comme s'il venait de s'apercevoir qu'il était en retard.

— Vraiment? Bon alors vous allez l'emporter, n'est-ce pas? Il n'y en a qu'un, je suis vraiment désolée.

La directrice glissait le petit pot de crème caramel dans une pochette à l'image d'un canari, symbole du jardin d'enfants.

— Ah, merci…

Évidemment, il était incapable de remercier autrement qu'à mi-voix, les yeux rivés sur le canari. Celui-ci, d'un jaune vif, perché sur une petite branche, fixait les lointains d'un œil rond plein de vivacité.

Tout en regardant alternativement la volière et le dos de l'homme qui s'éloignait, la directrice du jardin d'enfants se demandait pourquoi il l'entretenait avec autant de rigueur. Son dos était frêle, son blouson fatigué, sa démarche incertaine, et pourtant rien ne manquait dans la volière. Le grillage soigneusement réparé pour empêcher les chats et les serpents, si habiles fussent-ils, de s'introduire, le perchoir en travers de la cage adapté à la taille des petites pattes, la nourriture distribuée en abondance, chaque grain de céréales, tout était étincelant. Aussitôt les oiseaux dispersaient la balle, fientaient, mais la fraîcheur qui en émanait disait qu'ils n'en arriveraient pas si facilement à bout.

La directrice le regardait s'en aller jusqu'à ce que sa silhouette disparaisse par le portillon sur l'arrière. Pas une seule fois il ne se retournait.

Rentré chez lui, il se changeait, se lavait les mains, sortait de la pochette la crème caramel et la mangeait. Les pots destinés aux écoliers du jardin d'enfants étaient si petits que presque aussitôt il la terminait. Une plume blanche restée accrochée dans ses cheveux retombait en voltigeant avec légèreté sur le canari de la pochette.

Le nom de "monsieur aux petits oiseaux" lui avait été donné par les enfants de la maternelle. Il avait beau tenter de rejoindre discrètement la volière en les évitant, il lui arrivait souvent de se faire surprendre. Des petits que l'on n'était pas encore venu chercher restaient à l'école, l'emploi du temps ordinaire était modifié à cause d'une répétition pour la fête sportive ou des jeux, et dans ces situations imprévues les enfants venaient le trouver.

— Ah, le monsieur aux petits oiseaux!

Ils se précipitaient aussitôt hors de la salle de jeux, faisaient irruption des buissons, déboulaient du sommet du toboggan. Ils étaient si petits qu'un rien suffisait à les dissimuler.

— Le monsieur aux petits oiseaux!
— Le monsieur aux petits oiseaux!
— Le monsieur aux petits oiseaux!

Les enfants n'avaient que ces mots à la bouche. Le ton de leur voix était digne comme s'ils proclamaient à l'adresse du ciel que ce monsieur n'avait pas d'autre nom. Plus les petits du jardin d'enfants parlaient dignement, moins il savait comment réagir.

— Dites, le monsieur aux petits oiseaux, posez-les sur votre main pour nous les montrer.

— Ils parlent pas?
— Celui-là, il a une bosse sur le bec.
— Cette pâtée, on peut la manger?

Ils disaient sans hésitation tout ce qui leur passait par la tête. Séduits, les oiseaux tout excités rivalisaient de leurs chants. Certains enfants essayaient de grimper sur le grillage, tandis que d'autres, à califourchon sur le lave-pont, poussaient des cris. Parfois il y en avait même qui venaient lui prendre la main. Surpris, il se demandait alors avec inquiétude avec quelle force il devait la serrer en retour et se sentait sur le qui-vive. Il en vint à se dire que dans ces moments-là, il n'avait qu'à se comporter comme lorsqu'il serrait un oiseau dans le creux de sa main. Mais s'il la serrait ainsi, la main de l'enfant glissant d'un seul coup lui échappait et sa paume se retrouvait vide.

Les enfants avaient tous une odeur à peu près identique. Tiède, légèrement moite, comme celle des chaussures de toile à semelle de caoutchouc. Assez différente de celle des oiseaux.

Afin qu'ils ne viennent plus lui parler, il se concentrait encore plus que d'habitude sur son travail et à leurs questions incessantes, ne répondait que par des "oui" ou des "aah". Vêtus de leur petite blouse bleu marine d'uniforme sur laquelle claquait le badge à leur nom, les enfants gambadaient en toute liberté. Par quel miracle ces petits lui apparaissaient-ils comme des êtres encore plus fragiles que les oiseaux?

Avec sa presbytie, il ne pouvait lire les noms sur les badges, si bien qu'il n'arrivait pas à reconnaître les enfants, seules les taches sur les blouses lui permettaient de les différencier. Sauce, lait, gras, morve, bave, vomi, larmes, sang. Les blouses étaient diversement maculées. Les taches faisaient ressortir une marque personnelle encore plus forte qu'un nom sur un badge. Leurs pieds miniatures dissimulés par les chaussons de gymnastique étaient plus fragiles que les ongles des pattes des perruches d'Australie, leurs mollets à nu plus vulnérables que le ventre des moineaux de Java, tandis que leurs lèvres sans défense n'étaient même pas comparables à la dureté de leur bec.

Sans en avoir conscience, les enfants continuaient à faire ce qu'ils voulaient. Renversant les abreuvoirs, courant après les poules, se prenant les pieds dans le tuyau, tombant, criant, pleurant.

— On y va.

— À bientôt.

— Bye bye.

Comblés par ce moment de liberté, se désintéressant des oiseaux, ils s'éparpillaient dans toutes les directions.

— Au revoir, le monsieur aux petits oiseaux!

— Vous reviendrez?

Jusqu'au bout, les enfants n'avaient cessé de l'appeler "le monsieur aux petits oiseaux".

C'était son frère aîné de sept ans qui lui avait fait découvrir la volière. À l'époque l'endroit n'était pas encore un jardin d'enfants mais un orphelinat qui dépendait d'une église, avec un enclos beaucoup plus modeste.

— Voici les oiseaux, lui avait-il expliqué d'un ton docte, comme s'il voulait partager avec lui le secret de ces petites créatures extraordinaires.

— Oui, je vois.

À dire vrai, pour le garçon qui venait tout juste d'avoir six ans, ce n'étaient rien de plus que des petits animaux bruyants. Continuellement sur le qui-vive, instables, au bec en déséquilibre avec le reste du corps qui leur donnait un air cruel : si l'on n'y prenait garde, ils pouvaient vous piquer la joue, le mollet, l'œil ou toute autre partie molle du corps.

— Celui-là, c'est un canari citron. Celui qui vient de s'accrocher au grillage est un canari roller. Et celui qui se trouve sur la balançoire, comme tu peux le constater, est un canari blanc.

Plutôt que les oiseaux, le jeune garçon trouvait beaucoup plus amusants les mots de son aîné. Il était plein d'admiration pour ce grand frère capable de prononcer tous ces noms avec autant de facilité.

— Pourquoi ils crient comme ça?

— Ils ne crient pas. Ils bavardent.

— Ils ont l'air en colère.

— Ils ne le sont pas.

— C'est vrai?

— Oui. Les oiseaux ne font que répéter les mots que nous avons oubliés.

Le garçon, appuyé à côté de son aîné au grillage de l'orphelinat, observait fixement la volière.

— C'est pourquoi ils sont beaucoup plus intelligents que nous.

"Ah, c'est donc ça?" murmura le garçon. Son grand frère lui aussi ne disait-il pas des mots oubliés de tous? C'est pourquoi personne, parmi les professeurs à l'école ou les dames du voisinage, et même leur père, ne comprenait ce qu'il disait. Ils essayaient avec bonne volonté de le comprendre, mais finalement ça n'allait jamais, ils secouaient la tête avec irritation, soupiraient, et finissaient par se comporter de manière grossière. Alors, lui qui percevait correctement les mots de son aîné, avec un peu d'habitude, il pourrait peut-être arriver à distinguer les chants des oiseaux…

Tout heureux maintenant qu'il avait compris, le garçon s'était adressé à la volière, criant : "Oh là!" Les canaris s'étaient mis à voleter en tous sens en gazouillant à l'unisson.

La cour de l'orphelinat, où il n'y avait alors ni cage à écureuils, ni toboggan, ni bac à sable, était envahie par les herbes et les arbustes qui poussaient dans le plus grand désordre, et la simple maison de bois sans étage n'arborait pas encore le symbole du canari. Au cours de la longue période qui avait vu la transformation de l'orphelinat en jardin d'enfants, l'endroit avait été entièrement modifié, seule la volière était restée au même endroit. Non loin du portillon sur l'arrière qui donnait sur une impasse, à l'ombre d'un ginkgo. C'était là sa place.

Bien sûr, la structure de la volière et les espèces d'oiseaux avaient subi des modifications variées. L'enclos pour les bantams avait été rajouté lorsque le monsieur aux petits oiseaux avait commencé à s'en occuper, et chaque fois que la volière était endommagée par les typhons, les inondations, ou bousculée par un tremblement de terre, elle était réparée. Par goût de la directrice de l'orphelinat ou à la demande de ses petits protégés, la mode avait évolué, on était passé des canaris aux bengalis, des perroquets aux grandes perruches, des moineaux de Java aux perruches ondulées. On avait recueilli un paon échappé d'une propriété quelque part, et les enfants avaient même chanté une petite chanson avec un perroquet présentée aux nouvelles régionales à la télévision. Les maladies ou les intrusions de chats errants l'avaient maintes fois décimée, mais la volière n'avait pas disparu pour autant, et les oiseaux revenaient.

— Moi j'aime les canaris citron, disait le cadet.

Il avait oublié que les oiseaux étaient bruyants et lui faisaient peur.

— Ils ont l'air gentil.

Nullement gêné par la marque du grillage sur son front, l'aîné appuyait son visage encore plus fort contre la clôture. Avait-il compris qu'on parlait de lui? Le canari citron se déplaçait de part et d'autre du perchoir et penchait la tête pour les observer.

— On dirait qu'il réfléchit, tu trouves pas?

Le voir ainsi pencher plusieurs fois la tête donnait au cadet l'impression que le petit oiseau réfléchissait à une question tout à fait mystérieuse.

— Oui. C'est exactement ça. Il se demande qui nous sommes.

— Dans sa tête qui est si petite?

— Cela n'a pas grand-chose à voir. Les yeux des oiseaux sont placés sur le côté. C'est pourquoi, s'ils veulent observer quelque chose, ils sont obligés de pencher la tête. C'est de naissance, ils réfléchissent.

— Mais à quoi?…

— À des questions dont nous n'avons aucune idée.

— Hum, ah bon…

Ne comprenant pas très bien, mais pour ne pas décevoir son aîné, le cadet hocha la tête. À ce moment-là, le canari citron déploya largement ses ailes avant de les refermer doucement.

— S'il existait une friandise de ce jaune-là, je suis sûr qu'elle serait délicieuse, hein, dit le petit frère.

— Oui, acquiesça vaguement le grand.

— De la gelée, de la poudre acidulée ou de la glace à l'eau.

— …

— À l'intérieur de la bouche, ça deviendrait tout jaune comme le canari.

— …

— Ah, c'est vrai. À l'Aozora*, les sucettes jaunes sont celles qui ont le meilleur goût, tu sais?

Mais les mots du garçon ne semblaient pas atteindre son grand frère. Celui-ci tendait avidement l'oreille au chant du canari. Son cadet était néanmoins terriblement heureux de partager ce moment ainsi seul avec lui.

L'orphelinat était plongé dans le calme, seuls les oiseaux voletaient ici ou là, et pour une raison inconnue, on n'y voyait aucun orphelin. Grâce à cela, les deux frères pouvaient s'absorber entièrement dans la contemplation de la volière sans que personne vienne les déranger.

* Mot composé des caractères chinois "bleu" et "ciel". (Toutes les notes sont de la traductrice.)

II

Puisque son grand frère avait commencé à parler dans une langue inventée par lui peu après ses onze ans, à l'âge où le garçon avait pris conscience du monde qui l'entourait, ce langage qui avait atteint la perfection était solidement établi. Autrement dit, il n'avait jamais entendu son aîné prononcer des mots du quotidien que tout le monde comprenait et utilisait, ses parents, les dames du voisinage et même les speakers à la radio.

Comparé aux autres enfants, son frère aîné était un peu plus lent et mettait plus de temps à apprendre correctement les mots et écrire les caractères, et lorsque par on ne sait quel hasard, après plusieurs mois de silence obstiné, il avait soudainement commencé à parler, leur mère en avait été émerveillée. À nouveau avec optimisme elle s'était dit que le cerveau de son fils avait subi au cours de son développement une confusion passagère, certainement comparable à une fièvre de croissance, elle tentait de se persuader qu'il s'agissait d'une simple moquerie à l'égard des adultes et que tout allait se normaliser. Mais le souhait de leur mère n'avait pas été exaucé. Les mots "corrects" n'étaient jamais venus.

Bien sûr, elle avait fait beaucoup d'efforts. Hospitalisation pour examens, psychanalyse, prescription de médicaments, exercice du langage, orthophonie, diète absolue, cure de grand air… Sans rechigner, l'aîné suivait docilement les instructions des adultes, à commencer par celles de leur mère. Il dessinait sa famille avec des crayons gras, avalait des poudres amères, et quand on lui disait qu'il fallait lui envoyer du courant électrique, tendait sa tête en silence. Cependant il ne se comportait pas ainsi parce qu'il voulait guérir mais pour ne pas décevoir leur mère une fois de plus.

Malgré tous ces efforts, non seulement les nouveaux mots du frère aîné ne se fanaient pas, mais au contraire ils s'épanouissaient, le remplissaient jusqu'à faire partie de lui. De jour en jour leur nombre augmentait, les phrases devenaient de plus en plus raffinées, la grammaire se fixait. Les cordes vocales, la langue et les lèvres apprenaient une nouvelle manière de bouger, s'y habituaient aussitôt, semblaient même plus vivantes qu'auparavant. Et les mots d'origine s'en allaient discrètement.

Leur mère, ayant compris qu'il était inutile de s'agiter, se résolut à la prudence sur ce sujet. Elle ne cria pas de colère, ne se lamenta pas de chagrin, n'envoya pas tout promener. Même si elle savait que la conversation ne prendrait pas, elle parlait à son fils, et quand il essayait de lui dire quelque chose, faisait des efforts pour tenter de le comprendre. Cette attitude pleine d'affection à l'égard de son fils aîné avait traversé sa vie entière.

S'éleva en elle une lueur d'espoir lorsqu'elle s'aperçut que seul son cadet comprenait les mots de l'aîné. Même après que ses mots avaient changé, les deux garçons se regardaient de la même manière qu'auparavant et se passionnaient pour des jeux connus d'eux seuls. Là, il n'y avait pas de confusion.

— Pourquoi le comprends-tu ? lui avait-elle demandé plusieurs fois. Mais le cadet s'était contenté de se tortiller sans répondre.

Pourquoi le comprenait-il ? Après la mort de leur mère et même après celle de son grand frère, il se posait encore de temps en temps la question, sans que jamais lui vienne à l'esprit une réponse appropriée. C'était à la fois évident et ambigu. Mais pour lui, ce langage avait autant de certitude que la présence de son grand frère à ses côtés. Il s'imposait naturellement, ne laissant aucune place au doute. Quand son aîné disait un mot, ses tympans s'incurvaient selon une forme adaptée pour le recevoir, les reliant tous les deux par une forme secrète. Comme si, d'une manière indéfinissable, les tympans des deux frères avaient échangé dès avant la naissance un secret qu'ils demeuraient les seuls à comprendre.

En tout cas, grâce au cadet qui comprenait les "deux" langues, la conversation des quatre membres de la famille arrivait tant bien que mal à se construire, même avec des déformations. Le rôle rempli par le cadet n'était pas clair au point que l'on puisse le qualifier d'interprète, il ne faisait que poser un petit pont de temps à autre pour franchir les trous qui apparaissaient dans la conversation, ce qui suffisait néanmoins à atténuer l'anxiété de leur mère.

D'un autre côté, depuis l'apparition de ce problème de langage, leur père qui avait fini par ne plus savoir comment s'occuper de son aîné était complètement perdu. Alors que leur mère entreprenait toutes sortes de démarches pour venir en aide à leur fils, leur père les yeux baissés s'enfonçait de plus en plus dans le silence. Par des relations à l'université il avait eu espoir de trouver de l'aide, mais finalement, cela n'avait pas donné grand-chose. Il avait fait venir des documents scientifiques, trouvé un éducateur spécialisé, mais n'avait pas poursuivi. Les documents en tas sur son bureau s'étaient couverts de poussière, l'éducateur avait arrêté au bout d'une semaine.

Aux yeux du garçon, leur père paraissait craindre son frère aîné. Cet enfant serait-il né de ce qu'il y avait de mauvais en son cœur? L'enfant lui-même ne s'apercevait-il pas qu'il suggérait quelque chose? Se pourrait-il qu'il s'agisse d'une épreuve?… Le regard effrayé de ce père captif de ses pensées n'arrivait pas à se poser. Il n'était pas prêt à affronter une requête de la part de quiconque. De temps en temps il scrutait le visage de son fils comme si celui-ci lui demandait des comptes.

Leur père avait trouvé refuge dans son bureau, une petite annexe au fond du jardin de la maison familiale. Cette annexe qui semblait avoir été repoussée de force dans le coin ouest du jardin ne comportait qu'une seule petite pièce au sol de plancher, et l'encadrement de la fenêtre, la porte et le crépi extérieur des murs étaient envahis par les plantes grimpantes. La spécialité de leur père était le droit du travail. Le garçon s'était demandé avec curiosité pourquoi son père baissait toujours la tête. Le père de ses souvenirs était toujours en train de lire.

— Son travail c'est de se tenir à côté des gens au travail, lui avait répondu sa mère quand le petit garçon lui avait posé des questions sur son métier. Il cherche des lois pour les aider.

Mais il n'arrivait pas à croire que se renfermer dans cette annexe étouffante croulant sous les livres servait à prendre la défense des gens au travail. Il se demandait même si lire des livres tête baissée ne lui servait pas plutôt à ne pas croiser le regard de son aîné.

Quand il rentrait de l'université, sauf pendant les repas, leur père passait pratiquement tout son temps dans l'annexe. Puisqu'il était rigoureusement interdit aux enfants d'y pénétrer, le petit garçon faisait attention à s'approcher de ce coin du jardin le moins possible, mais un jour il avait eu l'occasion d'apercevoir l'intérieur par un espace libre entre les vrilles des plantes grimpantes de la fenêtre. À cause de l'atmosphère terne et des livres entassés, la pénombre régnait alors que la pièce était exposée aux rayons du couchant. Le bureau ne laissait qu'une petite place pour écrire, le reste étant occupé par diverses choses. Sur l'assise du siège à accoudoirs, le vieux coussin fatigué au tissu pelucheux se creusait tristement. La dépression était si petite que le garçon s'était demandé avec curiosité si son père était aussi fragile que cela.

À la fin du dîner, après avoir bu une tasse de thé, leur père se levait et s'en allait directement par la porte de la maison qui donnait sur le jardin. Les trois qui restaient ne lui disaient même pas "au revoir" ou "à tout à l'heure". La petite pièce à l'écart au coin du jardin, cette grotte où les mots élaborés par l'aîné des enfants n'arrivaient jamais, aspirait le père qui s'y engouffrait. La porte de l'annexe une fois refermée, il ne faisait plus pour eux trois que partie des ténèbres.

Plus tard, le monsieur aux petits oiseaux avait souvent regretté de ne pas avoir enregistré les mots de son aîné. Les machines à enregistrer étaient devenues de plus en plus pratiques, et s'il l'avait voulu, il aurait eu bien des occasions de le faire. Et pourtant, tout au long de sa vie à ses côtés, il n'en avait jamais éprouvé la nécessité. Ce langage d'un seul être au monde le reliait à son frère d'une manière si intime qu'il ne faisait plus qu'un avec lui, si bien que jamais il ne lui serait venu à l'idée de s'en détacher pour l'enregistrer. C'est pourquoi, lorsqu'il se souvenait de lui, il avait tellement envie d'entendre à nouveau, ne serait-ce qu'une fois, ce langage si inventif, si libre et si joli, qu'il se sentait infiniment triste en réalisant que c'était impossible.

Dans quelles circonstances leur mère avait-elle essayé de faire entendre à un psycholinguiste le langage de son fils aîné? Car celui-ci ne se contentait pas de parler de cette manière désordonnée propre à lui seul, son entourage se trompait, il s'agissait peut-être d'une langue utilisée par les habitants d'un pays éloigné, que son fils avait fini par apprendre, à l'insu de tous, en secret. Elle avait commencé à penser ainsi. C'était trop triste que le cadet fût le seul à pouvoir accueillir les mots de l'aîné, elle ne pouvait sans doute pas le supporter, à moins qu'elle ne se raccrochât à l'idée que son fils avait reçu un don particulier lui ayant permis d'apprendre seul une langue minoritaire? en tout cas leur mère était persévérante.

Le petit garçon les avait accompagnés pour traduire. L'aîné avait treize ans, lui, six. Le laboratoire où travaillait le psycholinguiste se trouvait dans une ville éloignée du bord de mer, il fallait pour s'y rendre changer de train, le voyage durait près de trois heures. Ce fut la première et la dernière fois qu'ils partirent aussi loin tous les trois.

L'aîné qui transportait un petit panier blanc où il avait rassemblé ses précieuses affaires (dont il n'avait pas forcément besoin pour une excursion) à chaque arrêt en faisait cliqueter le fermoir métallique pour l'ouvrir afin d'en vérifier le contenu. Bille, pince, petit flacon de teinture d'iode, mètre à ruban, sucette. Il regardait la bille à la lumière, pinçait son pouce avec la pince, ouvrait le flacon de teinture d'iode et le humait avant de dérouler puis enrouler le mètre à ruban. Quant à la sucette, il se contentait d'en caresser le papier qui l'enveloppait, la gardant précieusement pour plus tard. Dès qu'il avait terminé sans écueil son inspection, il rangeait chaque objet à sa place dans le panier toujours orienté dans le même sens avant de le refermer dans un cliquetis.

— Ne t'inquiète pas, tu ne les perdras pas, disait la mère.

— Je les surveille pour toi, ajoutait le cadet.

Mais jusqu'à leur arrivée à destination, l'aîné avait poursuivi sans discontinuer son inspection.

Le laboratoire était vieux et désert, avec un long couloir sombre et luisant, des portes se succédant de part et d'autre à l'infini. La mère serrait fermement la main de l'aîné, tandis que le cadet marchait derrière, attentif à ne pas se laisser distancer. De temps à autre ils croisaient quelqu'un, mais personne ne prêtait attention à cette mère et ses enfants qui n'auraient pas dû se trouver là. Dans la pénombre seul le système métallique de fermeture du panier luisait vaguement.

Le psycholinguiste, un homme qui marmonnait d'une voix inintelligible, était presque un vieillard aux reins courbés. Manifestement il n'était pas très heureux de les voir tous les trois, et la mère eut beau lui offrir la boîte de gâteaux apportée à son intention, il n'eut qu'une expression ennuyée. Avait-il une maladie de l'appareil respiratoire ? De temps à autre une vilaine toux lui déchirait la gorge, surprenant le cadet.

Mais le petit garçon avait été aussitôt émerveillé par l'appareil d'enregistrement installé sur la table du laboratoire de recherches, au point d'oublier le mauvais accueil du psycholinguiste et sa terrible toux. L'appareil était beaucoup plus séduisant que toutes les machines qu'il avait vues jusqu'alors. Boutons de différentes tailles qui donnaient une envie irrésistible d'y toucher, aiguilles oscillant comme des insectes effrayés, ruban dessinant une courbe mystérieuse. Tout avait captivé le petit garçon.

Le psycholinguiste montra à l'aîné des cartes portant des dessins et lui demanda de dire ce qu'elles représentaient.

"Cuiller", "Coccinelle", "Chapeau de paille", "Trompette", "Girafe", avait répondu son frère avec ses propres mots.

Les cartes avaient sans doute été utilisées maintes fois par le psycholinguiste. Les couleurs avaient passé, elles portaient des traces de doigts, avaient été rafistolées par plusieurs couches de ruban adhésif au dos. La coccinelle tenait mal sur ses pattes, une curieuse tache sortait du pavillon de la trompette, la girafe au cou bizarrement tordu paraissait découragée.

Ce test était bien trop simple. Bien sûr l'aîné avait répondu correctement à tout, mais seul le cadet avait su que ses réponses étaient correctes.

L'aîné avait encore été questionné sur la composition de sa famille et ce qu'il aimait apprendre, on lui avait fait lire des livres d'images, chanter des chansons enfantines. Le psycholinguiste faisait tourner le magnétophone de manière adéquate, prenait des notes. La mère caressait le dos de son fils aîné pour l'encourager. Leur forme pouvait changer, les mots prononcés par son grand frère étaient cohérents. Pendant ce temps-là, hormis le fait qu'il continuait à serrer son panier blanc sur ses genoux, l'aîné garda une attitude tout à fait correcte.

Le garçon avait les yeux rivés sur le magnétophone. Que la voix de son frère fût absorbée par ce fin ruban à moitié transparent lui semblait tellement mystérieux ! Il avait l'impression qu'au fond de la machine protégée par une boîte tapissée d'un cuir qui paraissait solide, des Lilliputiens au travail se pressaient pour rassembler les morceaux épars de sa voix qu'ils étiraient à travers un chalumeau et collaient sur le ruban. Les mots de l'aîné étant particuliers, le cadet se demandait avec inquiétude s'ils n'allaient pas troubler les adultes. Chaque fois que le psycholinguiste tournait le bouton, vers la droite ou la gauche, les Lilliputiens au travail suivaient fidèlement les ordres. De la petite bobine vers la grande, de la grande vers la petite, le ruban s'enroulait doucement. Une main de vieillard suffisait à contrôler cette tâche complexe. Quand le petit garçon imaginait la tension passer de l'extrémité des doigts qui tournaient le bouton aux Lilliputiens, son cœur se mettait à battre plus fort.

— Ce n'est pas un langage.

La bande magnétique s'était arrêtée soudain.

— Ce sont des parasites.

Leur mère avait laissé échapper un cri, et peu après le psycholinguiste avait enfoncé le clou :

— Pas même des mots.

Le vieillard avait rassemblé les cartes pour les ranger bruyamment dans le tiroir de son bureau. Et ce fut tout.

Dès qu'il avait été certain que la collecte de ces quelques sons en tant qu'objets de recherche ne lui servirait à rien, le vieil homme avait changé d'expression, devenant brusquement peu aimable. Il ne fit pas un geste pour réconforter leur mère qui murmura "Ah bon?…" et n'eut aucun mot pour ménager le frère aîné.

D'une manière inattendue, celui-ci ouvrit son panier dans un cliquetis, et se mit à en vérifier le contenu. Il prit la bille entre ses doigts, et il allait pincer son pouce avec la pince lorsque la mère le prit par la main et lui dit :

— On le fera dans le train du retour, d'accord?

Le monsieur aux petits oiseaux regrettait que cette bande magnétique n'eût pas été conservée. Même troublés par la terrible toux du vieillard, les mots de son aîné y avaient été enregistrés avec certitude. Mais sans jamais avoir été réécoutée, sans même avoir été traitée avec autant de soin que la girafe, elle avait disparu dans un endroit inaccessible.

Leur mère s'était demandé s'il se pouvait que des gens gentils et timides vivant sur une petite île lointaine non répertoriée sur des cartes géographiques fussent les compagnons de son fils. Elle s'était sentie trahie dans ses espérances. Il était l'unique habitant d'un îlot. Mais cet îlot n'était pas une terre désolée et stérile. Les vagues y étaient paisibles, ici ou là les arbres invitaient à la réflexion, dans les airs gazouillaient les oiseaux. Et dès qu'il en avait envie, le petit garçon pouvait y accoster.

Il était difficile à ceux qui ne connaissaient pas le langage de l'aîné de le reproduire, ce qui était valable aussi pour le cadet. Il existait une différence entre comprendre et parler. Même si le petit garçon connaissait les mots correspondant aux images sur les cartes, ceux-ci n'étaient que de simples blocs, et il lui était impossible de restituer la charpente qui les articulait et le charme des résonances qui soutenaient l'ensemble.

On ne pouvait que qualifier d'imbécile ce psycholinguiste qui s'en était débarrassé en traitant son langage comme des bruits parasites. Le langage du grand frère se trouvait à l'opposé du désordre. La grammaire suivait des règles strictes qui ne permettaient aucune exception, le vocabulaire était abondant, les temps, les genres et les conjugaisons étaient bien définis. Une sobriété agréable, une stabilité semblable à celle de sédiments accumulés de longues années durant et une subtilité surprenante dans les détails se côtoyaient merveilleusement.

Mais le plus caractéristique de ce langage en était la prononciation. Dans l'enchaînement des syllabes, il y avait des modulations et des blancs originaux que personne ne pouvait imiter. Et même quand le frère aîné se contentait de simples monologues, il semblait chanter pour quelqu'un qu'il était le seul à voir. La langue la plus proche finalement n'était-elle pas, comme il le lui avait dit un jour, ce langage oublié de tous que représentait le gazouillis des oiseaux?

Le frère aîné n'avait laissé aucune trace écrite d'un tel langage. Il lui suffisait de le parler, il n'était pas du tout nécessaire de l'écrire sur du papier, c'était son attitude. Cela revenait à dire qu'il avait élaboré un langage dépourvu de signes reliant l'œil à l'oreille.

Seul, avec pour modèle le gazouillis des oiseaux, en faisant résonner les sons à ses oreilles, il avait glissé un par un dans sa poche les petits cailloux de mots éparpillés sur son îlot. Il avait ramassé les cristaux de mots qui s'étaient échappés du gazouillis des oiseaux.

Tout naturellement, leur mère avait voulu monter à bord de l'embarcation du garçon qui avait accès à l'îlot de son frère ; elle montrait une telle passion qu'elle s'apprêtait à naviguer seule. Afin de pouvoir débarquer sur cet îlot, elle n'avait pas ménagé sa peine. Avec l'aide du garçon, elle avait fait peu à peu l'apprentissage du langage de son fils aîné et en réalité elle avait dépassé le stade de débutant, celui où on ne comprend rien du tout, mais aux yeux de son fils cadet il était difficile de dire que c'était suffisant. Ses oreilles avaient déjà perdu la souplesse qui lui aurait permis de distinguer les subtils changements à la fin des mots, et souvent elle y introduisait son propre désir, elle voulait que ce soit ainsi, si bien qu'il lui arrivait de tordre le sens premier.

Et pourtant, leur mère en était venue à se persuader qu'elle comprenait le langage de son aîné. Même lorsqu'elle ne comprenait pas ce qu'il disait, elle faisait semblant de comprendre. Et tout en faisant semblant, elle se persuadait qu'en réalité elle comprenait.

Même s'il se rendait compte que sa mère se trompait, le cadet ne la corrigeait pas. Un jour, son grand frère avait dit :

— Je n'aime pas les gilets qui grattent.

Ce à quoi leur mère avait répondu :

— Ah bon ? Peut-être parce que c'étaient des fraises bon marché.

Les prononciations de "gilet" et "fraise" se ressemblaient.

— La prochaine fois, il faudra que je les lave bien pour enlever le duvet, hein ?

Tout en entendant derrière lui sa mère continuer à parler des fraises qu'ils avaient mangées la veille au dîner, l'aîné avait enlevé son gilet de laine et l'avait rangé dans le tiroir du bas de la commode.

Une autre fois, lorsque l'aîné avait dit :

— Je ne fais pas de shampooing. Parce qu'avec les cheveux mouillés, j'ai l'impression d'être à moitié mort.

Leur mère s'était rangée à son avis :

— C'est vrai. Tu as tout à fait raison. Rester éveillé tard le soir ce n'est pas bon du tout.

On ne pouvait pas vraiment dire que les prononciations de "shampooing" et "tard le soir" se ressemblaient.

Le garçon et son grand frère ne disaient jamais à leur mère qu'elle se trompait. Ils savaient bien que les cailloux pouvaient avoir des formes différentes, mélangés au fond d'une poche ils se mêlaient curieusement entre eux. L'aîné se contentait d'écouter le choc des cailloux des mots "gilet", "fraise", "shampooing" et "tard le soir".

Une seule fois il y avait eu un mot qui n'avait pas changé avant et après la naissance du nouveau langage. C'étaient les sucettes pawpaw. Les pawpaw étaient restées des pawpaw.

Une sucette ronde tout à fait ordinaire vendue dans un bocal à large ouverture posé à côté de la caisse enregistreuse de l'Aozora, un bazar qui proposait de tout dans le quartier. Fraise, melon, raisin, mandarine, soda, menthe et bien sûr citron, chacune enveloppée dans un papier de couleur différente. Mais le goût en était pratiquement le même, seule diffé-rait la couleur de la langue de celui qui l'avait sucée.

Chaque mercredi dans la soirée, les deux frères avaient l'habitude de s'acheter une sucette à l'Aozora.

— Tu ne dois pas intervenir, hein, disait sévère-ment leur mère au garçon. Pour demander, payer et recevoir la monnaie, tu dois laisser faire ton grand frère. Tu ne dois pas lui venir en aide, à moins d'une urgence. D'accord ?

Dans la mesure où depuis qu'il ne pouvait plus fréquenter l'école la seule sortie de l'aîné était d'aller à l'Aozora, leur mère semblait considérer cet achat comme une précieuse occasion d'exercice social. Le cadet qui ne savait pas très bien en quoi consistait cette urgence ressentait une légère inquiétude, tem-pérée par la joie qu'il éprouvait à l'idée d'acheter les sucettes. Simplement, il aurait bien voulu manger de temps à autre du chocolat ou des caramels, mais quand il pensait à l'attachement que son grand frère montrait aux pawpaw, il était absolument incapable de faire valoir ses préférences.

L'Aozora se trouvait au coin de la rue avant l'im-passe qui menait à l'orphelinat. Il était si petit que trois clients suffisaient à le remplir, et il était tenu par une dame seule qui avait mauvaise mine. On y entrait après avoir fait coulisser une porte vitrée bran-lante et un air glacé s'élevait toujours du sol en béton.

— Bonjour, disaient-ils son frère et lui, et leurs voix qui se chevauchaient prenaient des accents encore plus étranges.

Était-ce l'habitude puisqu'ils venaient chaque semaine, ou n'était-elle pas intéressée par ces deux enfants qui n'achetaient pas grand-chose ? la dame restait impassible.

Même si en dehors des friandises alignées sur le comptoir près de la caisse il n'y avait rien de séduisant pour des enfants, le garçon aimait détailler ce qui s'alignait sur les étagères. Les articles s'y trouvaient en rangs serrés sans aucun espace libre entre eux. Face à lui sur la gauche : amidon, mouchoirs en papier, savons, bougies, poudre dentifrice, et à partir des boîtes de conserve marquant la limite, on passait sur la droite à l'huile de table, la farine de blé, les condiments et autres produits alimentaires : sauce tomate, sucre candi, nouilles et confitures. Sur l'étagère du haut, sans doute des invendus : pointes en tissu, pyromètres et fil nickel-chrome jouaient à cache-cache, tandis que sur le sol étaient posés balances à plateaux, houes et poulies. Sur le mur derrière la dame, cigarettes, timbres-poste et papier timbré, fil de coton, boutons, élastiques : tout un tas de petites choses ; enfin, accrochés au plafond, les récipients en aluminium et les cages à insecte.

L'Aozora était une petite pièce pleine de toutes sortes de marchandises variées. Un nid comme ceux que fabriquent les oiseaux avec leur bec à partir de débris de tissu ou de fil de fer. Étiquettes à l'envers, sacs décolorés par le soleil, couvercle cabossé des boîtes de conserve, et cette absence de soin laissait imaginer le temps qu'il avait fallu pour empiler les objets un à un. Debout à l'intérieur, sans savoir pourquoi, le garçon se sentait en sécurité. Une urgence pouvait se produire, ils se trouveraient à l'abri en cet endroit. Il enviait la dame de rester assise là à longueur de journée.

Mais son aîné ne regardait pas alentour comme lui. Son regard était rivé sur les pawpaw. Après avoir toussé deux ou trois fois, il désignait le bocal avec précaution comme s'il avait peur de se tromper. La marchande fort bien au courant se levait avant qu'il ne dise quelque chose, dénouait le fichu qu'elle avait sur la tête, en recouvrait le couvercle qu'elle tournait. Tout en observant le sommet de son crâne dégarni, le cadet se demandait alors si c'était pour le dissimuler qu'elle portait un foulard. Le couvercle tournait en grinçant, comme à regret, projetant des éclats de rouille sur le comptoir. Le cadet espérait qu'il n'en tomberait pas sur les sucettes.

— Alors, laquelle veux-tu aujourd'hui ? demandait-elle en frottant le comptoir avec son fichu roulé en boule, d'une main aussi pâle que son visage.

— Raisin, répondait son frère.

— Tiens.

Curieusement, elle ne se souciait pas du langage de son frère. Elle ne le poussait pas à prononcer correctement les mots, pas plus qu'elle n'ignorait ce qu'il disait. Si elle s'en était moquée elle n'aurait pas eu besoin de lui demander la couleur qu'il voulait. Elle ne plongeait le bras dans le bocal qu'après avoir écouté sa réponse.

Ses doigts se frayaient un chemin à travers les bâtonnets mélangés n'importe comment. Les sucettes faisaient du bruit. Elle penchait le bocal, repérait la couleur, enfonçait ses doigts encore plus avant dans la bonne direction. Pour une raison inconnue, chaque fois la couleur visée se dissimulait au fond du bocal.

— Tiens, la voici.

Elle tendait à l'aîné la sucette qu'elle avait saisie. Ce n'était jamais la bonne couleur.

— Merci, lui répondait-il.

Sans lui faire remarquer qu'il avait dit raisin, sans même lui faire la tête, il prenait la sucette l'air de dire que c'était bien la couleur qu'il avait demandée.

— Et le petit?

Cette fois-ci, c'était au tour du cadet.

— Citron.

La couleur de la sucette qu'il voulait se trouvait tout près de l'ouverture, elle pouvait la prendre facilement sans être obligée de plonger la main au fond du bocal. C'était toujours la bonne couleur.

Respectant les consignes de leur mère, le garçon n'intervenait pas. En traduisant il aurait pu arranger les choses mais il ne le faisait pas. Il savait que la marchande n'avait pas de mauvaises intentions et ne voulait pas la décourager en soulignant son erreur, elle qui régnait sur un havre rassurant. Et pourtant, la pawpaw de son frère n'était pas la bonne, la sienne, si. Cela le contrariait. Son aîné était injustement traité, il ne trouvait personne auprès de qui protester, et il en était agacé. Après avoir vérifié que son grand frère avait bien rangé la monnaie dans son porte-monnaie, le garçon disait, d'une voix pleine d'entrain pour mieux dissimuler son agacement :

— Allez, on rentre!

La dame remettait son fichu sur sa tête, en nouait serré les pointes sous son menton. Le garçon se demandait avec un peu d'appréhension si cette fois-ci les éclats de rouille n'allaient pas se déposer sur ses cheveux. Elle replongeait sur sa chaise derrière le comptoir, se fondant au milieu des couleurs des étagères, si bien qu'on ne la distinguait plus des objets qu'elle vendait.

Aussitôt arrivé à la maison, le petit frère qui n'en pouvait plus d'impatience mangeait sa sucette. Et comme en plus il se fatiguait vite de la sucer et finissait régulièrement par la croquer, il la terminait en un rien de temps. Le grand, lui, la mettait précieusement de côté, et attendait le mardi midi pour la développer, la léchant doucement pendant plusieurs heures. Quand il avait sa pawpaw dans la bouche, il se taisait.

Le garçon demandait alors à son grand frère de lui montrer la forme de la sucette qui rapetissait.

— Maintenant, elle est comment ?

Quand il lui posait la question, son aîné sortait gentiment la sucette de sa bouche. Ses lèvres collantes brillaient de sucre fondu.

— Oui, merci, disait le cadet.

Il ne voulait pas particulièrement y goûter. Mais s'il ne vérifiait pas qu'elle diminuait progressivement, il avait peur que son grand frère, avec cette sucette lui remplissant la bouche, ne puisse plus dire un seul mot, quel qu'il fût. Quand il avait tenu bon jusqu'au bout et que le dernier morceau accroché à l'extrémité du bâtonnet fondait et disparaissait, le garçon se sentait alors secrètement soulagé.

Si le frère aîné aimait tellement ces pawpaw, c'était peut-être parce que la marque du fabricant représentait un oiseau. D'une espèce indéterminée, mais l'illustration de cet oiseau à la poitrine bombée et au petit bec était imprimée à la couleur de la sucette sur toute la surface du papier qui l'enveloppait. Ailes déployées, gorge gonflée, il volait à travers ciel en souriant.

Le grand frère ne jetait jamais le papier. Pour chaque sucette, il le lissait soigneusement avant de le ranger dans la boîte qu'il réservait à cet usage. Bien sûr, le garçon lui donnait le sien.

Un jour, son frère s'était mis à coller l'un sur l'autre les papiers de pawpaw qui remplissaient la boîte. Ayant étalé son matériel sur la table de la salle à manger, il s'était consacré plusieurs jours à la tâche.

— Qu'est-ce que tu fais? lui avait demandé plusieurs fois son cadet, mais sans interrompre sa tâche, son frère aîné lui répondait alors un vague : "Hmm, rien…"

"Ce n'est pas aussi simple que ça en a l'air", s'était dit le garçon. Son frère ne se contentait pas de coller ensemble les papiers de pawpaw, il les décalait un peu afin que la bordure forme une légère diagonale, et en même temps faisait attention à ce que les couleurs qui se chevauchaient n'en fussent pas brouillées, les disposant de manière à ce qu'elles varient joliment, avec délicatesse.

Il prenait une quantité modérée de colle au bout de son index, l'étalait au dos des papiers posés sur une feuille de journal, et les collait l'un à l'autre de sorte que l'image de l'oiseau ne soit pas décalée. Et cela se prolongeait longtemps. Assis face à lui à la table de la salle à manger, le garçon ne se lassait pas de regarder les mains de son frère aîné. Celui-ci était assurément le seul au monde capable de fabriquer quelque chose avec les papiers de pawpaw. Même l'employé d'un atelier de confiserie qui emballait des bonbons à longueur de journée ne lui arrivait pas à la cheville, lui arrivait-il de penser. Si la colle ne débordait jamais, il ne se trompait pas non plus quand il mesurait à vue d'œil, et les bordures n'étaient jamais décalées. Même s'ils paraissaient identiques, les papiers de pawpaw étaient légèrement différents selon leur découpe, mais son frère aîné s'en rendait compte aussitôt et les ajustait au millimètre près.

Il aurait bien voulu essayer, ne serait-ce qu'une fois, mais il n'arrivait pas à lui demander. Il ne voulait pas le déranger. L'extrémité du doigt de son frère aîné devenait rugueux de colle séchée, le papier journal était accablé par ce travail plein de tension, et les papiers dans leur boîte attendaient patiemment leur tour.

— Tu vas coller tout ça? Et après qu'est-ce que tu vas en faire? lui demandait le garçon qui ne pouvait plus se retenir.

— Qu'est-ce que ça va devenir…

Même si sa réponse, contrairement à la beauté de son travail, manquait d'assurance, le grand frère n'avait pas l'air d'avoir été dérangé dans son travail. Il donnait l'impression que lui-même n'arrivait pas à expliquer ce qu'il avait l'intention de faire.

Et pendant ce temps-là, les papiers de pawpaw se superposaient avec régularité. Chaque oiseau, symbole de la marque, était recueilli au creux des mains de son frère et réchauffé sur ses paumes avant d'aller rejoindre un autre nid. Le parfum de bonbon qui subsistait commençait peu à peu à remplir l'intérieur du nid.

Pour finir, avait-il choisi dès le début la couleur du papier qu'il collerait sur le dessus? Car il fut du même jaune que celui du canari citron de la volière de l'orphelinat. Les papiers collés l'un sur l'autre composaient un paquet magnifique. Nulle part ne demeurait le souvenir des papiers de sucettes, aussitôt froissés puis jetés. Bien épais, le paquet offrait de la résistance, n'était pas mou, et avait un certain poids. Alors qu'il avait nécessité tant d'heures de

travail, il en émanait une telle simplicité qu'il semblait avoir toujours existé sous cette forme naturelle.
Et le regard était attiré vers l'endroit où toutes les
couleurs se succédaient.

— Je peux le toucher? avait involontairement
demandé le cadet à son aîné.

— Oui, si tu veux, avait répondu le grand frère.

Les strates étaient lisses. C'était la preuve que les
papiers avaient été empilés avec soin, en prenant
beaucoup de temps. Les couleurs ne juraient pas,
elles s'harmonisaient en donnant naissance à de nouvelles nuances, faisant oublier qu'au départ il y en
avait au moins dix différentes.

— C'est beau! s'était écrié le garçon avec innocence.

Son frère aîné n'avait rien répondu. La tête baissée,
il continuait à enlever les restes de colle sur ses doigts.

Mais le plus beau restait à venir. Comme s'il dégageait un vestige, son frère découpa les strates au cutter. Il en émergea un oiseau. Un petit oiseau jaune
citron qui volait à travers le ciel, ailes déployées,
gorge bombée.

Son frère y avait fixé à la colle forte une épingle
de sûreté pour en faire une broche qu'il avait offerte à
leur mère pour son anniversaire. Elle l'avait constamment épinglée sur sa poitrine du côté gauche, qu'elle
se trouve à la maison ou sorte faire des courses. L'oiseau jaune citron, comme pour mieux évoquer tous
les autres, multicolores, qui dormaient à l'intérieur
des différentes strates, déployait ses ailes sur le cœur
de leur mère. Ce fut son dernier anniversaire.

III

Après le décès de leur mère d'une maladie de sang compliquée, neuf ans plus tard, ce fut au tour de leur père de mourir soudainement, à la veille de sa retraite à l'université. Il s'était noyé au cours d'un stage d'été, alors qu'il séjournait dans une auberge avec les étudiants et les assistants de son séminaire.

Le patron de l'auberge qui était en train de préparer le petit déjeuner, apercevant par la fenêtre de la cuisine la silhouette de leur père qui entrait dans la mer, s'était inquiété de ce qu'il était bien trop tôt, et un moment plus tard, quand il avait à nouveau jeté un coup d'œil à la fenêtre, leur père avait déjà été englouti par les flots. Au début, le patron de l'auberge avait cru à de petits poissons sautant hors de l'eau. Les vaguelettes étincelaient dans le soleil matinal. C'est ce qu'il avait dit au frère cadet venu le chercher.

Pourquoi son père avait-il voulu se baigner si tôt le matin ? Ce point restait obscur. Au cours du stage, alors que pendant les temps libres les participants profitaient des bains de mer, son père était resté enfermé dans sa chambre, pas une seule fois il ne s'était montré à la plage, si bien que les étudiants avaient cru que leur professeur ne savait pas nager.

Mais ce jour-là, à l'aube, seul il avait enfilé son maillot de bain, et sans emporter de serviette, sans même s'échauffer, il s'était immergé dans la mer qui gardait la fraîcheur de la nuit. Le maillot de bain qu'il portait était assez vieux. Sa couleur avait passé au point que l'on ne voyait plus le motif d'origine, le cordon de serrage à la taille, à moitié décomposé, s'effilochait, et le tissu était tellement élimé aux fesses qu'il aurait suffi de tirer un peu pour qu'il se déchirât. Quand il avait reconnu le corps de son père, le frère cadet avait pensé que ce maillot de bain qui avait rendu son dernier soupir dans un passé lointain donnait l'impression d'être enfin arrivé à bon port sur le corps qui l'avait jadis abandonné. Sur le visage de son père l'angoisse avait laissé place au soulagement.

Quand ils avaient perdu leurs parents, son frère aîné avait vingt-neuf ans, lui vingt-deux. Depuis, ils avaient vécu seuls tous les deux.

Il travaillait comme régisseur de la résidence d'une société de métallurgie qui se trouvait à environ dix minutes à bicyclette de chez eux. La souplesse de ses horaires de travail lui permettait, s'il éprouvait une quelconque inquiétude, de retourner à la maison voir ce que faisait son aîné.

La société avait racheté l'ancienne résidence secondaire d'un riche propriétaire du pays, l'avait aménagée pour recevoir des invités et le jardin en pente bien ensoleillé avait été transformé en roseraie. La belle maison de pierres façonnées avec soin avait du style. Elle n'était pas si grande que cela, mais la terrasse qui s'étendait au sud lui apportait de l'agrément. Et toutes les pièces telles que la salle des banquets, celle des réunions, le fumoir ou le solarium étaient agréablement conçues.

Son travail consistait à entretenir l'endroit afin que les invités puissent se présenter à tout moment. Commander l'entreprise de nettoyage et le jardinier pour les rosiers, faire réviser le climatiseur, nettoyer rideaux et tapis, s'occuper des achats, de l'entretien des meubles, et malgré ces différents travaux, il n'était pas vraiment débordé. Il se contentait de contacter les fournisseurs ou de remplir des bons de commande, ne travaillaient réellement que les gens venus de l'extérieur. La plus grande partie de son rôle était de s'assurer que ces gens faisaient correctement leur travail en temps utile. Son travail à lui n'engendrait rien, il consistait uniquement à se déplacer sans bruit à travers l'ancienne résidence. Et il en était satisfait.

Une petite pièce à moitié en sous-sol servait de bureau au régisseur. Excepté la chaufferie et la réserve, cette pièce était la seule de tout le bâtiment à ne pas recevoir le soleil. Ce n'était pas seulement une question de soleil, elle était sans rapport avec les espaces somptueux ou la roseraie. Contre le mur, un simple bureau et son fauteuil pivotant, et rien d'autre qu'une étagère fixée au-dessus où s'alignaient les dossiers. Elle était basse de plafond, la peinture s'écaillait, le sol était froid et humide. La lucarne au ras du sol n'avait sans doute pas été ouverte depuis plusieurs années, la serrure était bloquée.

Dans cette pièce il attendait que le siège de la société le contacte par téléphone pour lui indiquer les jours où la résidence serait utilisée. On y accueillait des invités deux ou trois fois par mois, ensuite se succédaient les jours d'attente de visiteurs inconnus. Les préparatifs dont il était chargé différaient selon le nombre d'invités ou le but de l'invitation, mais dans chaque cas, il pouvait réagir avec rapidité.

Concertation avec le cuisinier dépêché sur place, vérification de la vaisselle, supplément d'alcools, préparation des cadeaux. C'est ce qu'il devait toujours faire.

Les métiers des invités étaient variés. Il y avait des hommes d'affaires et des fonctionnaires. Des intellectuels et des artistes. Certains venaient de pays étrangers éloignés, d'autres amenaient leur famille. Le régisseur les accueillait sous le porche, mais personne ne faisait attention à cet homme au dos voûté et au regard baissé qui se tenait là. Alors que les conversations amicales entrecoupées de rires et les bonnes odeurs de cuisine flottaient alentour, tout se déroulait dans un endroit auquel il n'avait pas accès. Dans la résidence, comme s'il ne voulait pas effrayer les oiseaux en train de picorer des graines, il marchait sans bruit, retenait son souffle et se comportait avec un calme absolu au point d'effacer jusqu'à son ombre. Ce n'était pas du tout une souffrance. Il faisait attention à ne pas déranger les invités, même en traversant subrepticement leur champ de vision, et bien sûr sans leur parler, il les accompagnait à distance, afin que, comme les oiseaux, après avoir suffisamment mangé pour pouvoir supporter le froid, ils puissent rentrer au nid sains et saufs. C'était son souhait.

Les jours où il n'y avait pas d'invités, il avait l'habitude de fermer les portes à midi et, en rentrant à la maison, de passer acheter deux parts de petits sandwiches au pain de mie à la boulangerie du quartier. Son frère aîné, ayant calculé qu'il lui fallait cinq minutes pour fermer les portes de la résidence, dix minutes de trajet à bicyclette et cinq minutes à la boulangerie, l'attendait en faisant réchauffer une boîte de soupe de manière à ce qu'ils puissent commencer leur déjeuner à douze heures vingt. Dans la casserole, le potage était juste à la bonne température, ni bouillant ni tiède.

Assis à table l'un en face de l'autre, ils grignotaient leurs petits sandwiches au pain de mie. S'il le laissait faire, son aîné ne prenait que ceux à l'œuf ou au corned-beef, si bien que, soucieux de sa nutrition, il lui proposait de goûter aussi ceux à la tomate ou au concombre.

— Oui, disait son frère, qui suivait docilement ses conseils.

Ils ne parlaient pas beaucoup. Tout au plus son frère aîné lâchait-il quelques mots au sujet d'un oiseau de passage apparu dans le jardin au cours de la matinée, alors il acquiesçait, et lorsque parfois aucun d'eux ne connaissait cet oiseau, ils ouvraient l'encyclopédie pour vérifier, c'est tout. L'encyclopédie illustrée toujours posée au coin de la table était utilisée de la même manière que les flacons de sel ou de poivre, ou le chiffon servant à l'essuyer. Grâce à cela, il apprenait aussitôt comment on appelait en pawpaw les mésanges, pics et autres pierrots.

— Aujourd'hui une grive est venue, tu sais.

— Bon, alors c'est l'hiver.

— Oui.

— Tu as accroché un morceau de pomme à une branche?

— Oui mais elle n'en a pas mangé.

— Pourquoi?

— Elle s'est retenue.

— Eh…

— Parce le bulbul était là avant.

— Ils ne s'entendent pas bien?

— Le bulbul est joyeux, il a la tête ébouriffée, il est fripon. La grive est restée à l'écart, à gratter la terre.

— Elle ne s'est pas battue, hein.

— Non. Elle cherchait seulement des vers. Elle ne s'est pas humiliée, n'a pas pleurniché non plus. Elle a simplement gardé ses distances.

— Eh, eh bien…

— Mais elle a picoré les petits morceaux de pomme que le bulbul avait laissés tomber.

Son grand frère ne le questionnait jamais sur son travail. Quand la conversation au sujet des oiseaux était terminée, le calme revenait et ne flottait dans la salle à manger que le bruit qu'ils produisaient en avalant les bouchées de sandwiches ou en aspirant des gorgées de soupe. La grive et le bulbul avaient disparu.

Après le repas, ils mangeaient la pomme que le frère aîné avait préparée. C'était le reste de ce qu'il avait donné aux oiseaux. Lui qui avait fabriqué de magnifiques broches savait également éplucher les pommes avec adresse.

À douze heures quarante-cinq, le régisseur enfourchait à nouveau sa bicyclette pour retourner à la résidence. Son frère aîné faisait la vaisselle, rinçait la boîte de conserve, refermait l'encyclopédie pour ensuite attendre le retour de son cadet dans la soirée.

Comme d'habitude le mercredi, le frère aîné continuait à aller acheter sa pawpaw à l'Aozora. Le régisseur ne pouvait l'accompagner à cause de son travail, la dame était morte, sa fille avait pris sa suite, et le bazar s'était transformé en pharmacie, tout évoluant avec le temps, mais les pawpaw se vendaient comme avant. Les diverses sortes de couleurs, leur grosseur et l'illustration du papier n'avaient pas changé, et elles se trouvaient toujours dans leur bocal en verre au couvercle rouillé.

En passant à bicyclette devant l'Aozora, il se surprenait régulièrement à jeter un coup d'œil pour chercher le bocal. Et il avait l'illusion que son contenu était resté inchangé depuis l'époque où, enfant, il allait avec son aîné acheter leurs sucettes. Le bocal était réservé à son frère, la règle voulait que l'on n'en vende pas aux autres clients. Même si pour la majorité elles étaient fossilisées au fond, leur tour n'étant toujours pas arrivé, les pawpaw attendaient d'être choisies. Depuis dix ans, voire vingt, elles continuaient d'attendre de devenir des broches... Son imagination s'emballait.

En remplacement des lessives, purgatifs ou médicaments pour le rhume, au lieu des huiles de table, lotions démaquillantes et pots de cold-cream*, tandis qu'au plafond, les marmites et les cages à insecte avaient laissé la place aux mobiles publicitaires des laboratoires pharmaceutiques : il n'y avait manifestement pas de nid offrant la sécurité. La nouvelle dame, pour sa mauvaise mine et sa façon de parler, était la copie conforme de la précédente sans le fichu dissimulant la maigre chevelure. Elle avait sans doute été mise au courant au sujet du client du mercredi, car elle avait hérité fidèlement du procédé, à savoir demander d'abord la couleur souhaitée avant d'en prendre une dans le fond. Et elle se trompait régulièrement de couleur.

L'achat d'une pawpaw à l'Aozora avait déjà la forme fixe d'un rituel et le souhait de leur mère de le voir devenir un entraînement à la vie sociale avait disparu depuis longtemps, mais la pawpaw restait le seul

* Crème de soin, mélange de blanc de baleine, cire d'abeilles et huile d'amandes douces.

fil ténu qui reliait son frère aîné au monde extérieur. Comme pour mieux continuer à respecter la promesse faite à leur mère dans un passé lointain, chaque semaine son aîné sortait acheter sa pawpaw.

Quand il rentrait du travail et qu'il voyait une nouvelle sucette posée sur la table, le cadet se disait qu'on était mercredi ce jour-là, et le mardi soir, en voyant son aîné sucer sa pawpaw, il pensait que le lendemain serait un mercredi.

Il lui disait alors de ne pas oublier de bien éteindre le gaz, et ses recommandations s'étaient ajoutées au rituel.

— N'oublie pas de fermer à clef. Et l'argent est dans le tiroir des étagères de la cuisine.

Son frère aîné acquiesçait, sa pawpaw à la bouche. Pas une seule fois il n'avait laissé le gaz allumé, oublié de fermer à clef, ou perdu l'argent.

Il en arrivait à sa sixième broche. Quand le nombre de papiers atteignait une quantité déterminée, la fabrication commençait. Il n'y avait pas de modification dans le procédé, et plusieurs pots de colle et lames de cutter y passèrent. Après la jaune, il y eut la violette, la rouge, la turquoise et la bleu ciel. La couleur choisie pour le dessus changeait à chaque nouvelle broche. Chaque broche terminée allait rejoindre les autres devant la photographie de leur mère.

En comparaison de la première broche jaune citron, son aîné avait progressé en habileté, la solidité des strates comme l'utilisation du cutter se raffinant de plus en plus. Et pourtant, le cadet préféra toujours cette impression de retenue un peu maladroite de la première broche jaune citron.

En général, le travail à la résidence s'interrompait le week-end, mais les deux frères n'allaient pas pour autant se promener quelque part. Tout au plus le cadet en profitait-il pour faire des courses au super-marché, passer à la bibliothèque, faire le ménage et surgeler des plats pour son aîné les jours où son travail le retardait. Près de lui qui faisait cuire des légumes à l'étouffée, modelait des croquettes ou fourrait des petits pâtés chinois, son aîné tendait l'oreille aux cris des oiseaux de passage qui vole-taient dans le jardin.

Le soir, ils écoutaient la radio. Ils n'avaient pas vraiment de programme préféré, et s'il y avait des lec-tures de romans, il y avait aussi des retransmissions d'opéras. Le poste était posé sur un vieux meuble à côté de la photo de leur mère. Son aîné avait un don particulier pour écouter. Aucun besoin de lui demander ce qu'il pensait d'une émission : il suffi-sait de le regarder pour comprendre jusqu'où il en appréciait chaque mot, chaque son. À l'intérieur il était transparent, vide, et ses oreilles se vouaient entièrement aux oiseaux, aux lectures ou aux opé-ras. C'est pourquoi justement les sons, sans entraves, débarrassés même de leur signification, pénétraient tels quels en lui.

La vaisselle du dîner faite, la cuisine proprement rangée, il ne leur restait aucune corvée. Dans la salle de séjour, rideaux tirés, les deux frères étaient assis au centre de leur petite maison. À la radio on entendait un conte venu d'un pays lointain. Ou l'aria d'une prima donna plongée dans l'affliction, serrant dans ses bras le corps de son amant. L'aîné, bras croisés, regard baissé sur ses doigts, retenait sa respiration pour ne manquer aucun son, même le plus ténu.

On aurait dit qu'il était tout entier dans ses oreilles. Des oreilles prosternées devant les sons.

Il pensait que les bruits du monde se répercutaient sous leur forme réelle uniquement dans les oreilles de son aîné. Afin de ne pas le déranger, il faisait attention en lui reversant du thé, et réglait l'antenne quand la retransmission était mauvaise. Il essayait de l'imiter en écoutant intensément la radio. Leur mère sur la photographie, et les broches, écoutaient aussi. Mais cela ne marchait pas aussi bien que pour son grand frère.

— Il est déjà tard, si on se couchait ? proposait-il le moment venu.

— Oui.

Son frère se levait et se dirigeait vers sa chambre à l'étage d'un pas chancelant comme si le son vibrait encore au creux de ses oreilles, malgré la radio éteinte.

— Bonne nuit.

— Bonne nuit.

Ce qu'il préférait en pawpaw était ce "bonne nuit". Il trouvait que la résonance un peu nostalgique et miséricordieuse qui exprimait la petite séparation de la nuit, même à voix basse, s'en allait vers un point aux lointains de l'obscurité. Même si plusieurs "bonne nuit" de son frère se superposaient, tout en ayant le pressentiment qu'un jour sans doute il se transformerait en un "adieu", il avait envie d'entendre à nouveau ce "bonne nuit" avant de se coucher.

— Bonne nuit, murmurait-il encore une fois en fixant l'ombre de l'autre côté de l'escalier, tout en sachant que ce "bonne nuit" n'arriverait pas jusqu'à son frère.

Au bout de cinq ans de bons et loyaux services à la résidence, on lui dit qu'il allait falloir utiliser les congés payés qu'il avait accumulés, si bien qu'ils projetèrent de faire un voyage tous les deux.

— On pourrait dormir dans un bungalow sur un plateau montagneux, proposa-t-il.

Son frère aîné n'avait pas l'air très partant.

— Il y a plein d'oiseaux de passage, tu sais.

Parler d'oiseaux n'eut pas beaucoup d'effet.

— On ferait un barbecue. En grillant des saucisses et des oignons sur une plaque de fer. On boirait aussi du lait cru aux pâturages dans la montagne. Et en plus, on serait de retour mercredi, tu pourras aller à l'Aozora comme d'habitude.

Sans dire ni oui ni non, l'aîné commença à se préparer pour le voyage. Malgré sa réticence, ses préparatifs furent assez complets. Même s'il ne prévoyait qu'un voyage de deux jours et une nuit, la quantité de bagages que son frère décida d'emporter était telle qu'elle ne logeait pas dans deux sacs de voyage.

Six paires de sous-vêtements, trois pantalons de rechange, quatre sweaters, six chemises, bonnet de laine, flanelle pour le ventre, capuchon pour la pluie, paire de jumelles, brosse à cheveux, trousse à couture, cirage, baume antiprurigineux, lingettes, remède intestinal, compas, capsules de bouteilles de jus de fruit, boîtes de potage, radio, encyclopédie des oiseaux, photographie de leur mère… Toutes ces choses étaient alignées sur le sol de la salle de séjour. Voyant son frère les mettre dans un sac, les ressortir et essayer plusieurs fois de les y remettre en changeant l'ordre et la manière de les ranger, il n'aurait pas dû, mais il alla dans le débarras chercher un autre sac. Celui que leur père utilisait de son vivant quand il se rendait un peu partout pour ses colloques.

— Tu n'es pas obligé de faire l'impossible pour tout emporter, tu sais, tenta-t-il de lui suggérer, mais le cœur de son aîné penchait déjà vers la question de savoir comment tout faire loger à l'intérieur des sacs plutôt que de réduire la quantité de bagages.

Alors que le jour du départ approchait, sans renoncer le frère aîné se consacrait à la tâche. Il ajouta de nouvelles choses à emporter : Siccarol*, huile de foie de morue, sablier, etc., plaçant la barre encore plus haut. Sa silhouette alors qu'il se trouvait assis sur le sol ressemblait à celle d'un oiseau marin entouré d'épaves.

Pour étonnant que cela paraisse, son frère réussit à mettre tous les bagages qu'il devait emporter dans trois sacs. Dans chacun, les bagages compressés jusqu'à leur extrême limite, serrés l'un contre l'autre, formaient bloc. Le moindre espace libre accueillait un objet de forme parfaitement adaptée, les choses lourdes souffraient au fond, tandis que les légères retenaient leur souffle sur le dessus de manière à peser le moins possible. À la fin, dans le seul espace qui restait sur le dessus du troisième sac, le frère aîné glissa le panier blanc qui ne le quittait jamais depuis l'enfance. Le panier qu'il avait un jour emporté au bureau du psycholinguiste. Bille, pince, petit flacon de teinture d'iode, mètre à ruban ; il ajouta au contenu la pawpaw achetée la semaine précédente. Et pour souligner l'excellence de son travail, la fermeture à glissière se ferma sans à-coup dans un joli bruit.

* Marque japonaise de talc.

Le jour du départ, se partageant les sacs, deux pour l'aîné, un pour le cadet, ils quittèrent la maison. Au moment de quitter la maison, pendant que son cadet se dépêchait de terminer les préparatifs du pique-nique qu'ils devaient manger dans le train, dans le jardin l'aîné grimpé sur un escabeau accrochait un morceau de pomme plus gros que d'habitude à une branche du hêtre. Les deux frères paraissaient mieux habillés que d'habitude. L'aîné, en chemise de coton indien sans col et pantalon de toile légère, portait une paire de chaussures de toile à semelles de caoutchouc neuves. Le cadet avait tout acheté dans un grand magasin en prévision de ce jour-là. Sur ses cheveux, comme son cadet, l'aîné s'était aspergé de lotion capillaire.

L'un à côté de l'autre, ils se dirigeaient vers l'arrêt d'autobus. À cause des sacs bien trop lourds, ils ne pouvaient marcher qu'en chancelant le long des clôtures de blocs de béton alternés. Le soleil qui venait de se lever dardait déjà ses rayons, si bien que la chemise indienne de l'aîné fut aussitôt imprégnée de transpiration.

— On peut changer quand tu veux, proposa le cadet en tendant sa main libre.

— Non, ça va, répondit l'aîné en reprenant fermement les poignées des sacs.

Leur dos recevait la lumière impitoyable de l'été. L'Aozora n'était pas encore ouvert, le rideau d'entrée était tiré, et la stridulation des cigales arrivait par tourbillons en provenance du jardin public.

— Sur le plateau il fait frais? demanda le frère aîné.

— Oui, il fait frais, répondit le cadet.

— Il y a deux lits dans le bungalow?

— Oui.

— Et des oreillers?

— Il y en a deux.

— On ne se brûle pas avec le barbecue?

— Non.

— Les ondes de la radio arrivent?

— Oui.

À ce moment-là, ils tournaient au coin de l'impasse et arrivaient devant la volière du jardin d'enfants. C'était pendant les vacances d'été, il n'y avait pas une silhouette humaine, seuls les oiseaux voletaient comme d'habitude avec entrain.

— Je rentre à la maison, dit le frère aîné qui venait de s'arrêter, en s'appuyant contre la clôture.

— Eh? s'exclama le cadet.

— Je rentre à la maison, répéta l'aîné sur le même ton, s'appuyant encore plus fort contre la clôture, les sacs toujours à la main. Cet emplacement devenu sa place attitrée pour observer la volière gardait déjà la marque de son corps. Il tenait entièrement dans le creux du grillage.

— Quand on arrive dans la grande rue, l'arrêt de bus est tout de suite là, tu sais, lui expliqua le cadet en désignant l'endroit de l'autre côté de l'impasse. On monte dans le bus, puis dans le train, et on arrive au plateau. Il y fera frais, il y aura un bungalow avec deux lits et deux oreillers, et on pourra y faire un barbecue sans se brûler et écouter la radio.

Mais les jambes du frère aîné ne firent plus aucun pas en avant.

Finalement ils étaient tous les deux rentrés à la maison, s'étaient changés, avaient remis en place tout le contenu des sacs de voyage. À midi, ils avaient déballé leur pique-nique pour le manger.

— Aah, quelle histoire.

Après avoir bu le thé qui avait refroidi, ils s'étaient affalés sur le sofa. Ils se sentaient agréablement fatigués comme s'ils rentraient de voyage.

Dès lors, les deux frères n'étaient plus jamais repartis. Leur seule véritable sortie les amenait régulièrement devant la volière du jardin d'enfants. Entre la maison et la volière il y avait tous les endroits nécessaires au frère aîné : cabinet médical de médecine générale et de chirurgie digestive, dentiste, coiffeur, oculiste, magasin d'électricité, et l'Aozora. Le frère aîné n'était obligé d'aller dans aucun autre endroit. Faire les bagages lui était amplement suffisant.

Une ou deux fois par an, le cadet projetait un voyage imaginaire. L'aîné préparait les bagages en conséquence. Pêche et camping au bord d'un lac de volcan ; visite d'un monastère au fin fond des montagnes ; bains dans une station thermale ; descente d'un canal en bateau ; location d'un chalet pour skier sur les pistes enneigées ; bains de mer sur une île déserte ; excursion sur des vestiges de l'âge de pierre et visite du musée attenant... Il existait toutes sortes de voyages. Le cadet dépliait une carte, entourait au crayon rouge l'endroit de leur destination, réfléchissait en vérifiant les horaires et les changements de trains afin de pouvoir arriver au mieux. Dans les guides il cherchait un hébergement, calculait leurs frais, et sur une feuille de papier notait l'itinéraire.

Sans exprimer de souhait au sujet du but de leur voyage, le frère aîné laissait toute initiative au cadet, mais n'était pas indifférent pour autant. Étant responsable des bagages, quand le projet commençait à prendre forme, il posait tout un tas de questions, rassemblant ainsi les informations nécessaires aux préparatifs.

Le lac avait combien de mètres de profondeur? Quel était le matériau du sol du monastère? De combien de gilets de sauvetage le bateau était-il pourvu? Y avait-il des médicaments contre le mal de mer dans le ferry qui effectuait la liaison avec l'île? La température à l'intérieur du musée était fixée à combien de degrés?

Toutes les questions avaient un but. Afin de répondre le plus correctement possible, le cadet téléphonait à la compagnie de transport des ferries, feuilletait les encyclopédies.

Quand leur feuille de route était prête, c'était enfin au tour du frère aîné d'entrer en scène. Des tiroirs de la commode, de la réserve sous le plancher de la cuisine, d'au-dessus du lavabo, de la mansarde sous le toit, étaient extraits les objets dont il avait vérifié qu'ils étaient nécessaires, qu'il alignait sur le sol. Naturellement, les critères de choix changeaient selon la destination et l'objectif. Pour la visite de ruines, des chaussures souples à semelle de caoutchouc et des gants de coton blanc; pour les sources thermales une râpe afin de poncer les talons ramollis par l'humidité; pour la pêche l'encyclopédie des poissons; ce genre-là. Il avait toujours une bonne raison de les emporter, même si on pouvait légitimement se poser des questions quant à leur présence. Les capsules de bouteille, pour servir de repère, en les déposant sur les sentiers de montagne, afin de ne pas se perdre; le sablier, pour se distraire en regardant tomber le sable au cas où il perdrait de vue son cadet.

Seuls cinq objets faisaient immanquablement partie du voyage. Radio, potage en boîte, encyclopédie des oiseaux, photographie de leur mère, et le panier blanc. Il leur avait attribué à tous une place particulière dans les sacs.

Rien qu'en regardant les bagages rassemblés par son aîné, le cadet pouvait se représenter le paysage de leur destination. Le poli des piliers se dressant le long du cloître ; l'ondulation des herbes aquatiques flottant à la surface du canal, et même la blancheur de la neige tombant en virevoltant sur le bonnet de son frère, tout cela lui apparaissait distinctement.

Son aîné se dévouait pour porter les bagages les plus lourds. Il s'inquiétait jusqu'à la fin de savoir s'ils n'avaient rien oublié. Quel que soit le lieu qu'ils visitaient, l'aîné ne s'ennuyait jamais, ne posait pas de questions inutiles, et suivait sérieusement la visite. Il lisait d'un bout à l'autre les explications, laissait échapper des cris d'émerveillement, et rangeait soigneusement les dépliants dans la poche intérieure de sa veste. Dans les stations thermales, il respectait fidèlement les consignes pour "la manière correcte de se baigner" collées à l'entrée, et aux bains de mer, n'oubliant pas la leçon de l'accident de leur père, il s'échauffait minutieusement. Comme si cela faisait partie des bienséances, il se comportait en suivant exactement l'itinéraire élaboré par son cadet, sans faire aucun caprice. Puisqu'il s'agissait d'un voyage occasionnel, pour le dîner ils s'offraient de la cuisine occidentale et buvaient même un peu de vin. Il leur arrivait de faire des folies en commandant pour le dessert une double part d'un délice de marrons à la chantilly. Les deux frères mangeaient à satiété. Et ils achetaient des souvenirs. Le cadet pour les fournisseurs de la résidence, l'aîné pour la pharmacienne, et même si ce n'était pas grand-chose, ils choisissaient un objet raffiné. Le soir comme d'habitude ils allumaient la radio. En voyage, les ondes étaient brouillées, ils entendaient les sons par intermittence, grâce à quoi ils pouvaient ressentir profondément à quel point ils étaient arrivés dans un endroit lointain.

Au milieu des bagages, le corps du frère aîné rapetissait, comme s'il en faisait partie. Le chargement des sacs était fait avec précaution. Au fur et à mesure que la fréquence de leurs voyages imaginaires augmentait, le frère aîné devenait de plus en plus habile, même si ce travail nécessitait toujours autant de concentration. Il lui suffisait de se tromper une seule fois dans l'ordre pour que les choses qui ne pouvaient pas entrer dans les bagages se mettent à déborder, si bien que finalement il lui fallait recommencer de zéro. Le contenu des trois sacs de voyage suivait un ordre rigoureux qui n'était pas conforme à la feuille de route qu'il préparait. Il aimait voir son aîné faire disparaître dans les sacs chaque objet qui jonchait le sol de la salle de séjour. Regarder ses gestes lui donnait l'impression de s'assurer de ce que leur voyage se déroulerait en sécurité et que le monde où ils se trouvaient était paisible.

— Et voilà, c'est prêt, disait le frère aîné qui venait de tirer sur la fermeture à glissière du troisième sac.

— Oui, répondait le cadet.

C'était leur voyage à tous les deux.

Le samedi après-midi, quand le cadet avait terminé son travail, ils allaient tous les deux voir la volière de la maternelle. Les enfants étaient tous rentrés chez eux, aucun n'était resté. Il ne se rappelait pas quand l'orphelinat était devenu un jardin d'enfants, ni quand les bâtiments avaient été reconstruits, la cage à écureuils et le bac à sable ajoutés. La seule chose claire était qu'il y avait là une volière et son frère aîné qui la regardait.

À voir le creux dans la clôture, on comprenait que le frère aîné venait souvent seul en cet endroit et qu'il y passait de longues heures en contemplation. Accroupi, son épaule gauche et sa hanche appuyées au grillage, sa main gauche repliée sur son cœur, la droite agrippée au maillage. Essayait-il de réduire de quelques dizaines de centimètres la distance qui le séparait de la volière? Son visage se rapprochait insensiblement des oiseaux, et bientôt son front et ses joues allaient à leur tour s'enfoncer dans le grillage de la clôture. La position de son corps, sans forcer, nullement endolori, paraissait très naturelle. Le frère cadet se tenait debout en silence derrière lui.

Le portillon sur l'arrière du jardin d'enfants n'était pas fermé à clef, ils auraient pu y pénétrer facilement en enlevant la bâcle. Avec un peu d'ingéniosité, peut-être auraient-ils pu ouvrir aussi la volière, et même si cela n'avait pas été possible, ils auraient sans doute pu passer au moins leurs doigts à travers les mailles de l'enclos pour toucher les oiseaux. Mais le frère aîné ne prenait jamais une attitude familière avec eux. Il ne sifflait pas, ne leur parlait pas, se contentait de rester à sa place et de les observer. Le frère cadet pensait alors que si son aîné s'adressait aux oiseaux en pawpaw, ceux-ci lui répondraient sans doute d'une manière beaucoup plus juste que lui-même.

La mode des canaris nombreux à l'époque de l'orphelinat était passée, bientôt la volière s'était remplie de bengalis. Le frère cadet se souvenait de la belle couleur jaune citron des canaris. En comparaison, celle des bengalis était bien terne. Le dessus brun-marron rayé de noirâtre et le dessous gris-brun pâle n'en faisaient pas un oiseau remarquable.

— Ces bengalis sont des sœurs*, murmura l'aîné en soufflant doucement à travers le grillage.

— Oui, c'est vrai, acquiesça le frère cadet.

— Des sœurs qui s'entendent bien.

— Ils sont tous des sœurs?

— Dix sœurs.

— C'est assez animé, hein.

— Nous, on est deux.

Il regardait le dos maigre de son frère aîné. Il se rendit compte que ses cheveux blanchissaient sur une partie de sa nuque.

Depuis l'enfance, et même lorsqu'ils étaient devenus adultes, son aîné avait toujours été le plus grand. Son nez proéminent ombrageait ses yeux, et ses lèvres sèches étaient toujours serrées. En revanche, le visage du cadet, vague, n'offrait aucune prise, et son nez, ses jambes et ses oreilles étaient plus petits que ceux de son aîné. Alors que de visage ils ne se ressemblaient pas beaucoup, lorsqu'ils les voyaient ensemble, les gens du quartier les considéraient comme des frères, et en plus, savaient aussitôt qui était l'aîné, qui le cadet.

Les bengalis ne restaient jamais tranquilles. Ailes, bec, pattes ou yeux, quelque chose en eux remuait toujours. Persuadés que s'ils s'arrêtaient ne serait-ce qu'un instant, ils perdraient aussitôt la vie, ils ne

* En japonais, jûshimatsu, avec les caractères "dix" et "sœur". Nom usuel au Japon du koshijiro kinpara, "flancs blancs" et "or ventre", petit passereau au dessus d'un noir profond, ailleurs d'un brun luisant, noir du ventre vers la queue, au bec pâle. Originaire de l'Inde, on le trouve en Malaisie et à Taïwan. Il est importé au Japon comme oiseau de volière depuis les temps anciens.

cessaient de prodiguer à tout va leur énergie. Ils battaient des ailes près de l'abreuvoir, s'appropriaient la balançoire, se cachaient dans les nichoirs. Tout en faisant ce qu'ils voulaient, ils avaient tous conscience de la présence du frère aîné, et quelle que fût leur position, faisaient attention à ce que sa silhouette ne disparaisse pas de leur champ de vision. Quant au cadet, ils n'y faisaient même pas attention, ayant deviné dès le début qu'il n'était qu'un simple accompagnateur.

À ce moment-là se produisit un chant plus fort et bien distinct. Comme à un signal plusieurs oiseaux battirent des ailes, tandis que les quelques autres qui restaient couraient de long en large sur le perchoir. Quelle que soit son espèce, dès qu'un oiseau étend ses ailes, il paraît étonnamment grand. Au point que l'on peut se surprendre à se demander où il pouvait bien cacher quelque chose d'aussi grand dans son corps. Sous ses ailes se dissimule quelque chose dont on n'avait pas idée, se dit-on. En même temps on est surpris de découvrir à quel point paraissent vieilles les pattes qui vont et viennent sur le perchoir. En comparaison des plumes douces, du bec corné et de l'œil vif, ces pattes décharnées, nues et d'une pâle couleur chair, avec des protubérances ici ou là, ont l'air bien vieux. Et ces minuscules excroissances qui les hérissent indépendamment de la volonté de l'intéressé, collées l'une à l'autre, reliées entre elles, noirâtres en certains endroits, sculptent un motif particulier à chaque oiseau. Ils peuvent toujours avoir l'air en forme, leurs pattes les trahissent. Elles cristallisent les strates temporelles qu'ils ont vécues.

Sur les broches fabriquées par son frère aîné on ne distinguait pas les pattes dissimulées sous les ailes, mais n'avaient-elles pas des excroissances comme celles des bengalis ? Ne poussaient-elles pas à l'intérieur du bocal de l'Aozora ? Quelle sensation laisseraient-elles au toucher ? Serait-ce la même que celle des talons rugueux de son aîné ?... Attentif au chant des bengalis, le cadet réfléchissait.

Un chant se poursuivait sans interruption. Celui de l'oiseau qui occupait le centre du perchoir. Sa calotte était si blanche qu'elle en paraissait couverte de neige. Du fond de sa gorge débordait un chant précis de virtuosité au volume disproportionné par rapport à son petit corps. Il y avait des modulations, des variations d'intensité, des staccati, des trilles. Il y avait une introduction, une ligne mélodique, un intermède, un point culminant. Tout y était.

— Tous les chants d'oiseaux sont des chants d'amour.

Il se rappelait ce que son aîné lui avait dit un jour. Des chants d'amour, ces mots romantiques utilisés comme si de rien n'était, avaient intimidé le cadet au point qu'il n'avait pu répondre qu'un vague : "Ah, vraiment...", mais en écoutant le bengali, il réalisa qu'il s'agissait bien d'un chant d'amour. Aucun être vivant au monde ne pouvait chanter avec autant de sincérité motivé par autre chose que de l'amour.

Son frère aîné écoutait. Il suivait la direction que prenait la demande d'amour. Sur son cœur, son bras gauche refroidissait, tandis que les doigts de sa main droite s'engourdissaient, mais le lobe de ses oreilles gardait sa tiédeur. Lors d'une courte interruption, dans un coin de la volière un autre oiseau se mit à chanter. Le brillant de la voix, la mélodie et le rythme, légèrement différents, étaient un peu hésitants. Se glissant dans cette brèche un autre oiseau chanta à son tour. Comme les oiseaux aux yeux placés de chaque côté de la tête qui l'inclinent prudemment lorsqu'ils veulent voir quelque chose, son frère aîné écoutait avec encore plus d'attention.

En dehors des deux frères, personne n'écoutait ce chant. Les enfants avaient disparu, les professeurs ne se montraient pas, et les gens qui passaient de temps à autre se dépêchaient comme s'ils voulaient ne pas avoir affaire à eux.

Les oreilles du frère aîné percevaient correctement le chant des oiseaux. De la légère respiration glissée entre chaque son jusqu'à la vibration de la langue blottie dans l'obscurité de la gorge derrière le bec, il accueillait tout, en comprenait le sens. C'est pourquoi il comprenait aussi que ces chants d'amour ne leur étaient pas destinés.

— Et si on rentrait ?

Le soir approchait. C'était au frère cadet de décider lorsque le moment serait venu de retourner chez eux.

— Oui.

Le frère aîné ne s'y opposait jamais.

IV

Un jour, en revenant de la résidence, il allait passer comme d'habitude devant l'Aozora lorsque, son attention soudain attirée par quelque chose, il s'arrêta sur sa bicyclette. À l'intérieur, un client âgé bavardait joyeusement avec la pharmacienne derrière son comptoir. Les mains sur le guidon, il les observa à travers la porte vitrée.

C'était toujours la même pharmacie, qu'il était censé bien connaître. Y étaient exposés Oxyfull*, coton hydrophile et vitamines, tandis qu'à l'intérieur de vitrines poussiéreuses étaient rangés les médicaments délivrés sur ordonnance et dans un coin abandonnés les cartons qui n'avaient pas encore été débarrassés. Bien sûr, les pawpaw se trouvaient toujours à leur place sur le comptoir à côté de la caisse.

Pendant que la pharmacienne et son client continuaient à bavarder sans se rendre compte de sa présence, il inspecta à nouveau l'intérieur de la pharmacie. Sirop contre la toux, somnifères, huile de ricin, cachets, talc, cold-cream, brillantine… Ainsi, lorsque ses yeux arrivèrent sur le mobile aux couleurs

* Marque déposée de l'oxydol, ou eau oxygénée.

d'un laboratoire pharmaceutique accroché au plafond, il laissa échapper un cri.

— Veuillez m'excuser.

Il avait précipitamment calé sa bicyclette avant d'entrer dans la pharmacie où il interrompit la conversation.

— Euh, la décoration au plafond, là…

La pharmacienne et son client se retournèrent dans un même mouvement, et après avoir jeté un regard soupçonneux à l'intrus, se concertèrent à mi-voix.

— Elle m'a été laissée par un représentant…

Pendant que la pharmacienne lui répondait, le client sortit sans faire aucun cas de sa présence.

— Oui, je sais. Mais ça, là, qui est fixé au mobile…

Il désignait le plafond. S'y balançait la broche jaune citron.

— Ah oui.

Elle leva un instant les yeux pour y jeter un coup d'œil sans avoir l'air particulièrement intéressé.

— C'est votre frère qui l'a laissée, dit-elle sur le même ton. Aujourd'hui c'est mercredi, vous savez bien que votre frère est passé, ajouta-t-elle, la main posée sur le large couvercle du bocal de pawpaw. C'est alors qu'il m'a donné cet objet.

Avec le mobile dont le centre de gravité s'était déplacé depuis qu'on lui avait rajouté quelque chose, le petit oiseau oscillait dangereusement. Même si, ailes penchées et bec pointant vers le haut, il réussissait difficilement à garder l'équilibre, il était loin d'avoir la silhouette d'un oiseau en plein vol. Au contraire, il ressemblait plutôt à un oiseau blessé, accroché à une petite branche, qui rend son dernier soupir.

— Pourquoi?... lui demanda-t-il.

L'air gêné et son visage s'assombrissant, elle se mit à tapoter le couvercle rouillé du bocal à pawpaw qui émit un joli petit grincement.

— Eh bien... Comme d'habitude, il a acheté une sucette, et après avoir rangé ses pièces dans son porte-monnaie, il a sorti l'oiseau de sa poche et l'a posé là. C'est tout.

— Il n'a rien dit?

— Si, il a marmonné quelque chose. Mais vous savez bien, votre frère aîné...

Elle s'interrompit, ravala ses paroles, et pour tromper le silence, entreprit d'enlever la rouille de ses doigts en les frottant sur sa blouse blanche.

Cette blouse était assez usagée. Le bouton d'en haut était cassé, tachée d'encre la poche de poitrine qui recevait un stylo-bille, et les poignets s'élimaient. Le tissu fatigué d'avoir été trop lavé suivait fidèlement la ligne de son petit corps replet.

— Savez-vous ce qui lui est passé par la tête? demanda-t-il encore.

— Vous pouvez toujours me poser la question, je ne sais pas. Sans doute que ça n'avait pas grande signification.

— Si. Cela m'étonnerait fort qu'il en soit autrement...

Cette fois-ci, il ne dit plus rien. "Enfin, cette broche était le précieux cadeau d'anniversaire de notre mère", murmura-t-il en son cœur.

— C'est bien le papier des bonbons? dit-elle alors sur un tout autre ton. Et c'est votre frère qui l'a fabriquée, n'est-ce pas? Mais je n'ai pas besoin de vous le demander. Puisque personne d'autre que lui ne vient m'en acheter autant.

Ils avaient en même temps levé les yeux vers l'oiseau de la broche. Incapable de se poser sur le cœur de leur mère, de déployer ses ailes à travers le ciel bleu, ou de faire entendre son chant, il restait là en suspension dans l'espace, pas très rassuré. Il devait y avoir un courant d'air quelque part, car de temps à autre l'oiseau se mettait à tourner. Et à chaque tour il paraissait s'affaiblir un peu plus.

Dans les rayons du couchant, la pharmacienne semblait avoir encore plus mauvaise mine. Sa peau desséchée était pulvérulente, ses cheveux coupés court partaient en tous sens. Le contour flou de sa silhouette se perdait au milieu des produits alignés sur les étagères. Comme si à force de se trouver toujours au même endroit, son ombre était aspirée par les rayonnages. Il se passait la même chose que pour la marque de son frère imprimée sur le grillage de la clôture du jardin d'enfants.

Il finissait par croire que la personne de l'autre côté du comptoir n'avait pas changé depuis l'époque du bazar. Son frère aîné avait beau acheter des pawpaw, le contenu du bocal ne diminuait pas pour autant, et pareillement, même si le temps passait, la dame gardait toujours le même aspect. Elle se trouvait là uniquement pour vendre des pawpaw à son frère. Remplacer son fichu par une blouse blanche n'était rien d'autre qu'un simple caprice.

— Excusez-moi de vous déranger.

Un client venait d'entrer.

— Vous avez du vermifuge ?

— Oui. En comprimés ou en liquide, lequel désirez-vous ?

Elle avait aisément quitté la broche des yeux pour accueillir son nouveau client. Abandonnant la femme accroupie au pied de ses étagères en quête de vermifuge, il s'en alla, laissant l'Aozora derrière lui.

— Pourquoi as-tu donné la broche à la dame?

Sans rien dire, comme s'il voulait lui signifier qu'il était justement en train de réfléchir à la question, son frère fronça les sourcils en grognant.

Comme le cadet pouvait s'y attendre, la broche jaune citron avait disparu de devant la photographie de leur mère sur la commode. Sur la table de salle à manger était abandonnée la pawpaw que son aîné venait d'acheter ce jour-là.

— Cette broche est très précieuse, tu ne crois pas? Cela ne te fait rien de la donner aussi facilement à quelqu'un que tu connais à peine?

Le grognement peu à peu baissa et s'affaiblit.

— Surtout que moi, je l'aimais particulièrement, celle-là. Tu es le premier à savoir tout le temps et le travail qu'il t'a fallu pour la fabriquer.

Au fur et à mesure qu'il parlait, il sentait la nervosité le gagner. Il aurait bien voulu s'arrêter, mais les mots sortaient tout seuls, et sa voix poussée par leur énergie devenait de plus en plus fine, tandis qu'il s'interrompait pour reprendre sa respiration.

— Tu n'as certainement pas oublié à quel point maman était contente de ce cadeau d'anniversaire que tu as fabriqué de tes mains? C'est la seule broche qu'elle a portée. Comment as-tu pu choisir celle-là?…

Son aîné, tête baissée, avait posé ses doigts sur son front, entre les sourcils.

— C'est un souvenir qu'elle nous a laissé, vois-tu. C'est l'objet laissé par notre défunte mère. En paw-paw aussi il y a bien un mot pour cela, n'est-ce pas?

"Ah, je ne veux plus continuer à parler ainsi", pensa-t-il alors. Il avait le pressentiment qu'il allait finir par lui lancer des mots irrémédiables.

À ce moment-là, son aîné ouvrit enfin la bouche :

— Il n'est pas perdu, tu sais.

Le cadet ne s'était pas rendu compte qu'il ne grognait plus.

— Il est là, tu vois bien, le petit oiseau jaune citron.

Sa main qui avait lâché ses sourcils désignait la photographie.

Effectivement, le petit oiseau était toujours blotti au creux de l'épaule gauche de leur mère. Protégé par un nid sûr où son cœur pouvait se reposer, ailes déployées en toute liberté, il répandait à travers ciel sa jolie couleur jaune. Sa silhouette n'était pas vraiment identique à celle qui se balançait au plafond de l'Aozora, mais il s'agissait bien de la même broche.

— C'est pourquoi il n'y a pas de problème. Maman a toujours sa broche.

Après avoir dit cela tout seul en s'approuvant lui-même, le frère aîné tendit le bras vers le poste de radio posé à côté, et l'alluma. On entendit la voix du présentateur lire les nouvelles.

— En plus, la dame de l'Aozora n'est pas une inconnue. Je la vois souvent. Je parle beaucoup avec elle. Depuis longtemps je la rencontre chaque semaine. C'est quelqu'un de précieux qui me vend les pawpaw.

Violation de la loi électorale par des conseillers municipaux ; incendie d'un marché public ; découverte d'une nouvelle étoile ; fermeture d'un aquarium ; informations concernant la circulation ; bulletin météorologique. Il y avait toutes sortes de nouvelles. Dans la pièce devenue complètement sombre, seule résonnait la voix du speaker. Comme lorsqu'ils écoutaient les oiseaux l'un à côté de l'autre, ils gardaient le silence.

Alors qu'il pouvait reproduire autant qu'il voulait dans le détail l'aspect des étagères de l'Aozora, dès qu'il essayait de se remémorer le visage de la pharmacienne, il n'y arrivait pas et trouvait cela curieux. Ne se présentaient à lui que la blouse blanche usagée et la forme de la main qui sortait les pawpaw du bocal, mais celle du visage ou son expression restaient dans le vague. Si elle ne faisait pas preuve de méchanceté envers son frère, elle ne lui montrait pas non plus de gentillesse particulière. Bien sûr, elle voulait bien lui vendre ses pawpaw, mais se trompait toujours de couleur.

Il n'avait jamais réfléchi profondément à la manière dont son frère aîné effectuait, le mercredi, son achat à l'Aozora. Il ne se préoccupait que des questions de clef ou d'argent, ensuite, il était persuadé que son aîné se comportait exactement comme dans leur enfance. La sortie du mercredi constituait pour lui la répétition d'un rituel qu'ils avaient élaboré tous les trois au fil des ans, l'aîné, le cadet, et leur mère.

Imaginer son frère emporter discrètement la broche et l'offrir à la pharmacienne, sans raison, l'inquiétait. Même si cela n'avait rien à voir avec un accident ou une blessure toujours possibles, il aurait même pu se perdre, il sentait monter en lui une étrange irritation.

Le lendemain à la pause de midi, il ne rentra pas à la maison. À la boulangerie il acheta une boîte de petits sandwiches au pain de mie pour une personne et dans son bureau de la résidence les mangea, et se désaltéra d'un pack de lait.

Dans la soirée, en rentrant après son travail, sur la table il y avait une tranche de pomme, et sur le gaz dans la cuisine la moitié d'une casserole de soupe. La pomme avait changé de couleur, la soupe était complètement refroidie.

Par la suite, chaque fois qu'il passait devant l'Aozora, il levait les yeux vers le mobile. Cela n'avait pas grande importance. Au départ la broche avait été faite par son frère. Il était donc libre de la donner à quiconque. Cela ne le concernait pas, après tout. Il avait bien essayé de s'en persuader, mais dès qu'il approchait de la pharmacie, il ne pouvait s'empêcher de lever les yeux vers le plafond. Peu à peu le nombre de broches augmentait, tandis qu'il diminuait devant la photographie de leur mère.

Les oiseaux avaient tous l'air emprunté. Alors que l'espace constituait leur élément naturel, ils avaient l'air perdu comme si on les avait abandonnés dans un environnement hostile. Certains s'étaient emberlificotés dans les cordons du mobile, tandis que d'autres penchaient dangereusement comme s'ils menaçaient de tomber d'un instant à l'autre. Dessous, la pharmacienne ensevelie au milieu de ses étagères ne s'apercevait même pas de la situation critique dans laquelle ils se trouvaient.

Même en passant à bicyclette, il pouvait compter rapidement les oiseaux au plafond. Les mercredis où leur nombre n'avait pas augmenté, il gardait la même vitesse, et les mercredis où il y en avait un de plus, pour laisser libre cours à sa colère, il appuyait si fort sur le pédalier que la chaîne grinçait. Mais il ne questionna plus jamais son frère aîné au sujet de ces broches.

Toutes celles placées devant la photographie ayant été offertes à la pharmacienne, le dessus de la commode fut totalement déserté, tandis que dans une proportion inverse s'animait le plafond de l'Aozora, mais quelque temps plus tard, brusquement, le mobile et les oiseaux disparurent. Le long été s'en était allé, le vent d'automne commençait enfin à souffler.

— Le laboratoire pharmaceutique a fait faillite, se justifia la pharmacienne, c'est pourquoi j'ai jeté le mobile et tout le reste. Parce que cela ne sert à rien de faire de la publicité pour une société qui n'existe plus, n'est-ce pas?

— Eh, mais, les oiseaux?… lui demanda-t-il précipitamment.

— Ah oui.

Elle ouvrit le tiroir du comptoir. Au milieu d'un fouillis de ruban adhésif, loupe, tampon encreur, punaises, lampe de poche ou bois de réglisse, les oiseaux serrés craintivement l'un contre l'autre formaient bloc.

— Je suis désolé, mais pourriez-vous les rendre à mon frère?

Elle les souleva à deux mains et les posa en vrac sur le comptoir. En tout il y en avait neuf. Son aîné, jour après jour au fil des ans, avait passé un temps fou à coller ses papiers de pawpaw pour former des strates, comme pour sortir d'un long sommeil des oiseaux si petits que, tous réunis, ils tenaient aisément au creux des mains de la pharmacienne.

— Ils ne me gênent pas particulièrement, mais quand on vous en apporte autant, c'est un peu dérangeant sur le plan émotionnel, n'est-ce pas?

Les oiseaux éparpillés en tous sens gardaient néanmoins leurs yeux ronds grands ouverts. Ce n'était peut-être qu'une impression, mais dans le soleil qui entrait par la porte vitrée, leurs couleurs paraissaient délavées.

— Bien sûr, je suis reconnaissante à votre grand frère. Puisqu'il m'achète beaucoup de sucettes et qu'en plus il ne gaspille pas les emballages. Mais voyez-vous, je n'ai aucune idée de comment me comporter avec lui.

Tout en bavardant, elle tapotait le croupion de l'oiseau de la broche jaune citron. Le bec frappait le bois du comptoir dans un petit bruit sec.

— Je me demande ce que cela peut bien être. Cadeau ? rémunération ? récompense ? apport ? À moins que ce ne soit qu'un simple rebut ? Dois-je seulement lui dire merci ou lui rendre la politesse ? et dans ce cas, que dois-je lui offrir en retour et comment ? Je suis très embarrassée, voyez-vous. En désespoir de cause je les avais accrochés au plafond. Parce que, n'est-ce pas, ce sont quand même des oiseaux... En plus, ce qui est gênant, c'est que votre frère n'en finit jamais de repartir, vous savez.

— S'il ne repart pas, que fait-il ?

— Il reste là, debout. Devant moi. Même après avoir fait son achat. Pour le principe, de mon côté je lui demande s'il veut autre chose. Mais je peux toujours lui poser la question, c'est bien inutile, n'est-ce pas. Puisque je ne peux comprendre sa réponse... Je vous prie de m'excuser. N'en prenez pas ombrage.

— Bien sûr que non.

— Votre frère aîné n'a besoin que d'une sucette. Je le sais bien. Mais d'autres clients ont beau arriver, il ne s'en va pas, voyez-vous. Il écoute sans bouger l'échange entre moi et le client. Il ne dérange pas du tout. On peut le laisser ainsi autant qu'on veut, cela ne le met pas en colère, et il ne devient pas violent. Il reste là, immobile… Oui, il n'y a pas d'autre mot plus approprié pour désigner votre frère. Immobile, c'est bien ça, immobile, votre frère est immobile.

Il imagina son frère debout comme lui-même à présent. La pawpaw qu'il vient d'acheter dans une main, il tient dans l'autre main une nouvelle broche qu'il dépose sur le comptoir. Peut-être va-t-il dire quelque chose, peut-être va-t-il rester silencieux. En tout cas cela ne change rien pour la pharmacienne. Un peu déroutée, elle lui dit "Merci" et pensant faire évoluer la situation, tapote le croupion de l'oiseau, et bientôt, ne sachant plus comment occuper le temps, elle s'irrite. Et elle finit même par avoir peur.

Son frère, familier du silence, n'a aucune idée de ce qu'elle ressent. Il croit le partager avec elle. Entre eux il n'y a que la broche. Il la regarde avec la même intensité que lorsqu'il se trouve devant la volière du jardin d'enfants.

À ce moment-là arrive un client. Elle croit avec soulagement que cela va sans doute le pousser à partir, mais il ne se décide toujours pas à quitter les lieux. Les clients sans-gêne l'examinent sous toutes les coutures avant d'expédier leur achat en évitant d'avoir directement affaire à lui. Sirop pour la toux, collyre ou médicament pour les douleurs d'estomac, ils achètent l'un de ces produits et ramassent leur monnaie. Ils n'ont aucun regard pour l'oiseau abandonné sur le comptoir.

Son aîné tend l'oreille au chant d'amour de la broche. Le gazouillis qui jaillit du fond des strates se fraie un passage à travers les médicaments de l'Ao-zora, enveloppe le bocal de pawpaw, va se répercuter jusqu'au plafond pour essayer d'atteindre la pharmacienne.

— Oui, je comprends. Je suis désolé de vous avoir dérangée.

Le cadet rassembla les broches sur le comptoir. Les neuf oiseaux qui tenaient facilement entre les mains de la jeune femme, d'une manière incompréhensible débordèrent des siennes et tombèrent au moment où il allait les glisser dans sa poche.

— Ne vous en faites pas. C'est plutôt à moi de m'excuser d'avoir bavardé plus qu'il ne fallait.

Il mit beaucoup de temps à ramasser toutes les broches.

— Qu'il revienne acheter des sucettes. Le mercredi. Vous lui direz, n'est-ce pas? insista-t-elle derrière lui.

Tout en faisant attention à ce que les broches ne glissent pas hors de sa poche, il pédala à fond sur sa bicyclette pour rentrer à la maison.

Finalement, ne se sentant pas vraiment capable d'expliquer correctement à son frère le retour inattendu des broches, dans un premier temps il n'eut pas de meilleure idée que de les cacher dans le locker du vestiaire de son bureau à la résidence. Même si comme il l'avait souhaité ces objets laissés par leur défunte mère étaient revenus, il se sentait toujours d'humeur aussi mélancolique.

Le mercredi suivant, il n'y eut pas de pawpaw sur la table de la salle à manger.

— L'oiseau n'a pas réussi son chant d'amour, dit le frère aîné.

Il ne s'était adressé à personne en particulier, il avait parlé d'une petite voix comme si les mots dérivaient dans l'espace.

— Il y a des oiseaux comme ça. Qui restent dans un coin de la volière sans jamais pouvoir chanter.

"Mais non, ce n'est pas vrai, tes oiseaux n'ont rien fait de mal, c'est le laboratoire pharmaceutique qui a fait faillite, c'est tout, maman et moi, on connaît bien la beauté du chant d'amour de tes oiseaux, alors tout va bien, ne te tracasse pas, tu peux continuer à acheter toutes les pawpaw que tu veux et fabriquer sans hésiter autant de broches que tu veux…"

Il aurait voulu lui dire cela mais en réalité, incapable de lui parler, il ne put que poser doucement la main sur l'épaule de son frère debout immobile devant la commode.

Dès lors, l'aîné ne retourna jamais plus à l'Aozora. C'est ainsi que s'annonça la fin de l'achat du mercredi et que disparurent les pawpaw qui en avaient longtemps constitué le signe. Son cadet n'avait plus à s'inquiéter, à le voir sucer silencieusement sa sucette en regrettant qu'elle fonde, de ce qu'il pouvait finir par se taire définitivement, tandis qu'il n'avait plus besoin, à la fin de leurs préparatifs de voyage, de la glisser dans le panier blanc. Même sans pawpaw, le mercredi se déroulait tranquillement.

À l'automne cette année-là vint un terrible typhon. À la tombée du jour le vent devint brusquement plus fort, bientôt la pluie qui s'était mise à tomber ne montra aucun signe d'apaisement, et en pleine nuit se mit à tourbillonner, entraînée par le vent violent qui secouait bruyamment toutes les vitres de la maison.

Comme d'habitude les deux frères écoutaient la radio dans la salle de séjour en mangeant des fruits d'après dîner. Il s'agissait de la retransmission d'un concerto pour violon. Parfois gêné par le vent le son qui venait du dessus de la commode s'éloignait, mais ni l'un ni l'autre ne tentèrent d'augmenter le volume. Le chant du violon revenait aussitôt, porté par la rafale de vent qui suivait.

Les arbres qui poussaient en liberté dans le jardin avaient de grandes ondulations qui se reflétaient en ombres noires sur les rideaux. À peine croyait-on entendre se rapprocher un grondement sourd issu des profondeurs de la terre que le bruit de quelque chose qui tombait, pot de fleurs ou seau en plastique, se produisait, tandis que la pluie continuait à tambouriner sur le toit.

L'aîné n'avait pas du tout peur. Comme le violon qui suivait fidèlement la partition malgré le vent qui faisait tout pour l'en empêcher, nullement troublé par le monde extérieur, il continuait à feuilleter l'encyclopédie des oiseaux en mangeant une tranche de pomme. Les paupières baissées, de la main gauche il retenait les pages du livre posé sur ses genoux.

Même s'il ne fabriquait plus de broches, il préparait des tranches de pomme à partager entre eux et les oiseaux, et sa dextérité dans le maniement du couteau ne faiblissait pas. Il épluchait le fruit avec habileté, découpait sans hésiter des tranches toutes d'égale grosseur comme s'il les mesurait avec une règle.

— La volière du jardin d'enfants, tu crois que ça va aller? demanda le cadet affalé sur le sofa, l'oreille tendue vers le violon et les bourrasques de pluie et de vent.

— La directrice l'a recouverte d'une bâche en plastique, répondit l'aîné. Aujourd'hui, dans la soirée. Avant l'arrivée du typhon. Correctement.

Bien qu'il n'eût jamais mis les pieds à l'intérieur du jardin d'enfants, il savait tout de la volière.

— Ah bon?

— Oui.

— Ils doivent être drôlement effrayés. Parce qu'ils sont peureux.

— Non. Ils ne sont pas peureux. Ils sont prudents.

Il avait résolument forcé le ton sur le mot "prudent".

— La dernière fois quand j'avais un rhume et que je suis passé devant la volière avec un masque, ils ont eu peur et se sont tous enfuis dans un grand battement d'ailes. Cela aussi c'est parce qu'ils sont prudents?

— Oui, c'est ça. Ils n'ont pas peur du masque, ils se méfient parce que ce n'est pas pareil que d'habitude. Les oiseaux ont de la mémoire. Ils comparent leurs souvenirs. La tête penchée, avec leur œil de chaque côté, prudemment.

— Ah, je vois.

Il se rappelait qu'un jour son frère lui avait dit que ce qu'il préférait chez les oiseaux, c'était quand ils penchaient la tête.

— Maintenant ils sont dans leur nichoir, dit l'aîné, comme si la volière était devant ses yeux.

Les reins bien enfoncés dans le sofa, le dos arrondi, il avait refermé l'encyclopédie, et les yeux baissés, regardait l'extrémité de ses doigts.

— Ils savent qu'ils y sont en sécurité. Ils savent qu'ils n'ont qu'à rester là sans bouger, le typhon finira bien par s'en aller.

Les yeux fermés, le frère cadet songeait à la rangée de nichoirs placés sur une étagère dans un coin de la volière. Ronds, en paille tressée, et il se figurait les oiseaux blottis l'un contre l'autre dans cet espace restreint.

— Ils ne mènent pas grand tapage. Ils restent immobiles.

Immobiles… Le mot vibrant avec le timbre du violon vint pénétrer le cœur du cadet. Son regard scruta encore plus profondément l'obscurité qui s'étendait derrière ses paupières.

Les oiseaux, ailes repliées, bec fermé, laissaient poindre hors du nid leur tête où seuls les yeux grands ouverts se détachaient. Leur agilité coutumière avait disparu, on ne la soupçonnait même plus. Le petit espace où il faisait bon était saturé d'une odeur rassurante qui éloignait la tempête. Il écoutait. Avec tellement de ferveur que les plumes lui semblaient même vibrer légèrement. Les gens qui ne connaissaient pas grand-chose aux oiseaux auraient peut-être pensé à tort qu'ils devaient avoir peur, mais en réalité ce n'était pas le cas. Son aîné percevait beaucoup plus de choses que ce que les autres croyaient. Dans un endroit exigu, il recevait les signaux qui se transmettaient seulement à ceux qui, avec une persévérance sincère, restaient immobiles. Et son cœur vibrait sous le poids de cette révélation.

Une rafale de vent encore plus puissante se produisit. Le concerto était entré dans son troisième mouvement et le violon qui suivait l'orchestre précipitait son tempo. Lorsque le cadet rouvrit les yeux, il trouva son aîné au même endroit et dans la même position que précédemment. Comme les oiseaux. Les oiseaux au corps frêle, dissimulés dans le nichoir, leurs minuscules tympans orientés vers l'extérieur, qui murmuraient d'une voix secrète.

— Dis-moi, commença-t-il, et si on élevait un oiseau?

L'aîné leva la tête avec une expression d'incompréhension sur le visage. Le violon qui abordait sa partie de solo se mit à faire entendre un son fort et tenace qui s'imposait entre les bourrasques.

— Quelle espèce tu voudrais? Celle que tu aimes ce serait parfait. Moineau de Java, canari ou perruche ondulée?

La pièce parut osciller, les piliers grincèrent et la radio fut brouillée par les parasites. Quelque part aux lointains une sirène se déclencha, mais le hululement fut aussitôt dispersé par le vent, ils ne l'entendirent plus.

— Non, un oiseau plus original, ce serait mieux. Originaire d'un pays étranger, une espèce améliorée. Mais oui. Observer ceux de la volière du jardin d'enfants, ce n'est pas suffisant. Je me demande bien pourquoi on n'en a pas eu l'idée plus tôt. Ce dimanche, j'irai voir au rayon des animaux de compagnie du grand magasin. Tu n'auras qu'à me dire la variété et la couleur que tu préfères, je te l'achèterai. Je suis sûr que tu t'en occuperas merveilleusement bien.

Son aîné se taisait toujours. L'ombre des arbres, noire sur le rideau, se superposant à son profil, semblait faire vaciller l'expression de son visage. Entre les deux frères ne restaient que l'encyclopédie et une assiette vide. À l'intérieur de la couverture de l'encyclopédie un jaseur à l'aigrette dressée becquetait une pomme sur une mangeoire-plateau. Dans la pièce flottait encore une discrète odeur de fruit.

— Je n'ai pas besoin d'oiseau.

Après avoir pleinement goûté le silence, son aîné venait enfin d'ouvrir la bouche. Le concerto arrivait-il à son point culminant ? la mélodie augmenta en gravité, suivie par le violon qui chantait avec intensité. Dans un tel élan que sur le moment il eut l'illusion que la tempête s'était peut-être calmée.

— Je n'ai pas besoin d'oiseau.

Les mêmes mots répétés sur le même ton. La voix de son frère aussitôt balayée par le violon, absorbée par le vent, dispersée par la pluie. La tempête ne s'apaisait toujours pas.

— Il y a des oiseaux à l'école maternelle. Il y en a aussi dans le jardin. Il y en a partout à travers le monde. On ne peut pas décider lesquels sont à nous. C'est pourquoi je ne veux pas d'oiseau à moi.

Sur l'encyclopédie, non loin du jaseur, un pic épeichette agrippé à un tronc frappait l'écorce de son bec en épine, tandis qu'à ses côtés une pie bleue à calotte noire dressait avec fierté sa queue bleu ciel. Une tache de thé décolorait le fier sourcil blanc de l'épervier, ce qui lui donnait l'air complètement idiot.

— Oui, j'ai compris.

Le cadet se redressa et après avoir repoussé l'encyclopédie se cala à nouveau sur le sofa.

— Excuse-moi d'avoir trop parlé.

Le concerto approchait de la fin. Sans se soucier des parasites qui s'y mêlaient de temps à autre, les sons qui ornaient le final se superposaient, se mélangeaient, et le violon qui les enveloppait les soulevait encore plus haut. Comme un dernier avertissement, les percussions résonnèrent. À cet instant, un bruit encore plus fort se répercuta à travers le jardin.

Ce n'était ni le grondement du vent, ni le bruit de la pluie, mais une résonance menaçante, inconciliable avec le concerto, qui se propagea venant du sol et remontant à leurs pieds. Aussitôt suivie d'un bris de branchages, tandis que quelque chose de gros et lourd s'affaissait, tombant lentement. Sur le rideau ne se reflétait qu'une masse ombreuse, et alors qu'il était impossible de voir l'aspect du jardin, ils eurent une idée nette de son état.

La clôture était-elle démolie? Le toit s'était-il envolé? Plein d'inquiétude, le cadet regarda son grand frère. Ils étaient muets tous les deux, mais l'aîné n'avait pas du tout l'air remué. Il n'avait pas peur, loin de là, il se tenait simplement immobile comme un oiseau avisé tendant l'oreille, à écouter le bruit de ce quelque chose en train de tomber. Leur mère, la broche épinglée sur le côté gauche de sa poitrine, les regardait tous les deux de l'intérieur de la photographie.

— Notre nid est sûr, murmura-t-il indistinctement.

Son langage pawpaw nullement dérangé par le bruit le plus effrayant arriva tout droit au creux de l'oreille du cadet.

"Notre nid est sûr."

Le cadet rumina cette ligne mélodique deux ou trois fois en son cœur. Elle résonnait beaucoup plus joliment que le violon.

Le lendemain matin, alors que le typhon s'en était allé, ils ouvrirent la baie vitrée de la salle de séjour qui donnait sur le jardin, et l'un à côté de l'autre, vérifièrent l'étendue des dégâts. Il leur fallut un certain temps avant de découvrir ce qui était à l'origine de cet énorme bruit. Bien sûr le jardin était jonché de feuilles mortes, la branche du hêtre où l'on accrochait la pomme était cassée, une sandale inconnue, une couverture de bicyclette et un couvercle de poubelle avaient roulé jusque-là, mais vu que d'habitude le jardin laissé à l'abandon n'était pas du tout entretenu, il n'y avait pas de changement spectaculaire. Les blocs de béton alternés de la clôture et le toit étaient intacts. Au contraire, la poussière ayant été chassée, illuminée par le pur soleil matinal, le vert de la végétation était plus brillant que d'habitude.

— Ah !

L'aîné venait soudain de désigner un coin du jardin. Tout au fond, l'annexe démolie s'était effondrée.

Depuis le décès de leur père, non seulement le cadet n'avait jamais mis les pieds dans cette annexe, mais il n'avait même jamais jeté un coup d'œil par la fenêtre, il en avait presque oublié l'existence. L'annexe faisait partie du paysage, au même titre que le hêtre, le magnolia, le saule des neiges et les fougères qui s'étendaient dessous, ce n'était rien de plus, et il n'y prêtait pas attention. Pendant quelque temps après la mort de leur père, il avait pensé constamment qu'il devait ranger ses affaires, et pendant qu'il repoussait cette tâche à plus tard, le temps s'écoulait. Chaque fois que l'annexe entrait dans son champ de vision, le poids des objets laissés par leur père défunt affectait son humeur au point qu'il évitait consciemment de regarder vers le coin ouest du jardin. Il n'avait pas relégué cette annexe dans l'oubli parce qu'il était difficile pour lui de se souvenir des morts ni parce qu'il souhaitait laisser les souvenirs en l'état, mais simplement parce qu'elle l'ennuyait.

Bientôt, comme si l'annexe elle-même se retirait peu à peu dans l'ombre du jardin, retenant son souffle entre les arbres, se dissimulant derrière les plantes grimpantes, laissant les feuilles mortes s'empiler sur le toit, son contour avait fini par devenir flou. À son insu, elle s'était fondue dans le paysage et ne le dérangeait plus.

— Les fondations étaient peut-être pourries.

— C'est terrible.

— Papa l'avait construite de bric et de broc, la qualité n'était pas fameuse.

Ayant tous les deux passé un cardigan par-dessus leur pyjama, ils descendirent au jardin. Il y avait là un chemin naturel d'herbe foulée par l'aîné lorsqu'il observait les oiseaux de passage, mais aux abords du coin ouest, les herbes poussaient en liberté sur le sol spongieux gorgé d'eau. Était-ce pour rattraper le temps perdu la veille à cause du typhon qui l'avait empêché de voler ? ou pour faire savoir qu'un phénomène anormal s'était produit ? un bruant perché sur un fil ne cessait d'émettre un son doux, un peu mélancolique : "Thui thui thui thui thui thuiuuu…"

— Heureusement que cela ne s'est pas produit quand papa étudiait à l'intérieur, fit remarquer l'aîné.

Il avait parlé comme si leur père avait réellement eu la chance d'échapper au danger.

— Oui, tu as raison, lui répondit son cadet.

Le toit avait glissé, les murs tordus penchaient, le tout paraissant prendre appui sur la clôture de blocs de béton alternés qui les retenaient à grand-peine, mais l'annexe avait déjà perdu son allure d'origine. Les fougères qui poussaient non loin étaient écrasées, le tuteur de la passiflore était cassé et le tronc de l'eucalyptus abîmé. Après avoir perdu son unique habitant, l'annexe avait supporté son absence avec presque autant de patience que les plantes qui l'entouraient, pour arriver finalement à ses limites et s'écrouler sur sa base… À ce qu'il paraissait.

Des livres étaient éparpillés à travers les décombres. Tous imbibés de pluie, salis de boue, les pages déchirées, les couvertures arrachées et retournées, aucun n'avait gardé son état d'origine. En repoussant les murs pour chercher un peu plus soigneusement sous les lattes du plancher dispersées, le cadet découvrit une boîte à pinceaux, un encrier, une loupe et des enveloppes de l'université. Que des objets en lien avec le travail de leur père. Il ne trouva aucun souvenir lui ayant été offert par leur mère, aucun bibelot, pas même une photographie de famille.

Plusieurs cahiers étaient sortis du tiroir du bureau éventré sur le sol. Il balaya la boue, tourna des pages ici ou là. Cela ressemblait au brouillon d'une thèse, mais il ne comprenait pas très bien. Leur père avait dû l'écrire avec des mots connus de lui seul, mais ligne après ligne, tout lui semblait obscur. Il n'était même pas sûr de savoir s'il s'agissait vraiment de l'écriture de son père.

— Alors qu'en pawpaw on comprendrait tout...

De chaque page tournée coulaient des gouttes d'eau, les caractères tracés par leur père bavaient et s'effaçaient. Non loin, son aîné, la tête levée vers la cime des arbres cherchait des yeux le bruant.

Finalement, sans ramasser pour les débarrasser livres et cahiers qui se trouvaient à portée de main, sans enlever ce qui était dangereux, comme les éclats de vitres ou les clous, sans demander à une entreprise spécialisée de la démolir, ils avaient laissé telle quelle la petite maison. Et sous sa forme tordue, l'annexe solitaire finit par ne plus se faire remarquer. Ce qui s'était affalé contre la clôture glissa peu à peu, les planches s'entassèrent sur le sol, formant bloc sans que l'on puisse discerner le toit des murs et du sol. Le bloc pourrit, se décomposa, se couvrit de mousses, des graines venues de nulle part se mirent à germer, et ici ou là ils virent même pointer des fleurs. Exactement comme si c'était la tombe de leur père. Les oiseaux, sans savoir ce qu'il y avait là à l'origine, descendaient parfois des branches pour s'amuser à sautiller dessus.

V

La vie des deux frères se poursuivit pendant vingt-trois ans. Le cadet travaillait à la résidence, l'aîné gardait la maison pendant son absence, leur quotidien se réduisait à cela, mais aucun des deux n'en éprouvait de l'insatisfaction. Le voyage qu'ils planifiaient une ou deux fois par an en choisissant une période où la saison était clémente constituait pour eux un moment de bonheur absolu, et la visite de la volière du jardin d'enfants une habitude équivalente à une respiration, qui les soutenait l'un comme l'autre dans leur quotidien. Même si leur conception du voyage différait de celle des gens normaux, même si les oiseaux se trouvaient de l'autre côté du grillage de la clôture et qu'ils ne pouvaient s'en approcher, leur légère satisfaction n'en était pas pour autant anéantie.

Passer la même journée que la veille constituait pour le cadet le point essentiel. Se lever et partir travailler chaque jour à la même heure, manger la même chose à midi, tourner le même bouton de la radio, dire le même "bonne nuit". Il savait bien que tout cela rassurait son aîné. Le changement le plus minime, par exemple la forme des sandwiches passant de triangulaire à rectangulaire, la bicyclette qui ne marchait plus ou le speaker du programme radiophonique qui changeait, tout cela constituait pour son frère un obstacle. Comme les oiseaux affolés par un simple masque de protection, une prudence hors du commun troublait sa respiration. Il lui fallait alors attendre immobile pendant longtemps que sa respiration retrouve son calme.

Dans tout cela, l'aîné craignait particulièrement les visiteurs. Il n'en voulait pas. Les oiseaux de passage du jardin lui suffisaient. Mais un jour, trompant leur vigilance, quelqu'un faisait son apparition, qui appuyait sur la sonnette. Elle rendait un son aigrelet, tellement désagréable qu'ils ne pouvaient y tenir.

Un ancien élève de leur père, sous le vague prétexte qu'il "passait par là", se tenait dans l'entrée, un carton de pâtisserie à la main. Un fournisseur de la résidence apportait un document urgent. Un lointain parent qu'ils n'avaient jamais vu dans le passé venait soudain les démarcher pour une assurance sur la vie. Aucun n'était le bienvenu. Mais son aîné se comportait poliment avec tout le monde.

— Bonjour. C'est gentil à vous de venir. Faites comme chez vous je vous en prie.

En entendant le langage pawpaw de l'aîné, tout le monde sans exception se trouvait déconcerté, confus, se ratatinait, ne sachant plus à quel saint se vouer. Certains adressaient un gentil sourire au cadet pour l'appeler à l'aide, d'autres faisaient semblant de ne pas avoir entendu, l'ignorant complètement, d'autres encore s'exclamaient exprès : "Eh, c'est quoi ça?" Le frère aîné les saluait en retour autant de fois qu'il le fallait.

— Bonjour. C'est gentil à vous de venir. Faites comme chez vous je vous prie.

Heureusement, aucun des visiteurs ne restait long-temps. Dès qu'ils avaient exposé le motif de leur visite ils ne tenaient plus en place et repartaient sans même boire leur tasse de thé. Laissant derrière eux, désœuvrés, pâtisseries, document ou brochure d'assurance sur la vie.

Après avoir raccompagné les visiteurs dans l'entrée, l'aîné commençait aussitôt le ménage.

— Normalement c'est ce qu'on fait avant les visites, disait le cadet en se moquant gentiment de lui.

Alors, tout penaud, son frère rentrait le cou dans les épaules, sans cesser néanmoins de frotter le sol de la salle de séjour avec un chiffon humide. À genoux, le dos rond, il frottait jusque dans les moindres recoins, sans oublier les endroits situés sous le sofa ou derrière la commode. Il utilisait le chiffon avec tant de soin qu'on l'entendait glisser sur le sol, le rinçait dans un seau d'eau claire, et après l'avoir essoré avec énergie, s'attaquait à un nouvel endroit. Et il répétait la manœuvre. Il continuait à travailler comme un oiseau s'appliquant à ranger son nid en désordre. Son cadet, alors, ne lui disait pas que cela suffisait, ne lui proposait pas non plus de manger une pâtisserie, il attendait que leur nid fût redevenu un endroit sûr.

Chez eux les visites d'oiseaux erratiques étaient beaucoup mieux considérées que celles des hommes. Sur la mangeoire-plateau que le frère aîné avait fabriquée en utilisant les planches de l'annexe effondrée apparaissaient les silhouettes de toutes sortes d'oiseaux vagabonds. Jaseur, mésange charbonnière, mésange boréale, bruant. Les plus fidèles étaient les oiseaux à lunettes qui se regroupaient le plus facilement autour de la mangeoire-plateau.

"Tchii tchuru tchii tchuru tchitchiru tchitchiru tchii, tchuru tchitchiru tchitchiru tchuru tchii…"

Les oiseaux à lunettes avaient un chant encore plus pur que celui de l'eau, du cristal ou de toute autre chose au monde, ils élaboraient une dentelle de voix cristalline, dont en se concentrant on aurait presque pu voir se détacher les motifs dans la lumière. Même l'aîné qui traitait tous les oiseaux avec la même équité avait un respect tout particulier pour le chant des oiseaux à lunettes. Dès qu'ils commençaient à chanter, quoi qu'il fasse son frère s'arrêtait afin de les écouter avec concentration jusqu'au bout. D'ailleurs, la forme de l'oiseau à lunettes était peut-être celle qui ressemblait le plus à la broche.

"Tchii tchuru tchii tchuru tchiru tchiru…"

Lorsque les jours de pluie se succédaient et que les oiseaux ne se montraient plus, le cadet essayait d'imiter le chant de l'oiseau à lunettes afin de réconforter son aîné, mais ne pouvait le tromper. Celui-ci pouffait de rire et chantait à mi-voix comme s'il lui montrait un modèle. Ce n'était pas une imitation de chant mais le chant en soi. Au point que le cadet avait l'illusion d'entendre chanter la broche. Vexé, il s'exerçait alors de toutes ses forces, voulant à tout prix se rapprocher au maximum de la performance de son aîné, et soudain, un court instant, il produisait un joli son. Alors, son grand frère le félicitait en disant : "C'est bien, tu es doué."

Ils vivaient en protégeant leur nid à tous les deux. Un nid discrètement dissimulé qui ne se remarquait pas au creux de la végétation. Un nid aux petites branches délicatement entrelacées qui leur ménageaient un espace convenable, dont les brins de paille qui tapissaient le fond étaient doux. Il n'y avait là de la place que pour deux, il n'en restait pas suffisamment pour que d'autres personnes puissent s'y blottir.

Dès lors que l'aîné atteignit un certain âge, ses ennuis de santé se firent de plus en plus fréquents. Et surtout depuis que, ayant renoncé à sa visite du mercredi à l'Aozora, il ne fabriquait plus de broches, ses moments d'absence augmentaient. Il avait tout de suite de la fièvre, ses articulations enflaient, il n'arrêtait pas de tousser. Incapable d'aller plus loin que la volière du jardin d'enfants, il lui était impossible de se rendre dans un grand hôpital, si bien qu'il ne lui restait plus qu'à prendre les médicaments achetés à l'Aozora ou se rendre à la consultation du cabinet médical voisin, mais en général, il récupérait en une ou deux semaines.

— Cette fois-ci c'est le ventre?

Le cadet lui ayant expliqué les symptômes, la pharmacienne se frottait l'estomac sur sa blouse blanche.

— Cela lui fait mal avant de manger? Ou après manger? questionna-t-elle.

— Eh bien, ni l'un ni l'autre… Ce serait plutôt une sensation de lourdeur.

— Il a de l'appétit?

— Pas trop.

— Ah. Ce n'est pas très bon. Alors, on va d'abord éliminer la chlorhydrie avant de lui redonner de l'appétit…

D'un geste sûr, la pharmacienne prit sur ses étagères une boîte de médicament, en enleva la fine couche de poussière avec la manche de sa blouse et la posa sur le comptoir.

— Je pense que ça c'est bien. Les comprimés sont plus faciles à avaler que la poudre.

— D'accord, je prends ça.

— Après chaque repas, dans les trente minutes qui suivent, un comprimé.

— J'ai compris.

— Ces temps-ci, votre frère n'a pas l'air en forme, on dirait.

— Mais si, il ne va pas si mal que ça.

— C'est qu'il ne vient plus jamais acheter de sucettes, dit-elle comme si c'était à cause de ses ennuis de santé qu'il ne venait plus.

Elle avait l'air d'avoir complètement oublié l'épisode des broches.

— Eeh, bah…

Il leva les yeux. Le mobile du laboratoire pharmaceutique et les broches avaient disparu, seul s'étendait la surface sombre du plafond.

— Quand on a mal à l'estomac, peut-être vaut-il mieux ne pas manger de choses sucrées, n'est-ce pas. Mais s'il n'a pas d'appétit et si ses forces diminuent, je crois qu'une sucette lui ferait du bien. Qu'en pensez-vous, vous en prenez une?

Les pawpaw se trouvaient au même endroit qu'autrefois. Dans leur bocal à large ouverture, le même que lorsqu'ils étaient enfants, où elles s'empilaient l'une sur l'autre en plusieurs strates. Depuis que l'aîné ne venait plus à l'Aozora, y avait-il d'autres clients pour en acheter? le couvercle était de plus en plus rouillé et il semblait qu'on ne l'avait plus ouvert depuis longtemps. À la réflexion, il n'avait jamais vu quelqu'un d'autre que son frère en manger. Les pawpaw paraissaient destinées à lui seul.

Les oiseaux sur les papiers étaient tous épuisés, fatigués d'attendre. Ailes accablées, bec terni, pupilles troubles. Sans pouvoir se dissimuler au fond des

strates ni reposer leurs ailes sur la poitrine de quelqu'un, ils n'avaient plus d'endroit où aller.

— Non, ça ira.

Il s'empressa de regarder ailleurs et de prendre le
médicament.

Quand il ne se sentait pas bien, l'aîné s'allon-
geait sur son lit, où il ne disait rien, ne bougeait
pas inutilement, restant constamment immobile.
Sans se plaindre de ses souffrances, sans décharger
sa colère sur n'importe qui, ni faire l'enfant gâté.
Au point que l'on pouvait se demander si des
expressions telles que "j'ai mal", "je suis fatigué",
"j'ai la nausée" ou "c'est dur" existaient en langue
pawpaw.

Enroulé dans une couverture, laissant seulement
pointer son visage, fermant les paupières de temps
à autre, parfois les yeux brillants de fièvre, il fixait
le plafond. Son cadet glissait alors la main sous la
couverture pour lui caresser la poitrine, ne sachant
trop si cela lui faisait du bien.

— Après j'irai râper une pomme. Et puis tu pren-
dras ton médicament.

— La pomme pour les oiseaux…

— Ce matin, je l'ai renouvelée.

— La grive…

— Elle va bien. Elle mange ce que le bulbul fait
tomber. Et puis, je vais mettre de la graisse et des
arachides sur la mangeoire-plateau.

— Oui.

— Elle est vraiment bien pour les oiseaux, cette
mangeoire.

— Les mésanges boréales viennent, celles des montagnes aussi.

— Je serai content de les voir.

— Papa aussi serait content. Être utile aux oiseaux, hein.

— Ah, c'est vrai.

Il n'y avait pas grand-chose dans la chambre de l'aîné, si impeccablement rangée qu'elle en paraissait désertée. Quelques livres d'ornithologie, des vêtements accrochés dans l'armoire, un cutter dans une cannette vide, des bandes magnétiques d'enregistrements de chants d'oiseaux, et le panier blanc. C'était à peu près tout ce que l'on pouvait y voir. Étaient rassemblées là les seules choses dont il avait besoin.

Sa poitrine était tiède. Ses côtes ressortaient, mais le cadet ne ressentait que tiédeur et douceur. En la caressant, il avait peu à peu l'illusion que le corps de son frère était en train de rétrécir. S'il continuait ainsi, n'allait-il pas devenir de plus en plus petit, au point de tenir au creux de ses mains, comme un oiseau ? se disait-il. Le mot le plus juste pour qualifier son aîné, "immobile", n'était-il pas en train de gagner en intensité, de devenir transparent et de se cristalliser pour donner naissance à un oiseau ? Sous sa paume, à son insu, son aîné était en train de se transformer en oiseau.

— En prenant le médicament ce soir, demain matin tu te sentiras certainement beaucoup mieux.

— Oui.

— Alors samedi, on pourra aller jusqu'à la volière.

— Oui.

Son aîné dormait. Un sommeil paisible était venu sans bruit le visiter, à tel point que le cadet ne s'en était pas aperçu. Au contact de sa paume, sans aucune inquiétude, les ailes de l'oiseau de cristal s'étaient doucement refermées.

Son aîné avait terminé ses cinquante-deux années de vie en fin d'après-midi, un jour où le jardin était entièrement recouvert de givre, où la pomme laissée par le bulbul avait gelé.

Le matin avant le départ du cadet au travail, son état n'avait pas l'air de s'aggraver : au contraire, l'aîné avait piétiné joyeusement le givre et nettoyé la mangeoire-plateau, paraissant beaucoup plus en forme que d'habitude.

— J'y vais, à tout à l'heure.

— À tout à l'heure.

Comme d'habitude, ils s'étaient séparés à la porte de chez eux. Le rituel que le cadet n'avait cessé de respecter scrupuleusement par égard pour son aîné ce matin-là encore s'était déroulé normalement.

Et pourtant, lorsque vers la fin de ses heures de travail le téléphone du bureau sonna, en proie à un sentiment funeste il resta un instant incapable de tendre la main vers le récepteur.

— Il s'est passé quelque chose avec mon frère, se dit-il à haute voix, seul dans son bureau.

Sur le moment, il eut l'impression de savoir tout ce qui s'était passé. Tout, c'est-à-dire que la situation était irrémédiable, que ce "à tout à l'heure" du matin avait été le dernier, et que dès qu'il décrocherait rien ne serait plus jamais comme avant ; tout lui fut transmis par cette sonnerie de téléphone. Comme le langage pawpaw que personne d'autre à part lui ne comprenait, il saisit tout en un instant. Et son pressentiment était juste.

Son aîné tombé près du portillon sur l'arrière du jardin d'enfants avait été découvert par la directrice, et aussitôt après transporté en ambulance vers l'hôpital universitaire en ville, mais il était déjà mort.

Il avait semble-t-il eu une crise cardiaque alors qu'il contemplait la volière.

— Sa silhouette appuyée contre la clôture n'était pas comme d'habitude, et j'ai trouvé cela un peu curieux.

La directrice du jardin d'enfants qui avait accompagné son frère aîné jusqu'à l'hôpital, après avoir adressé au cadet des paroles de condoléances pleines de sincérité, lui expliqua ce qui s'était passé. Ce fut la première fois qu'ils se parlèrent.

— L'orientation de son corps... J'aurais tout de suite dû aller le voir.

— Mais non, ne vous en faites pas.

— Quand je l'ai remarqué ensuite...

— Il était tombé, c'est ça?

— Oui.

— Mais comment avez-vous su qu'il s'agissait de mon frère? lui demanda-t-il.

La directrice du jardin d'enfants répliqua aussitôt :

— Personne d'autre que vous deux n'a autant aimé nos oiseaux.

Surpris par son ton déterminé, il ne trouva rien à lui répondre.

— Je le savais depuis longtemps. Mais vous paraissiez tellement recueillis que je n'osais pas vous adresser la parole.

— Ah bon?

Il avait baissé la tête.

— Les oiseaux... enchaîna la directrice, les oiseaux dans la volière, ils criaient et battaient vivement des ailes. Comme s'ils voulaient nous faire savoir qu'il se passait quelque chose d'anormal. Comme s'ils voulaient réveiller votre frère qui avait perdu connaissance.

Il pensa que son aîné était mort à l'endroit qui lui convenait le mieux. Dans ses derniers instants, les oiseaux à ses côtés représentaient pour eux deux une consolation irremplaçable.

Dans le cercueil il déposa le panier blanc. Puisqu'il s'agissait là du voyage le plus lointain de sa vie, son aîné en avait absolument besoin. Le panier qui se trouvait sur le dessus du sac de voyage comme pour montrer que son grand frère était prêt à partir, il le plaça à portée de sa main juste avant la fermeture du cercueil.

Il en vérifia scrupuleusement le contenu de manière à ce que son aîné puisse le passer en revue autant qu'il lui plairait. Bille, pince, flacon de teinture d'iode, mètre à ruban, et la pawpaw. La teinture d'iode était presque entièrement évaporée, le mètre à ruban détendu, mais tout était rangé correctement et orienté dans la bonne direction, exactement comme lorsqu'avec leur mère ils avaient tous les trois effectué leur long voyage en train pour se rendre au laboratoire de recherches du psycholinguiste.

Simplement, la pawpaw ayant disparu depuis que son frère aîné avait interrompu son achat du mercredi, avant les funérailles, il se rendit à l'Aozora en acheter une. Le voyant arriver, la pharmacienne en silence ouvrit le bocal, y prit une sucette tout au fond, qu'elle lui tendit.

— Je vous remercie, lui dit-il en inclinant la tête.

Elle bredouilla quelque chose en tripotant les poignets élimés de sa blouse et finalement se contenta de le saluer du regard. Elle n'accepta pas de paiement.

Elle en avait choisi une jaune citron, la couleur préférée de son aîné, celle de la mémorable première broche qu'il avait fabriquée de ses mains. Ce fut la première et la dernière fois qu'elle tomba correctement sur la couleur qu'il demandait toujours.

Les neuf broches qui faute de mieux avaient trouvé refuge dans son vestiaire à la résidence reprirent place à leur endroit d'origine. Il les déposa devant les photographies de leur mère et de son frère. L'oiseau jaune citron en tête, ils se tenaient tous sagement alignés afin de les protéger, et le soir ils écoutaient tous ensemble la radio.

Après la mort de son frère, la clôture du jardin d'enfants était restée déformée. Son corps avait disparu mais c'était comme si la passion avec laquelle il avait observé les oiseaux n'en finissait pas de s'en aller. Il suffisait au cadet de voir le creux dans la clôture pour que revive distinctement la silhouette de son aîné, main accrochée au grillage, buste incliné, joue collée à la clôture. En rentrant du travail, parfois il ne pouvait plus y tenir : il arrêtait sa bicyclette, et s'y blottissait. Les oiseaux, surpris par le crissement des freins, voletaient en tous sens, mais dès que le cadet s'immobilisait ils se calmaient et repliaient doucement leurs ailes. La forme laissée par son aîné était large, sans contrainte, confortable. Se faisait-il des idées ? Elle lui paraissait même tiède. La chaleur venait-elle du corps de son frère ou de celui des oiseaux ? Il n'arrivait pas à faire la différence.

— Les oiseaux vont bien, vous savez.

La silhouette de la directrice du jardin d'enfants venait d'apparaître à l'ombre du ginkgo.

— Ah, bonsoir, je vous prie de m'excuser.

Surpris, il s'éloigna précipitamment de la clôture.

— Mais non, je vous en prie, restez donc.

Était-elle en train de fermer les portes ? Un trousseau de clefs dans la main droite, la main gauche dans la poche de son tablier, elle se tenait debout, souriant gentiment. Le jour tombait alentour, hormis la lumière du bureau, les étagères à chaussures, la salle d'activités et le canari jaune sur le toit baignaient dans la pénombre. Il n'y avait plus de silhouettes d'enfants depuis un moment et les oiseaux de la volière semblaient se préparer à accueillir la nuit.

— Depuis le décès de votre frère, les oiseaux sont tristes, dit la directrice, les yeux levés vers les bengalis alignés sur le perchoir.

— Ah, vraiment...

— Oui, bien sûr. Ils comprennent. Vous savez vous aussi à quel point ils sont intelligents, n'est-ce pas ?

Il acquiesça.

— Quand votre frère apparaissait, les oiseaux lui faisaient fête en chantant à qui mieux mieux, vous savez. Exactement comme les enfants qui arrivent à faire le tour de la barre fixe et qui le refont sans arrêt avec fierté pour vous le montrer, ils ont tellement l'air d'avoir envie qu'on les félicite.

Les bengalis, l'un à côté de l'autre, lissaient leurs ailes en laissant échapper de petits "tchi tchi", mais ne chantaient pas. Était-ce parce que la nuit approchait ou parce qu'ils avaient deviné que cet homme-là n'était pas celui qu'ils avaient l'habitude de voir ? Aucun ne lui prêtait attention.

— C'est pourquoi, même si on jouait de l'harmonium ou à cache-cache avec les enfants, on savait tout de suite quand votre frère arrivait. Parce que les oiseaux chantaient différemment. Plus fort que d'habitude, de toute leur énergie. Sans épargner leur souffle.

Il savait lui aussi à quel point leur chant était joli quand son frère était présent. Comme pour prouver que leur chant était la pierre brute des mots, il se mêlait à la langue pawpaw pour ne faire qu'un, continuant à faire vibrer ses tympans.

— Ah bon?… murmura-t-il, gardant la tête baissée.

— Vous ne voudriez pas entrer? proposa la directrice en faisant tinter son trousseau de clefs.

Il recula, posa la main sur le guidon de sa bicyclette, et voulut refuser en prétextant qu'il lui fallait rentrer à la maison, mais le portillon sur l'arrière s'ouvrait déjà.

Avec hésitation, il pénétra pour la première fois dans l'enceinte du jardin d'enfants. En avançant ainsi de quelques pas, il sentit l'odeur des feuilles du ginkgo devenir plus intense, tandis que les oiseaux lui paraissaient beaucoup plus proches. La lampe du portillon éclairait faiblement leurs pieds.

Il découvrit alors un petit vase posé au coin du socle de la volière, derrière la mangeoire, invisible de l'extérieur. Avec une brassée de cosmos. Dans la pénombre, le rose pâle des fleurs vacillait.

— Si cela pouvait servir d'offrande à votre frère aîné…

Le trousseau de clefs tinta à nouveau.

Puisque la directrice avait de telles attentions pour quelqu'un venu quotidiennement à son heure contempler les oiseaux, il savait qu'en tant que seul parent, il aurait dû prononcer quelques mots de remerciement. Malgré tout, il restait là, la tête bourdonnante, les lèvres glacées.

Du côté des bengalis, certains s'étaient enfoncés dans leur nichoir, d'autres blottis en rang sur le perchoir formaient une seule ombre, même leurs petits cris s'étaient tus : ils se préparaient doucement au sommeil.

— Les oiseaux sont avec lui, soyez sans inquiétude, dit-il alors, paraissant s'adresser aux oiseaux. Ils vont guider mon frère jusqu'au paradis. Même petits, les oiseaux sont capables de voler à travers ciel.

— Oui, vous avez raison, acquiesça la directrice, les yeux fixés sur la brassée de cosmos.

Leurs regards s'évitaient, mais la nuit les enveloppait équitablement tous les deux.

La circulation dans l'avenue était lointaine, les derniers rayons du couchant s'apprêtaient à disparaître aux confins du ciel.

— Euh…

Comment cette idée lui vint-elle à l'esprit ? il ne put se l'expliquer.

— Si cela ne vous dérange pas, j'aimerais que vous me laissiez nettoyer la volière, proposa-t-il.

Les mots étaient sortis tout seuls.

Si la brassée de cosmos était l'offrande de la directrice, sa propre offrande serait l'entretien de la volière. Tout en se penchant pour nettoyer de fond en comble cette volière que sa vie durant son frère aîné n'avait cessé de contempler, il écouterait derrière lui s'élever le chant d'amour des oiseaux. C'était la meilleure façon de se rapprocher de son frère défunt, pensa-t-il en son cœur.

— Oui, bien sûr. Je vous le demande avec joie, répondit la directrice du jardin d'enfants.

Son intuition avait été correcte. Il ne lui fallut pas beaucoup de temps pour que le nettoyage de la volière devienne la tâche centrale de sa vie. Avec la mort brutale de son frère avaient disparu toutes sortes d'habitudes qu'ils avaient établies ensemble : les sandwiches et la soupe de midi, la radio du soir et les bagages de leurs voyages imaginaires, de sorte que l'entretien de la volière vint combler ces lacunes.

Honnêtement, on ne pouvait dire que pour un jardin d'enfants dont le symbole était un canari, l'entretien de cette volière fût parfait. Les professeurs s'en occupaient à tour de rôle, mais certains n'étaient pas très à l'aise avec les oiseaux, et afin de s'épargner du travail, on pouvait constater que de temps à autre ils leur donnaient à manger pour plusieurs jours ou nettoyaient la volière à la va-vite. Et quand les vacances se prolongeaient, même le renouvellement de l'eau avait tendance à ne pas suivre.

Il commença donc par rassembler le matériel nécessaire au nettoyage. Tout ce qui se trouvait dans la réserve était à moitié cassé, il n'y avait que des instruments peu fiables, alors il se rendit en ville tôt le matin avant d'aller au travail, se procurer brosse, balai, pelle à ordures, seau d'un usage adapté, qu'il chargea sur sa bicyclette et déposa en passant au jardin d'enfants. Il remplaça le vieux raccordement au robinet du tuyau d'arrosage par un neuf qu'il avait en réserve chez lui, et sur le bien trop simple crochet qui actionnait la porte de la volière, posa une solide bâcle. La modeste boîte de conserve d'ananas utilisée pour l'eau, le matériau pour consolider les nids durci par la pluie, le supplément d'aliment et toutes sortes d'autres choses, il les améliora peu à peu.

— Je vous rembourserai le prix du matériel dont vous avez besoin, n'hésitez pas à m'apporter les factures, répétait inlassablement la directrice qui s'inquiétait pour les frais. Ce à quoi il répondait invariablement :

— Non, ça ira. De toute façon, ce ne sont que des choses que nous avions à la maison.

En réalité, il se souciait peu des questions d'argent. Faire de la volière le meilleur endroit pour les oiseaux le réconfortait dans la mesure où il en faisait une offrande à son frère. La joie d'aller et venir dignement à travers la volière et de pouvoir entendre de tout près le chant des oiseaux constituait un privilège que l'on ne pouvait échanger contre de l'argent.

— Je ne sais comment vous remercier… Vous n'imaginez pas à quel point les enfants eux aussi sont heureux.

Lorsque la directrice mentionnait ainsi les enfants, il ne savait comment réagir et cela le mettait mal à l'aise. Il n'avait pas non plus le courage de lui avouer qu'il n'entretenait pas la volière pour eux mais pour son aîné, et se retrouvait malgré lui en train de bredouiller.

Le samedi après-midi, lorsque les deux frères se rendaient ensemble jusqu'à la clôture pour observer les oiseaux, ils ne voyaient pratiquement aucune silhouette d'enfant, mais qu'en était-il lorsque son aîné y allait seul ? se demanda-t-il soudain. Son frère n'avait-il pas fait l'amère expérience d'être moqué ? Dans ces moments-là, la directrice était-elle intervenue pour apaiser la situation ? Était-ce par discrétion envers les enfants qu'il n'allait jamais de l'autre côté de la clôture ? De toute façon, l'agitation des enfants et le chant des oiseaux n'allaient pas ensemble. Même si cela avait été un merveilleux hasard que la volière ait été mise en place à l'intérieur du champ d'activité de son frère aîné, il n'était pas nécessaire que ce fût un jardin d'enfants. Un coin de jardin public oublié de tous ou l'arrière-cour d'un musée dont on ne savait pas trop ce qu'il contenait lui auraient mieux convenu… pensait-il.

En tout cas, il avait peur des enfants. Peau moite trahissant une température trop élevée du corps, cheveux emmêlés collés au front, jeu de jambes vacillant, cris incompréhensibles, langue bien trop petite, tout en eux lui était énigme. Ne connaissant rien à l'amour, ils n'étaient que de petits êtres vivants qui n'entendaient pas les chants d'oiseaux et les recouvraient de leurs cris.

Il se levait tôt, visant le moment où les enfants n'étaient pas encore arrivés. Mais il avait beau s'efforcer de pédaler à toute vitesse sur sa bicyclette, les oiseaux étaient déjà éveillés. Dès que ceux-ci le reconnaissaient, ils se mettaient à pépier comme pour s'accorder à son essoufflement, en volant de leur nid au perchoir, de leur balançoire au grillage, se dégourdissant les ailes.

Il aimait l'instant où, ayant débâclé la porte, il avançait dans l'atmosphère de la volière que personne n'avait encore troublée. Elle débordait des murmures échangés par les oiseaux pendant la nuit. S'il se glissait à l'intérieur en faisant attention à ne pas troubler imprudemment cette atmosphère, alors qu'il voyait non loin le creux dans la clôture, il pouvait s'immerger dans l'illusion qu'il se trouvait à une distance beaucoup plus grande que celle d'un pas.

Il n'adressait pas la parole aux oiseaux. Il ne leur disait même pas bonjour. Eux non plus ne lui racontaient rien de ce qui s'était passé au cours de la nuit. Il savait bien que, puisqu'ils ne parlaient pas le paw-paw, tout ce qu'il aurait pu dire n'aurait pas grande signification. L'important était de remplir son rôle correctement.

Il nettoyait de bon cœur. Jointure entre le grillage et les montants de bois, dépressions du sol, fond de la mangeoire, coins du plafond, interstices des nids de paille, il y avait tant et plus d'endroits à nettoyer. Dans l'espace le plus petit se glissaient toujours de la balle, des plumes ou des fientes. L'eau froide lui engourdissait aussitôt les mains, mais il n'y prêtait aucune attention. Plus il bougeait, plus les scories accumulées au fil des ans tombaient. Les enfants comme les professeurs n'étaient pas encore arrivés, personne ne passait dans la rue, seuls les oiseaux le regardaient.

La mangeoire ravitaillée rassurait, l'eau de la baignoire étincelait dans le soleil matinal qui passait à travers le grillage, et sur le sol qui commençait à sécher, les traces de brosse ressortaient doucement, formant un joli motif. À ce moment-là, un oiseau au-dessus de sa tête se lançait dans son premier chant du matin.

Il commençait toujours sans aucun signe avant-coureur. Émis l'air de rien dans la continuation d'une respiration, mais avec l'assurance donnée par une préparation suffisante. Quelque part derrière le bec ou à la racine des ailes apparaissait peut-être un signe minuscule que lui ne pouvait déchiffrer. Il s'interrompait un instant. Il n'y avait rien d'étrange à ce qu'un oiseau chantât, mais il avait l'impression qu'une situation particulière se produisait. Il tendait l'oreille avec le sentiment que l'oiseau devant ses yeux envoyait un signe secret à lui uniquement destiné.

Mélodie riche en expression, rythme léger, voix pleine. Une maîtrise et un calcul corrects étaient à l'œuvre, aucun son ne sortait inconsidérément. Les notes gravées sur la portée se regardant l'une l'autre s'enchaînaient, traçant une courbe originale. Elles donnaient naissance à un chant alors que ce mot lui était encore inconnu. Le son infiniment pur était sans faille. Porté par le vent froid du matin, il continuait à danser au-dessus de sa tête.

Le premier oiseau lui apportait les mots de son grand frère, c'est pourquoi le petit corps si délicat chantait ainsi de toutes ses forces, lui semblait-il. Aussitôt, un autre entonnait un nouveau chant. Ensuite les chants de deux, puis trois autres, se superposaient. La tête toujours penchée il restait parfaitement immobile.

VI

Le travail à la résidence se poursuivait sans grand changement. Il avait fini par devenir celui qui connaissait le mieux son fonctionnement. Que des insectes nuisibles apparaissent dans la roseraie, qu'il se produise un court-circuit, que l'un des visiteurs s'écroule, terrassé par une crise d'anémie, il remédiait toujours convenablement aux incidents imprévus. Des caractéristiques des nuisibles au tableau de répartition électrique, du numéro des urgences aux formulaires d'assurances, où qu'il se produise quelque chose, il savait parfaitement comment traiter la situation. Il était le seul à savoir par exemple sur quelle étagère en partant du haut du placard de la cuisine se trouvait tel ou tel service à café décoré et pour combien de personnes. Tous se reposaient sur lui en ce qui concernait le fonctionnement de la résidence.

Plusieurs personnes liées à son travail lui adressèrent leurs condoléances pour le malheur arrivé à son frère aîné. Il ne se souvenait pas d'avoir parlé à qui que ce fût de sa situation familiale, mais tous savaient qu'il vivait désormais seul. Leurs paroles de consolation n'étaient pas aussi significatives que la pawpaw de l'Aozora ou la brassée de cosmos du

jardin d'enfants, mais elles lui apportèrent néanmoins un certain réconfort.

Il n'arrivait pas à se débarrasser de l'habitude
qu'il avait prise de jeter un coup d'œil à sa montre
quand on approchait de midi, alors qu'il travaillait
dans son bureau au sous-sol. Aujourd'hui encore elle
indiquait midi moins cinq. Il n'avait plus besoin de
pédaler avec énergie sur sa bicyclette afin de passer à
la boulangerie acheter un assortiment de petits sandwiches au pain de mie tout en se tracassant à l'idée
de savoir s'il en resterait ou non, mais son corps ne
tenait plus en place.

— Ah, soupirait-il comme s'il réalisait pour la première fois que son frère ne l'attendait plus à la maison, et se renfonçant sur son siège, il se concentrait
cinq minutes de plus sur son travail.

Il déjeunait à la résidence. Tout de suite à droite
de la terrasse avait été aménagée une charmille en
surplomb de la roseraie avec un banc de repos. Large
et confortable, au dossier parfaitement incliné pour
soutenir le dos, si bien qu'il pouvait y rester longtemps assis sans fatigue. Son menu était constitué de
pain acheté à la même boulangerie, mais puisqu'il
n'avait plus aucune raison de se cantonner aux petits
sandwiches assortis, il choisissait parfois si l'envie lui
en prenait un petit pain au lait fourré d'une saucisse
de Francfort, un pain au chocolat ou une brioche
à la viande.

Il desserrait sa cravate, se penchait pour mordre
dans le pain, le mâchait et le faisait couler avec un
petit pack de lait froid. Toutes sortes de variétés de
roses étaient cultivées jusqu'à l'extrémité du jardin
qui descendait en pente douce. Soutenues par des
tuteurs, étirant leurs tiges avec vigueur, s'enroulant

autour d'arceaux. Il devinait les arches qui passaient au-dessus du chemin de promenade à intervalles réguliers. Il contemplait la roseraie pour la simple raison qu'elle était là sous ses yeux. Les roses n'étaient pas encore fleuries.

Après avoir rapidement terminé son déjeuner, il restait un moment à regarder dans le vague, le sac en papier froissé à la main. Le jardinier et l'employé de la laverie étaient repartis en fin de matinée, il n'avait pas de réception prévue, il se retrouvait donc seul à la résidence. La baie vitrée qui donnait sur la terrasse étincelait dans le soleil, et il distinguait en transparence le sofa, la cheminée et les chandeliers. À l'étage, un rideau de dentelle dépassant d'une fenêtre entrouverte flottait au vent. Il crut entendre le cri d'un oiseau vagabond, un sansonnet peut-être, provenir du porche, mais ne le vit pas dans le ciel.

— Tu avais raison, les sandwiches au pain de mie c'est ce qu'il y a de meilleur, murmurait-il. Et après avoir froissé la pochette encore plus pour former une petite boule, il se levait, marchant sur les miettes de pain tombées à ses pieds.

Alors qu'il aurait pu passer tranquillement ce moment où il faisait auparavant l'aller et retour chez lui, il interrompait un peu plus tôt sa pause de midi et retournait dans son bureau travailler à ses dossiers.

Quand il ne se trouvait pas au jardin d'enfants à nettoyer la volière, il passait souvent son temps à la bibliothèque. Celle du quartier, à l'étage de la salle des réunions publiques. Il y empruntait invariablement des livres sur les oiseaux : encyclopédies, albums de photographies ou livres scientifiques, bien sûr, mais il lisait systématiquement tout ce qui avait trait de près ou de loin aux oiseaux. Contrairement à ce que l'on aurait pu penser, le flot des livres à emprunter ne tarissait pas. Manuel explicatif sur la manière de photographier les oiseaux ; biographie d'un maître d'école primaire ayant consacré sa vie aux accouplements des diamants. Dossier de recherche concernant l'apprentissage de la parole chez les perroquets ; récit d'un jeune garçon voyageant sur le dos d'une oie sauvage. Gardien d'un parc de paons ; condamné à mort s'étant pris d'amitié pour un moineau de Java dans sa cellule ; braconnier ; chef de restaurant spécialisé dans la préparation du pigeon ; expert en sifflement imitant les chants d'oiseaux... Les personnages étaient variés.

À l'heure où il arrivait, il n'y avait pas beaucoup de monde dans la bibliothèque. Une bibliothécaire derrière le comptoir de prêt, deux ou trois enfants autour de la table ronde du coin des livres d'images, et pour le reste quelques personnes apparaissant et disparaissant dans les travées. Le plafond était haut, faible l'éclairage des lampes à fluorescence, tandis que le sol grinçait douloureusement par endroits. La fenêtre orientée au sud reflétait le vert du chemin de promenade qui longeait un canal d'irrigation. La liste des livres récemment arrivés épinglée au tableau d'affichage et les étiquettes de classification collées au dos des livres étaient légèrement jaunies.

Il ne tardait pas, rien qu'en suivant rapidement des yeux le dos des livres sur les rayonnages, à trouver celui qu'il cherchait. La question n'était pas de savoir s'il voulait ou non le lire, mais s'il y avait ou non des oiseaux à l'intérieur. Que le titre fût à mille lieues du sujet, qu'il ne comportât même pas le caractère chinois désignant l'oiseau, il ne trompait pas son regard. Le gazouillis dissimulé au plus profond du livre qui remontait d'entre les pages n'échappait pas à son oreille. Il prenait le volume, le feuilletait, et bien entendu, y découvrait des oiseaux. Sur des pages jamais visitées depuis le classement du livre dans la bibliothèque, les oiseaux longtemps dissimulés paraissaient soulagés de pouvoir enfin déployer leurs ailes au creux de ses mains.

— Vous empruntez toujours des livres sur les oiseaux, on dirait, lui dit la bibliothécaire, un jour qu'il venait de poser sur le comptoir un volume qu'il voulait emprunter, ce qui le troubla.

Sa carte de bibliothèque à la main, il resta un moment incapable de regarder la jeune femme à qui appartenait la voix.

— Tenez, celui d'aujourd'hui aussi : "Signes secrets tracés à travers ciel".

Elle l'avait pris pour en lire le titre à voix haute.

— C'est au sujet des oiseaux migrateurs, n'est-ce pas ?

C'est alors qu'il découvrit son visage. Il était venu souvent sans jamais prendre conscience de sa présence et n'avait même aucune idée du nombre de jours où elle s'était trouvée devant ses yeux. Néanmoins, aucun doute : elle avait saisi correctement l'orientation de ses lectures.

Il ne put faire autrement que d'acquiescer. Jamais il n'aurait pensé qu'il pouvait exister quelqu'un se souciant des livres qu'il choisissait, et la surprise aidant, il se sentait intimidé.

— Veuillez me pardonner. Je ne suis pas là pour vérifier chaque fois ce que les usagers empruntent, lui dit-elle comme si elle avait deviné son trouble. Simplement, les personnes aussi cohérentes dans leurs choix ne sont pas nombreuses, et c'est très impressionnant.

Elle caressa la couverture de "Signes secrets tracés à travers ciel" avant de lever les yeux vers lui en esquissant un sourire timide.

Il ne s'attendait pas à découvrir une bibliothécaire aussi jeune. Trop jeune lui sembla-t-il. Ses joues gardaient les rondeurs de l'enfance, elle avait le cou gracile, n'était pas maquillée, et ses lèvres légèrement humides brillaient. Ses cheveux coupés au carré lui arrivaient aux épaules, et négligemment remontées, les manches de sa tenue de travail découvraient ses poignets blancs.

— À rester assis ici à longueur de journée, on finit par remarquer qui emprunte tel ou tel livre. Un auguste vieillard va demander le "Grand dictionnaire des pâtisseries d'Alice au pays des merveilles", un garçon du primaire dévorera la série de philosophie grecque… Quand de nouveaux livres arrivent à la bibliothèque, on se prend à imaginer que tel titre va plaire à tel lecteur ou convenir à tel autre. Si par hasard on tombe juste, on a l'impression d'avoir fait une bonne action. C'est ainsi qu'un jour j'ai fait le rapprochement. Je me suis aperçue que vous n'empruntiez que des livres en lien avec les oiseaux.

Elle avait parlé comme s'il s'agissait d'une découverte extraordinaire. Il ne put que répondre, évasif : "Euh, bah…"

— Je me demandais le cœur battant jusqu'où vous alliez continuer à suivre les oiseaux.

Tout en parlant, elle avait pris la carte de prêt qu'il lui tendait, noté sur le registre le titre du livre, sa cote et le numéro de la carte. D'une belle écriture régulière.

— Si à première vue il s'agit d'un livre sans lien avec les oiseaux, je m'inquiète un peu. C'est pourquoi, à son retour, je le feuillette discrètement, cherchant les oiseaux. Quand j'en trouve, je ne sais pourquoi je suis soulagée.

Contrairement à son apparence enfantine, il y avait dans sa voix une tranquillité qui ne dérangeait pas le calme ambiant. Il ne s'était pas rendu compte que les enfants étaient partis et ne voyait pas les autres lecteurs, tous dissimulés entre les rayonnages. Elle tardait à lui rendre les "Signes secrets tracés à travers ciel", si bien qu'il ne pouvait faire autrement que de rester debout devant le comptoir.

— Mais aujourd'hui, il n'y a pas d'inquiétude à avoir. Il est clair qu'il s'agit d'un livre sur les oiseaux migrateurs.

Elle posa enfin la carte sur le livre qu'elle lui tendit. Toujours sans savoir comment réagir, il les prit en silence.

— Je ne me trompe pas, vous êtes bien le monsieur aux petits oiseaux ? questionna-t-elle avec un franc sourire montrant qu'elle était sûre d'elle.

Il laissa échapper un petit cri de surprise.

— C'est ainsi que vous appellent les enfants de la maternelle, vous savez.

Après un hochement de tête, il glissa la carte dans la poche de son pantalon et le livre sous son bras.

"À rapporter dans quinze jours", entendit-il derrière lui en s'en allant.

En rentrant, passant devant l'Aozora, fermé le dimanche, il jeta machinalement un coup d'œil à travers l'interstice du rideau blanc baissé derrière la vitre de la porte d'entrée et ne vit pas les pawpaw. Il arrêta sa bicyclette pour vérifier. Il avait bien vu, le bocal à large couvercle qui les contenait n'était plus là. Remplacé près de la caisse par un présentoir de gommes à mâcher prévenant la mauvaise haleine.

Sans les pawpaw l'endroit avait un air emprunté comme s'il ne s'agissait plus de la pharmacie qu'il connaissait si bien. La propriétaire de la génération précédente était morte, depuis longtemps il n'y avait plus trace du mobile publicitaire et des broches au plafond, et voici que finalement les pawpaw, fatiguées d'attendre de devenir des broches, étaient parties à leur tour.

Il se persuada que cela prouvait que son aîné avait été spécialement choisi pour les pawpaw. C'était justement parce qu'il était mort que le bocal avait été enlevé. Lui seul avait eu le droit d'en choisir une à l'intérieur. Son frère avait sauvé les oiseaux des papiers de pawpaw et leur avait trouvé un endroit de repos dans un coin de la modeste pharmacie. À sa manière.

Il enfourcha à nouveau sa bicyclette et se dépêcha de rentrer à la maison. Lui revint le claquement sec lorsqu'au moment de la fermeture du cercueil, il avait refermé le panier dans lequel il avait placé la pawpaw jaune citron. Il se souvenait des doigts tremblants de son aîné qui n'arrêtait pas de l'ouvrir et de le refermer dans le train qui les menait au laboratoire du psycholinguiste, et du profil de leur mère qui le regardait faire en silence. Le cliquetis de la fermeture métallique attestait de la mort de son frère beaucoup plus correctement que le bruit qui s'était produit quand on avait scellé le couvercle du cercueil.

Dans le panier de sa bicyclette ballottait le livre qu'il venait d'emprunter.

"À rapporter dans quinze jours", se dit-il avec les mots de la jeune bibliothécaire.

— À rapporter dans quinze jours, dit-il à nouveau en appuyant plus fort sur les pédales.

Il sentit sa propre voix disparaître dans le bruit du livre qui ballottait et celui du vent qui soufflait, tandis que celle de la jeune femme revenait à la vie au creux de son oreille. Voulant l'entendre à nouveau, il appuya encore plus fort sur le pédalier.

Sur le banc peint en vert de la charmille, le livre "Signes secrets tracés à travers ciel" posé sur ses genoux, il songeait aux oiseaux migrateurs qui volaient, guidés par des secrets que les hommes ne pouvaient comprendre. L'endroit qu'ils cherchaient à atteindre était inaccessible, même s'ils se préparaient avec le plus grand soin. Ils migraient vers cet endroit lointain sans aucune hésitation, sans se plaindre ni ménager leur vie.

Il leva les yeux vers le ciel. Au-dessus de la roseraie, il vit de vagues nuages poussés par le vent d'ouest, mais pas une seule silhouette d'oiseau.

— C'est un bon livre, murmura-t-il en caressant la couverture.

Sans personne pour l'entendre, son murmure retomba à ses pieds. Là, comme d'habitude, le sol était semé de miettes de pain.

Il voulait connaître les formes des étoiles reliées entre elles et ce qui servait aux oiseaux de fil conducteur dans leurs yeux infiniment noirs et profonds, qui ne reflétaient rien de superficiel. Il lui semblait que suivre ces formes le mènerait aux oiseaux de son aîné. L'unique embarcation que seul son frère pouvait manœuvrer s'était éloignée de lui, finissant par disparaître au fil de l'eau. Si par hasard il restait un chemin qui pouvait le conduire jusqu'à son îlot, il ne le trouverait pas ailleurs qu'à travers le ciel. Seuls les oiseaux connaissaient l'itinéraire. Seuls les oiseaux savaient déchiffrer les signes.

Encore une fois son regard parcourut l'étendue du ciel. Même s'il faisait beau, une brume légère s'accrochait au vert de la cime des arbres, qui annonçait la saison où les oiseaux qui étaient arrivés pour l'hiver n'allaient pas tarder à se préparer à repartir. Et le nombre de boutons de roses augmentait de jour en jour.

Ce qui l'impressionna le plus à la lecture de "Signes secrets tracés à travers ciel" fut la réalité que, leur migration terminée, lorsque les oiseaux arrivaient sans incident dans les zones marécageuses, les lacs ou les forêts qui constituaient leur but, ils étaient très fatigués. Sous-alimentés, affaiblis, ayant atteint leurs limites après avoir utilisé toutes leurs réserves d'énergie. Au point de devenir parfois la cible de braconniers. Après un voyage aussi long, la fatigue était normale, mais la silhouette de ces oiseaux épuisés s'était gravée en son cœur et ne le lâchait plus. Qu'il s'agisse de la volière du jardin d'enfants ou des oiseaux qui faisaient halte dans leur jardin, il n'avait jamais vu d'oiseaux fatigués. Ceux de la volière mouraient toujours brusquement, sans même prendre le temps de s'affaiblir. Il en était venu à penser à eux comme à des créatures qui, un jour sans raison, avaient la force de s'envoler pour gagner les lointains du ciel.

Bien sûr, son aîné devait savoir beaucoup de choses au sujet des oiseaux fatigués. Les nuits où il n'allait pas bien et n'arrivait pas à dormir, peut-être avait-il pensé aux oiseaux migrateurs qui reposaient leurs ailes dans les fourrés des plaines humides. Peut-être avait-il prié pour leur sécurité, alors que n'ayant pas encore le loisir de baigner dans le soulagement d'une migration enfin terminée, ils devaient tout d'abord calmer leur respiration rauque, réparer leurs ailes blessées et pour retrouver leurs forces se mettre au plus vite en quête de nourriture. Et son frère avait peut-être également pensé à eux avec respect et admiration pour l'exploit d'avoir réussi à arriver jusque-là.

Il ouvrit le livre et tenta de relire à voix haute les quelques lignes qui lui tombèrent sous les yeux. Il avait l'impression que cela lui permettait de témoigner de son profond respect envers les oiseaux. Corbeau migrateur, tarin des aulnes, pyrargue, rouge-queue. Plusieurs photographies étaient insérées dans le texte.

"… Pendant longtemps l'homme a considéré que leur migration était due à une sensibilité instinctive, sans lien avec une quelconque technique ou intelligence. Mais c'était une erreur grossière. Ils ont beau donner l'impression de l'accomplir sans difficulté, cette migration est une action extrêmement difficile. Position du soleil, constellations, repères au sol, orientation du vent, magnétisme, ils analysent toutes sortes d'informations pour suivre leur route. Ils réfléchissent…"

Le livre était assez ancien mais ne gardait pas trace d'avoir été emprunté par beaucoup de gens. Même s'il avait pour objet la migration des oiseaux, on aurait dit qu'il était resté longtemps à somnoler dans un endroit où l'on avait fini par l'oublier. Il ne savait pourquoi beaucoup de livres qu'il empruntait étaient ainsi. Pour ne pas effrayer les oiseaux migrateurs, il en tournait les pages doucement.

Il s'aperçut bientôt qu'il considérait son aîné comme un oiseau migrateur épuisé. Les mots inventés par son frère étaient semblables aux itinéraires suivis par les oiseaux. Personne ne comprenait pourquoi ils se trouvaient là, si leur forme avait une signification, ni où ils les menaient. Malgré son désir de le retenir, il n'avait pu l'empêcher de s'en aller. Lui, son cadet.

L'heure de la fin de la pause de midi approchait. Comme d'habitude, il n'y avait pas de silhouettes d'oiseaux. Il continua sa lecture à voix haute mais elle ne faisait que flotter alentour, sans but.

— Je viens le rapporter.

— Tiens, bonjour, le monsieur aux petits oiseaux.

Il s'était dit tout le long du chemin que la bibliothécaire lui avait adressé la parole la fois précédente parce que la fantaisie lui en avait pris et que ce jour-là elle l'ignorerait, si bien que devant son attitude naturelle à laquelle il ne s'attendait pas, il eut encore plus de difficultés que d'habitude à trouver ses mots.

— Qu'avez-vous pensé de ce livre?

— Euh, comment dire?… Eh bien, il a une signification profonde, répondit-il le regard baissé sur les mains de la jeune femme, sans pouvoir la regarder dans les yeux.

— Alors c'est une bonne chose.

Elle apposa sur la carte de prêt et le registre le tampon du retour avant de ranger les "Signes secrets tracés à travers ciel" sur le chariot près du comptoir. Elle traita le livre avec beaucoup de douceur. Il y avait là une tendresse qu'un simple travail ne suffisait pas à justifier. Il fut heureux de la voir le toucher si gentiment, même un instant, comme si ce geste pouvait apporter un peu de réconfort aux oiseaux épuisés.

— Et je voudrais emprunter celui-ci, dit-il en posant un autre livre sur le comptoir.

Un livre imposant, le plus épais de ceux qu'il avait empruntés jusqu'alors. Il s'agissait de l'histoire de la firme Michiru, une société spécialisée dans la fabrication et la vente de cages à oiseaux.

— Désolée, dit la bibliothécaire, ne sachant comment s'excuser, je ne peux vous le prêter.

— Eh?

— Ce livre ne sort pas.

En regardant mieux il découvrit au dos une étiquette rouge.

— Mais bien sûr, vous êtes libre de le lire à l'intérieur de la bibliothèque, ajouta-t-elle en souriant.

— Ah, ah bon?…

Il aurait voulu lui rendre son sourire mais n'arrivait pas à relever la tête pour la regarder en face.

— Encore une fois, vous avez fait là un très bon choix, ajouta-t-elle en suivant de la main le contour du livre intitulé "La Firme Michiru. Quatre-vingts ans d'histoire" qu'elle avait redressé sur le comptoir.

— C'est étonnant de vous voir remarquer l'histoire d'une société. Vous m'avez prise au dépourvu.

Comme quinze jours auparavant, elle était toujours aussi innocente, sans aucune affectation, d'une fraîcheur que sa sobre tenue de travail n'arrivait pas à dissimuler tout entière.

— En réalité, je fais des pronostics sur les livres que vous emprunterez la fois suivante.

— Eh?

— Oui. Bien sûr, je ne les divulgue pas, ils restent au fond de mon cœur. Des oiseaux se cachent dans ce livre, le monsieur aux petits oiseaux s'en est-il aperçu? ne va-t-il pas emprunter ce livre-là la semaine prochaine ? ce genre-là, vous voyez. Cela vous dérange ?

— Pas du tout, dit-il précipitamment en secouant la tête.

— Aah, tant mieux. C'est un petit plaisir secret qui n'appartient qu'à moi, aussi je vous prie de ne pas en prendre ombrage.

"Bien sûr, cela ne me dérange pas, je vous en prie, vous pouvez vous amuser librement, cela ne me gêne pas du tout", murmura en son cœur le monsieur aux petits oiseaux.

— Et pourtant, je ne suis pas allée jusqu'à faire attention aux histoires de sociétés. Ce Michiru vient de "L'Oiseau bleu*", vous savez. Quelle étourdie je fais ! C'est bien la moindre des choses pour vous, le monsieur aux petits oiseaux.

Même si elle était tombée à côté, elle avait plutôt l'air content. Elle se mit aussitôt à feuilleter le livre avec de petits hochements de tête admiratifs. Entre ses mains blanches, fines et élégantes, le volume paraissait encore plus épais.

Il ne comprenait pas très bien pourquoi elle le félicitait ainsi. Mais il en ressentait néanmoins de la joie.

* Michiru : transcription phonétique dans le syllabaire japonais katakana de Mytyl, personnage de "L'Oiseau bleu", féerie philosophique en six actes et douze tableaux de l'auteur belge Maurice Maeterlinck, Prix Nobel de littérature 1911. La pièce met en scène un frère et une sœur – Tyltyl et Mytyl – qui partent sous la conduite de la fée Bérylune à la recherche de l'oiseau bleu censé leur apporter le bonheur. Très apprécié au Japon pour son drame lyrique "Pelléas et Mélisande" mis en musique par Claude Debussy, Maurice Maeterlinck est le contemporain de Jean-Henri Fabre, adulé au Japon pour ses "Souvenirs entomologiques". Maeterlinck est aussi l'auteur de "La Vie des abeilles" et de "La Vie des termites".

— Quand même, qu'il y ait autant de livres traitant des oiseaux de par le monde... Ils se cachent discrètement dans des endroits que je ne remarque même pas. Comme les oiseaux qui volent si haut à travers ciel que notre regard ne les distingue pas.

Levant les yeux de "La Firme Michiru. Quatre-vingts ans d'histoire", elle regarda la fenêtre qui reflétait le vert du chemin de promenade, le ciel étant beaucoup plus lointain.

— ... Les oiseaux qui ont passé l'hiver ne vont pas tarder à commencer leur migration, commença-t-il. Les variations de leurs sécrétions hormonales les confirment dans leur décision de partir en voyage. Ils déterminent la direction qu'ils doivent prendre avant de quitter la terre à laquelle ils sont habitués. Ils ne se demandent pas pourquoi ils doivent repartir pour un voyage aussi long et aussi dangereux, et ne pensent pas non plus que c'est injuste. Ils se contentent d'écouter, le cœur sincère, leur voix intérieure...

Il venait de lui réciter de mémoire un passage de "Signes secrets tracés à travers ciel". Quelques usagers debout entre les rayonnages regardaient en direction du comptoir d'un air interrogateur. Mais sa voix arriva de façon certaine à l'oreille de la jeune femme qui se trouvait devant lui.

Elle acquiesça, sourit à nouveau, lui tendit l'histoire de la firme Michiru.

— Eh bien, vous pouvez vous installer où vous voulez.

Dans un coin de la salle face aux fenêtres se succédaient plusieurs tables de lecture et des chaises. Seul un enfant y lisait un livre d'images, il n'y avait aucun autre lecteur.

— Je vous remercie, dit-il en prenant le livre.

— Je vous en prie, que le monsieur aux petits oiseaux prenne tout son temps.

C'est vrai qu'il était le monsieur aux petits oiseaux, pensa-t-il soudain. Les petits du jardin d'enfants le lui rappelaient si souvent que parfois même il en avait assez, mais cette appellation, sortant de la bouche de la jeune femme, se transformait en une marque d'attention particulière qu'elle lui offrait. Il avait l'impression que sur son propre cœur était accroché un insigne à ce nom auréolé de lumière.

Il ne s'était pas aperçu que derrière lui les gens attendaient pour rapporter leurs livres. Il s'éloigna enfin du comptoir.

— Euh, les pawpaw... les sucettes, il n'y en a plus ?

Le mercredi suivant en rentrant du travail, il était passé à l'Aozora.

— Ah, ils en ont arrêté la fabrication, lui répondit la pharmacienne avec insouciance.

La réponse correspondant bien à ce qu'il craignait, il n'en fut pas du tout choqué. Il avait seulement voulu vérifier que les pawpaw ne s'y trouvaient plus.

— Ce genre de friandise n'a plus beaucoup de succès de nos jours.

Une trace noirâtre demeurait là où le bocal avait été posé si longtemps. À la place, s'alignaient de simples présentoirs de gomme à mâcher prévenant la mauvaise haleine, mais ils n'avaient pas autant de présence que le bocal aux sucettes, et le comptoir avait un air vaguement égaré.

— Elles n'étaient pas si bonnes que ça, et leur emballage était vieillot, marmonna la pharmacienne en tripotant le poignet élimé de sa blouse blanche.

Avait-elle donc oublié? Que chaque semaine le mercredi son frère aîné venait lui acheter sa pawpaw? Et qu'à partir de leur papier un peu terne il avait fabriqué de superbes broches qu'il lui avait offertes?

Il leva les yeux vers le plafond et fit glisser ses doigts sur l'emplacement plus foncé où avait séjourné le bocal. Il ne s'était pas aperçu que la pharmacienne avait vieilli au point de ne plus se distinguer de la dame du temps où la pharmacie était un bazar. En calculant bien, cela faisait déjà plus de quarante ans que les deux frères avaient commencé à fréquenter l'endroit.

— Et celles qui restaient, vous en avez fait quoi?

— Je les ai jetées. Avec le bocal. C'est la société qui m'a demandé de le faire. Il paraît que cela pose tout un tas de problèmes quand les produits qui ne sont plus fabriqués restent indéfiniment en circulation.

Il se figura les pawpaw jetées sans ménagement dans un sac en plastique noir, enfouies sous des restes de repas, compactées dans la benne à ordures. Il les imagina réduites en miettes, les bâtonnets brisés, disparaissant sans même laisser une trace d'odeur sucrée. Ensuite, il pria pour le repos des malheureux oiseaux qui n'avaient pas été transformés en broche par la magie des doigts de son frère. Avoir sauvé de la destruction les quelques broches de la pharmacie le réconfortait à peine.

— Ah bon? C'est tout ce qu'il me fallait.

En réalité, il voulait des patchs mentholés pour ses épaules endolories, mais il laissa la pharmacie derrière lui sans rien acheter.

Ce soir-là, la radio diffusa la lecture d'un roman. Une histoire écrite semble-t-il dans un lointain pays européen au siècle précédent. Le temps s'écoulait, il ne pouvait toujours pas s'habituer à passer les soirées sans son frère. Il l'imitait, s'efforçant d'écouter au maximum, se demandant de quelle manière il faisait alors, et il lui arrivait souvent de se surprendre à jeter un coup d'œil involontaire à l'endroit du sofa où son aîné avait coutume de s'asseoir.

Son frère n'était présent que dans la photographie placée sur la commode. À côté de celle de leur mère il le regardait d'un air moitié embarrassé, moitié ébloui. Il avait pris cette photographie au bord du jardin un jour qu'ils partaient pour leur voyage imaginaire et qu'ils étaient soulagés d'avoir enfin terminé leurs bagages. Où étaient-ils allés alors? En croisière sur un paquebot? En excursion sur un plateau karstique avec visite des grottes à stalactites? Sa mémoire dérivait, il n'arrivait pas à se le rappeler. Devant la photographie s'alignaient dans l'ordre neuf broches, celle du canari jaune citron en tête.

La lecture à la radio était beaucoup plus habile que sa récitation. Riche en intonations, suggestive, débordant du sentiment que la scène était cruciale. Celle où une aristocrate confie à sa suivante une lettre pour un jeune homme dont elle est éperdument amoureuse. Elle est écrite en un langage codé qu'ils ne sont que deux à comprendre si par hasard la missive venait à tomber sous les yeux d'un tiers.

Il pensait qu'il n'existait pas d'autres codes secrets que les signes tracés à travers le ciel par les oiseaux ou le langage pawpaw de son frère aîné. Un code élaboré par nécessité pour un désir pervers ne pouvait que dévoiler aussitôt sa nature véritable. Comme prévu, poussée par la curiosité, la suivante ouvre discrètement la lettre, en recopie le contenu sur une ardoise et entreprend de la déchiffrer.

Il se rappelait la silhouette de la bibliothécaire derrière le comptoir de prêt l'écoutant réciter sans broncher. Il se la remémora, le regard dirigé vers la fenêtre comme si, guidés par sa voix, les oiseaux allaient d'un moment à l'autre voler à travers le ciel. Il s'était contenté de répéter exactement ce qui était écrit dans le livre au sujet des oiseaux migrateurs, et même s'il n'avait plus parlé ensuite, il eut la curieuse impression d'avoir bavardé longtemps avec elle. Sa manière de parler vous faisait croire que même les mots qui encombraient votre poitrine parvenaient jusqu'à son cœur. Exactement comme dans les conversations qu'il avait l'habitude d'échanger avec son frère.

Elle range les livres. Vérifie ceux qui sont de retour et les replace sur leur rayonnage, classe ceux qui arrivent de la bibliothèque principale. Même là où l'œil de l'usager ne peut la surprendre, il n'y a aucun changement dans son comportement. Elle traite tous les livres avec égalité et ménagement. Et soudain ses mains s'arrêtent. Le titre ou l'illustration de couverture, le dos du livre, la teinte jaunie du papier, quelque chose la retient. Elle regarde la table des matières, lit la préface en diagonale et tourne quelques pages. Et découvre un peu en retrait un oiseau qui chante, inaudible. Un oiseau sans ornement et d'une forme discrète, dont le chant est si joli qu'il vous plonge dans l'extase. Elle écoute en retenant son souffle, ses lèvres esquissant un sourire.

— Laisse le monsieur aux petits oiseaux te découvrir, murmure-t-elle en refermant doucement le livre de manière à ne pas troubler son chant.

Elle n'en finit pas d'attendre derrière le comptoir qu'il vienne emprunter le livre.

Ils sont reliés par un signe secret que seuls les oiseaux peuvent reconnaître, qu'ils sont les seuls à pouvoir déchiffrer.

Il baissa légèrement le son de la radio. Et pourtant, la voix du lecteur continuait à lui parvenir. Le soir, son travail terminé, dans sa chambre sous les toits la suivante essaie de décrypter sur son ardoise la lettre codée. Pendant ce temps-là, la relation entre la dame et le jeune homme s'enfonce dans une impasse. Une nuit, la suivante trouve enfin la clef et réussit à lire la missive. La suite d'obscénités qu'elle y découvre provoque sa colère et son excitation, et lorsqu'elle se voit confier une nouvelle lettre, elle falsifie le nom de l'endroit du rendez-vous. En utilisant un tout petit artifice, une ruse consistant à n'ajouter qu'une petite barre transversale, qui entraîne le jeune homme vers un malheur irrémédiable...

Alors, le fond sonore se fit plus fort tandis que la voix du lecteur s'éloignait, bientôt remplacée par l'annonce : "La suite de cette histoire vous sera proposée mercredi prochain à la même heure."

Il éteignit la radio afin que les signes secrets échangés entre la bibliothécaire et lui ne fussent pas troublés par un décrypteur pervers.

VII

À partir de la semaine suivante, chaque dimanche matin, après le nettoyage de la volière, il se rendait à la bibliothèque du quartier afin d'avancer dans sa lecture de l'histoire de la firme Michiru. Il gravissait l'escalier, traversait le sas où se trouvaient porte-parapluies et cendrier, et dès qu'il avait franchi la porte automatique arrivait devant le comptoir de prêt sur sa gauche.

— Bonjour, le monsieur aux petits oiseaux.

Il avait beau entrer le plus discrètement possible, la bibliothécaire le remarquait aussitôt et le saluait.

— Ah, bonjour... marmonnait-il à voix si basse qu'il ne s'entendait même pas.

Dans la travée "Sociologie/Ethnologie", celle qui se remarquait le moins, s'alignaient livres d'histoire régionale, dictionnaires et autres vade-mecum. Chaque fois qu'il se tenait là, il se demandait avec une légère inquiétude comment il ferait si quelqu'un d'autre était en train de lire l'histoire de la firme Michiru mais il retrouvait toujours le volume à sa place dans le rayon.

Dans l'espace lecture, il savait où trouver le meilleur endroit. Celui où, en lisant dans une posture normale sa silhouette restait cachée, où il lui suffisait de pencher légèrement la tête d'une manière tout à fait naturelle pour apercevoir la jeune femme derrière le comptoir de prêt.

Assis là, il lut toute l'histoire de la firme Michiru. Il n'avait pas imaginé que la lecture en serait aussi intéressante. En exergue, il trouva cette citation :

"La cage n'enferme pas l'oiseau. Elle lui offre la part de liberté qui lui convient."

Le fondateur s'était fait une situation dans le travail du bambou en créant un atelier de fabrication de cages pour oiseaux qui, à la génération de ses petits-enfants, s'était étendu aux volières à usage domestique puis aux grandes cages installées dans les parcs zoologiques. Diverses photographies – inauguration des ateliers, voyages des employés, articles disponibles, bâtiments de la société d'origine, effigie des directeurs successifs – présentaient les grandes lignes de l'évolution de l'entreprise, à partir de l'aspect du magasin à l'époque des petites cages jusqu'à la première société devenue firme Michiru, à la suite de quoi on suivait l'histoire de la firme au fil des générations successives.

Pour commencer, il ne savait pas très bien ce qu'était une société. C'était un comble, dans la mesure où son père avait été un spécialiste du code du travail. Et bien sûr, à travers son travail à la résidence il dépendait d'une entreprise de métallurgie dont il était salarié, mais c'était comme s'il se trouvait sur une île déserte, à distance de la société qui l'employait, et son travail n'avait aucun rapport avec la concurrence, la mise en valeur, la rentabilité ou l'expansion décrites dans cette histoire. Au contraire, on attendait de lui conservation et stabilité. C'est pourquoi il s'agissait pour lui d'une lecture rafraîchissante.

Des légendes sous les photographies jusqu'aux notes au bas des pages, il lut tout avec soin. Il n'avait aucune raison de se précipiter. Avoir ce livre entre les mains constituait pour lui une garantie justifiant sa présence en ce lieu. La bibliothécaire en personne lui avait demandé de le lire sur place, puisqu'on ne pouvait pas emporter le volume.

Quand la fatigue gagnait ses yeux, il enlevait ses lunettes de lecture et regardait le vert du chemin de promenade avant de jeter un coup d'œil au comptoir de prêt. Le dimanche, la bibliothèque de quartier était aussi tranquille que d'habitude, à peine remarquait-on quelques adultes accompagnés d'enfants, et pourtant la jeune femme avait pas mal de travail. Même si personne n'attendait pour emprunter un livre, elle écrivait, répondait au téléphone, descendait à la réserve au sous-sol. Et même s'il n'apercevait sa silhouette qu'entre les travées, ce qu'elle faisait alors arrivait pleinement jusqu'à lui.

Chaque tête de chapitre de l'histoire de la firme Michiru était illustrée par un oiseau : oiseau à lunettes, gobe-mouches lapis-lazuli, diamant de Gould, alouette, etc. Il apparaissait ailes déployées et c'était à partir de là qu'on entrait dans une nouvelle période. La firme Michiru avait accumulé les difficultés. Elles venaient du tempérament obstiné de son président, un artisan qui ne tolérait pas le moindre compromis concernant la qualité et ne cessait de s'opposer à son fils, vice-président, qui projetait une fabrication en grande quantité dans un second atelier. Finalement au cours d'un voyage récréatif du syndicat des travailleurs du bambou, le président tombait dans le bain et, blessé, mourait peu après. Son fils lui succédant, on pensait que la société allait s'agrandir normalement lorsque la guerre était arrivée : la société et les ateliers étaient incendiés, tandis que les oiseaux des clients disparaissaient. Par la suite, il avait fallu beaucoup de temps pour que les gens retrouvent l'envie d'élever des oiseaux en cage.

Dans le coin des lecteurs, lycéens, vieillards et femmes d'âge mûr avaient des livres ouverts devant eux mais personne n'était aussi concentré ni ne restait aussi longtemps que lui. Personne non plus ne se souciait du genre de livre qu'il lisait. Et pendant ce temps-là, la voix de la jeune femme lui parvenait à intervalles réguliers :

"Oui, bien sûr."

"Je vais me renseigner auprès de la bibliothèque principale."

"Vous devriez le trouver au milieu de la troisième travée face à vous."

Sa voix se frayait lentement un passage derrière les volumes pour arriver jusqu'à lui. Elle seule connaissait le titre du livre qu'il était en train de lire.

Un nouveau modèle utilisant des matières inoxydables et inodores sauvait la firme Michiru, et l'on pouvait dire que celui-ci était le fruit d'une technique due au souci de qualité de son fondateur. Avec sa propulsion au premier rang du marché de la cage pour oiseaux à usage domestique, cet objet d'art mettant à profit les techniques de travail du bambou du premier président fut exporté à l'étranger. Là encore il y eut des détournements de fonds, des accidents mortels du travail. Il y eut des dénonciations de contrefaçons, des montées en puissance de sociétés rivales. Mais chaque fois, à chaque tête de chapitre, un nouvel oiseau faisait son apparition, ailes déployées, faisant résonner très haut un chant qui ouvrait de nouveaux horizons.

Devant le comptoir s'était formée une file d'usagers, des livres à la main. Et pourtant sans s'énerver elle poursuivait posément sa procédure.

"À rapporter dans quinze jours."

Il entendait sa voix après le bruit léger du tampon. Une mère accompagnée de son enfant venait semble-t-il d'emprunter un certain nombre de livres d'images qu'elle rangeait dans son sac, si bien que manifestement elle ne prêtait pas attention à ce que la bibliothécaire lui disait.

"À rapporter dans quinze jours", murmura-t-il discrètement de manière à ne pas se faire remarquer des gens autour de lui. Il faisait revivre en son cœur pour lui seul cette petite phrase qui avait résonné au creux de son oreille au rythme des "Signes secrets tracés à travers ciel" brinquebalant au fond du panier de sa bicyclette.

À l'usager suivant, et encore au suivant, elle répétait sans épargner sa peine la même petite phrase. Tout en sachant très bien que ce n'était rien de plus qu'une banale consigne administrative, sans raison il fut assailli par le sentiment que le précieux talisman qui lui appartenait était tripoté sans vergogne par des gens sans-gêne.

À la page où il était arrivé il glissa le papier de pawpaw qui lui servait de signet et referma le livre. Un papier de sucette inutilisé qui n'avait pu devenir broche, laissés dans sa chambre par son frère. Il savait qu'en réalité ce n'était pas bien d'insérer des objets personnels dans les livres interdits de sortie, mais il lui semblait acceptable de glisser un papier de pawpaw dans l'histoire de la firme Michiru. Celui-là était complètement sec : la couleur avait passé tandis que l'odeur sucrée avait complètement disparu. Et pourtant l'oiseau de la pawpaw s'était glissé tout naturellement à l'intérieur, trouvant aussitôt sa place parmi ceux de la firme Michiru.

— Le monsieur aux petits oiseaux !

Soudain, une voix suraiguë poussant des cris perçants s'était répercutée à travers la salle.

— Qu'est-ce qui se passe ? Pourquoi t'es là ?

Ayant lâché la main de sa mère, un petit garçon se précipitait vers lui en courant.

— C'est quoi ? Tu lis quoi comme livre ? Fais voir !

C'était sans doute un des petits du jardin d'enfants, mais il ne se rappelait pas l'avoir déjà vu, ne connaissait pas non plus son nom. Néanmoins, l'air tout excité de le trouver dans un endroit différent de celui auquel il était habitué, le petit garçon ne pouvait s'empêcher de le submerger de questions.

— À la bibliothèque aussi il y a une volière ? T'es venu la nettoyer ?

Sans se gêner, il s'accrochait à son bras, approchant son corps sans défense. Son souffle trop chaud lui arrivait sur la joue.

— Dans la bibliothèque, nous parlons tous à voix basse, d'accord ?

La bibliothécaire se trouvait tout près de lui. Elle souriait, une main dans la poche de sa tenue de travail, l'autre caressant la tête de l'enfant.

— Ouiii ! répondit celui-ci d'une voix pleine d'entrain, s'éloignant aussitôt pour retourner auprès de sa mère.

Ne sachant pas très bien si le souffle chaud avait été celui du petit garçon ou de la bibliothécaire, tout confus le monsieur aux petits oiseaux se leva précipitamment, replaça le livre sur son rayon "Sociologie/Ethnologie", et quitta l'endroit sans un regard pour la jeune femme. Il avait l'impression d'avoir été grondé.

Il lui fallut beaucoup de temps pour terminer sa lecture de l'histoire de la firme Michiru. Le dimanche matin et jusqu'en début d'après-midi, sa silhouette assise au même endroit du coin lecture faisait désormais partie du paysage. Il avait si longtemps accompagné son frère aîné dans l'achat de sa pawpaw du mercredi et ce rendez-vous hebdomadaire lui convenait si bien qu'à son tour il se comportait comme lui.

Une seule fois il n'avait pas trouvé la silhouette de la bibliothécaire derrière le comptoir de prêt : découvrir à sa place un homme insignifiant d'âge indéterminé l'avait plongé dans le désarroi. Son rituel qui consistait à lire le même livre le même jour au même endroit n'avait plus aucun sens en l'absence de la jeune femme.

— Que se passe-t-il avec la personne qui est toujours là ?

Il n'avait pas l'habitude de s'adresser à un inconnu.

— Toujours là ? répéta machinalement l'homme d'âge indéterminé en levant la tête d'un air ennuyé.

— Une jeune femme. Aux cheveux courts… En tenue de travail… tenta-t-il d'expliquer, mais ne lui venaient à l'esprit que des mots ordinaires.

— Nous travaillons en alternance. Alors vous savez, ça change souvent.

Le ton de la voix du bibliothécaire signifiait que le problème n'était pas si important.

Il se faisait tellement de mauvais sang en se demandant ce qu'il ferait si elle ne revenait pas, que ce jour-là il n'avança pratiquement pas dans sa lecture. Ce

bibliothécaire brutalisait les livres et ne disait pas :
"À rapporter dans quinze jours." À la place, il ter-
rorisait tout le monde en disant : "Surtout ne soyez
pas en retard pour le retour."

La semaine suivante, en découvrant la silhouette
de la jeune femme, il fut profondément soulagé.
Elle se comportait avec naturel, comme s'il n'y avait
pas eu un blanc d'une semaine. À nouveau il put se
plonger dans l'univers de la firme Michiru.

Après la prise de fonction du troisième président,
la société n'arrêtait pas ses défis. Elle se lançait dans
la vente d'accessoires de jeux pour oiseaux : balançoires, échelles ou miroirs, fabriquait des cages
destinées aux expériences animales universitaires,
exploitait de nouveaux aliments vitaminés afin de
prévenir les maladies. Par ailleurs, prenant part au
mouvement bénévole de protection des oiseaux, elle
installait nichoirs et mangeoires dans les montagnes.

Le récit ne se limitait pas aux performances de la
ligne principale. Il y avait en abondance des anecdotes
concernant les différentes associations actives au sein
de la firme, les souvenirs de voyages de formation, la
présentation de l'établissement de repos ou l'évolution
des menus à la cantine. Le chef du matériel en revenant chez lui arrête un voleur à la tire, ce qui lui vaut
une lettre de remerciement de la police. Sur le lieu de
construction du second atelier sont découverts des
vestiges datant du paléolithique. La fille du chef de la
comptabilité est sélectionnée pour participer à l'élec-
tion de Miss Monde. Chaque description débordait
d'une joie minuscule mais touchante, propre à ceux
qui s'occupaient de fournitures pour les oiseaux.

Il leva les yeux au moment où la bibliothécaire
poussait son chariot plein de livres entre les travées.

Les roues chuintaient sur le linoléum. Arrivée au rayonnage qu'elle cherchait à atteindre, elle s'arrêtait, prenait un livre, en vérifiait la cote, le remettait en place. Le livre, retrouvant aussitôt ses marques au milieu de ses pairs se glissait tranquillement dans l'intervalle. Et cela se répétait. Hormis le chuintement des roues, le travail se poursuivait paisiblement. Se déplaçant de la première travée à la deuxième, de la deuxième à la troisième, le chariot se rapprochait peu à peu.

Tout en faisant semblant de baisser les yeux sur son livre, il l'observait à la dérobée. Dans la pénombre où stagnait une odeur de papier, il ne pouvait détacher son regard du profil de la jeune femme regardant alternativement avec sérieux le livre et le rayon, vérifiant la cote. Dans le coin lecture il n'y avait personne d'autre à part lui et tout était calme aux abords du comptoir de prêt. Il faisait glisser ses doigts sur le papier de pawpaw. Serré entre les pages, celui-ci était devenu lisse et doux. La jeune femme passa enfin tout près de lui. Elle le salua discrètement. Il vit que pour ne pas le déranger dans sa lecture, elle pesait de tout son poids sur le chariot afin d'atténuer le chuintement des roues.

Ce qu'il lut avec le plus de passion dans cette volumineuse histoire de la firme Michiru fut l'éloge funèbre des employés décédés au cours de leur vie professionnelle. Il était inclus vers la fin, dans les dernières pages, avec les chronologies. À ce moment-là, il se sentait déjà partie prenante de tous les faits répertoriés dans cette chronologie, au point de pouvoir mentionner à la volée comme s'il était concerné les dimensions de la première cage installée dans un parc zoologique, la composition de la nourriture utilisée pour donner un beau plumage ou le nombre d'années en activité des présidents successifs.

Nom et année d'entrée dans la société, date du décès, petites anecdotes présentant la manière de travailler du défunt et ses traits de caractère, il n'y avait rien de plus, mais c'était amplement suffisant pour faire revivre un instant en son cœur ces gens qu'il n'avait jamais rencontrés. Quarante-trois, cinquante-neuf, trente-quatre, quarante-huit… Ils étaient tous morts jeunes, dans la mesure où ils étaient encore en activité. L'un qui avançait en tête de la section design avait le don de savoir dessiner, avec leurs particularités et sans regarder de photographies, une centaine de variétés d'oiseaux. Un commercial, à la mort d'un perroquet élevé pour des expériences dans un laboratoire universitaire avec lequel il se trouvait en relation d'affaires avait gardé une plume glissée en secret dans son portefeuille. Si certains dont on avait découvert la maladie au cours d'une visite de routine à la médecine du travail au sein de la firme s'étaient battus jusqu'au bout avant de mourir, il y avait eu aussi un cas où un supérieur intrigué par l'absence inexpliquée d'un des employés s'était rendu à son appartement où il avait découvert qu'il était mort subitement. Un projet en cours de développement ; une fiancée qu'on devait épouser trois mois plus tard ; trois fils de dix-sept, quatorze et neuf ans. Tous étaient partis en laissant bien des regrets.

Il mit beaucoup de temps à lire chaque rubrique, comme s'il suivait des épitaphes. Du seul fait que ces employés décédés avaient tous eu un lien avec les oiseaux, ces éloges funèbres constituaient pour lui quelque chose de particulier. Il se demandait si en allant vers le ciel ces hommes n'avaient pas été guidés par un de leurs chants particulièrement beau. Dans ce cas, son frère aîné lui aussi avait certainement été accueilli parmi eux.

"Lui qui comprenait le langage des oiseaux, qui écoutait patiemment leur chant, il a consacré sa vie à les encourager et les réconforter. Décédé à l'âge de 52 ans."

Avec le sentiment d'ajouter ces lignes aux éloges funèbres, son cadet glissa le papier de pawpaw entre les dernières pages avant de refermer le volume.

— J'ai terminé.

— Eh?

— J'ai terminé ma lecture.

— Ah, ah bon.

— Il m'a fallu pas mal de temps.

— Puisque c'est un livre qu'on ne peut sortir, ce n'est pas grave, vous savez. Il n'y a même pas besoin d'y apposer le tampon du retour.

— Ah, c'est vrai.

— Oui.

Derrière le comptoir, la bibliothécaire lui souriait, ayant à la main le tampon encreur oblong dont la date se réglait avec des molettes. Tout en se demandant, trop tard, pourquoi il se trouvait là alors qu'aucun retour ni tampon n'était nécessaire, le monsieur aux petits oiseaux restait bras ballants et bouche bée devant elle, incapable de rebrousser chemin.

— Qu'en avez-vous pensé?

— C'était un bon livre. Il y avait beaucoup d'oiseaux.

— Tant mieux. Vous aviez l'air tellement passionné.

140

— Vous trouvez?

— Oui. Les bibliothécaires le ressentent. Ils savent à quel point telle ou telle personne peut se passionner pour un livre.

— Ah bon?

— J'aime regarder les gens en train de lire. Encore plus que de lire moi-même.

— ... Dans ce cas, bibliothécaire est un métier fait pour vous.

Pour toute réponse, elle baissa timidement les yeux et donna un petit coup de tampon sur le bloc-notes qu'elle avait sous la main.

Le soleil déclinant teintait des couleurs du soir les vitres et la végétation verdoyante du chemin de promenade. Les silhouettes qui tout à l'heure encore vaguaient entre les rayonnages avaient disparu, ils se retrouvaient seuls tous les deux, lui et la jeune femme. Ils restèrent un moment silencieux, à regarder la date imprimée sur la feuille du bloc-notes.

— Les gens qui lisent des livres ne posent pas de questions superflues, ils sont paisibles... dit-elle sans lever les yeux.

Heureux d'avoir entendu de sa bouche le mot "paisible", il faillit soudain laisser échapper un sourire, mais afin de ne pas le lui laisser voir, il reporta son regard vers la chaise du coin lecture où il s'était assis. Tout était calme et solitaire. Même l'histoire de la firme Michiru, avec son papier de pawpaw glissé entre les dernières pages, sans montrer de traces de sa lecture, était rangé sagement dans un coin tout en bas du rayon.

— Les oiseaux ne lisent pas de livres... dit-il. Parfois ils restent tranquilles à réfléchir.

— Vraiment?

— Oui. Sur leur perchoir, dans leur nichoir, la tête penchée, ils réfléchissent paisiblement.

En réalité il aurait voulu lui parler de son frère aîné. Il aurait voulu lui dire à quel point lorsqu'il regardait les oiseaux sa silhouette était aussi réfléchie que celle d'un homme qui lit, paisible au point de laisser son empreinte dans la clôture, mais les mots ne sortaient pas.

— Pourquoi en connaissez-vous autant au sujet des oiseaux?

Les questions de la jeune femme étaient toujours parfaitement innocentes.

— Avez-vous une raison quelconque pour ne lire que des livres d'oiseaux?

Il s'agissait toujours de questions auxquelles il lui était difficile de répondre.

— Eh, euh…

— Vous avez un travail en lien avec les oiseaux, c'est ça? C'est pourquoi vous soignez si bien les oiseaux du jardin d'enfants.

— Non, dit-il précipitamment. Après le pont, en tournant tout de suite à gauche derrière le centre sanitaire, on trouve une vieille propriété avec une roseraie, vous la connaissez? J'en suis le régisseur.

— Ça alors! s'exclama-t-elle, surprise. Depuis que je suis enfant, j'ai toujours espéré visiter cet endroit au moins une fois dans ma vie. À travers le portail on n'aperçoit qu'une petite partie de la roseraie et de la cheminée en briques. L'atmosphère doit être très romantique à l'intérieur, n'est-ce pas. On dirait un "jardin de fleurs secret".

— Si vous voulez, je peux vous le faire visiter, lui proposa-t-il sans réfléchir.

— Vraiment?

— Oui. Cette semaine, c'est possible quand vous voulez.

— Ah, quelle joie!

Il la regarda enfin. Ses cheveux qui flottaient sur sa nuque, ses joues transparentes et l'extrémité de ses doigts tachés d'encre baignaient dans les lueurs du couchant. Il n'était pas très sûr de pouvoir lui faire plaisir, mais là il ne se trompait pas : celle qui se trouvait devant lui riait.

— Vous n'aurez qu'à appuyer sur la sonnette à l'entrée de service. Je viendrai aussitôt vous accueillir.

— Alors je peux venir un jour où la bibliothèque est fermée? lui demanda-t-elle.

— Bien sûr, acquiesça-t-il.

La bibliothèque fermait le mercredi.

— Bonjour.

Conformément à sa promesse, la jeune femme se tenait à l'entrée de service de la résidence. Vêtue d'un sobre chemisier bleu ciel et d'une jupe évasée en coton qui ne se distinguaient presque pas de sa tenue de travail, pieds nus dans des sandales. Sur le côté se trouvait sa bicyclette posée sur la béquille. Sur son visage perlait une légère transpiration, elle était encore un peu haletante.

— Allez, venez, l'invita-t-il à entrer.

Debout dans la lumière du soleil, encore plus fraîche que lorsqu'elle se trouvait derrière le comptoir de prêt de la bibliothèque, elle paraissait très aimable. Jusqu'à ce que retentisse la sonnette, il avait pensé que peut-être elle ne viendrait pas. Et pour ne pas éprouver de déception si cela s'avérait, il s'était persuadé que cette promesse n'était qu'un simple langage diplomatique, une réplique répétée maintes et maintes fois comme : "À rapporter dans quinze jours." Mais d'un autre côté, le jour qu'elle lui avait indiqué étant un mercredi, il y trouvait un petit réconfort. Le mercredi, il avait le pressentiment que rien de mauvais ne pourrait lui arriver. Lorsqu'il avait reconnu la silhouette de la jeune femme près de la porte de service, sur le moment il s'était pris à penser que son frère aîné la lui avait amenée, tout cela parce que c'était un mercredi.

Les roses étaient en pleine floraison. Les différentes variétés s'épanouissaient sous leur plus bel aspect. Il lui fit d'abord traverser la roseraie et après avoir fait le tour extérieur de la résidence en lui expliquant la structure du bâtiment dans son ensemble, il lui fit visiter l'intérieur. Jamais dans le passé il n'avait amené ici quiconque le connaissant personnellement. Du seul fait que la bibliothécaire se trouvait près de lui, tout en cet endroit lui semblait renouvelé. Il accueillit la jeune femme à cœur ouvert.

Il lui parla de graines de rosiers peu communes envoyées par une famille royale européenne, de l'architecte et des circonstances qui avaient présidé à la construction de la résidence, de son style et de son importance historique, de l'origine des vitraux du hall d'entrée. D'habitude quand il y avait des invités, le président ou le directeur de la société donnait ces explications, tandis que lui restait en retrait, mais au cours de toutes ses années de travail il avait fini par les retenir, et les mots sortaient si facilement qu'il en fut lui-même surpris. Il parla de greffage des rosiers, de la région d'où provenait le granit des murs extérieurs, des motifs du papier peint du salon. L'une après l'autre lui venaient à l'esprit des choses qu'il fallait expliquer. L'écoutant attentivement, elle leva les yeux vers le plafond de la salle à manger, s'étonna devant les chandeliers, regarda au fond de la cheminée, et caressa la rampe de l'escalier, émerveillée par son façonnage minutieux. Entre-temps elle le questionnait. Il fut capable de répondre à toutes ses questions. Le jardinier qui arrivait dans la matinée et l'ouvrier venu vérifier le bon fonctionnement de l'appareil à air conditionné paraissaient se méfier de cette inconnue, mais il continua la visite sans y prêter attention. Et bientôt, insensiblement, il sentit qu'il n'était plus un régisseur ni un guide, mais qu'il se comportait comme un propriétaire faisant visiter sa maison.

Du fumoir à la cave à vins, de la douche à la cuisine, il lui ouvrit toutes les portes. Elle poussa son plus grand cri d'émerveillement lorsqu'elle se retrouva devant le lit à baldaquin de la chambre des invités.

— C'est bien ce que je pensais. Ici c'est bien un jardin de fleurs secret, dit-elle d'un air extasié. Elle tendit la main vers la dentelle qui tombait du ciel du lit, caressa furtivement les coussins brodés de roses. Il resta en retrait jusqu'à ce qu'elle soit satisfaite. La dentelle du lit et les housses des coussins étaient revenues la veille de la laverie et il venait tout juste de les remettre.

Afin de ne pas brouiller cette atmosphère romantique, il n'ouvrit pas la porte de son bureau, son véritable lieu de travail.

Après la visite d'ensemble, ils ressortirent par la terrasse et firent une pause sous la charmille en surplomb de la roseraie. Dans la cuisine il avait versé de l'eau bouillante sur les feuilles de thé et posé sur la table le reste des chocolats offerts aux invités la semaine précédente. Il avait nettoyé avec soin, époussetant les miettes de pain et frottant le banc pour qu'il soit bien propre. Le ciel se dégageait enfin, rien ne faisait obstacle au soleil, la lumière se déversait équitablement sur les roses. Assis l'un à côté de l'autre en retrait dans la part d'ombre sous la charmille, ils restèrent un moment silencieux à regarder le jardin, grignoter les chocolats, boire le thé. La bibliothécaire était absorbée dans la contemplation de la roseraie qu'elle avait tellement espéré visiter, et lui, ayant terminé toutes ses explications, conscient d'avoir trop parlé, dans un mouvement contraire inattendu, ne savait plus quoi dire. Une abeille, sans doute attirée par l'odeur sucrée, vola autour d'eux avant d'aller se poser discrètement sur le rebord de l'assiette de chocolats.

— Ils sont très bons, fit-elle remarquer.

— Je vous en prie, servez-vous.

Et pour lui éviter de se sentir gênée, il en porta un à sa bouche. C'étaient des chocolats de luxe importés de l'étranger, qu'il allait régulièrement acheter au grand magasin de la ville voisine, selon les instructions qu'il recevait du secrétariat de la société qui l'employait. Il en avait déballé un nombre incalculable de fois pour les disposer sur une assiette, mais c'était la toute première fois qu'il en mangeait.

— C'est très rare les jours où il fait si beau, où les roses sont toutes épanouies en même temps.

— Ah oui ?

— La semaine dernière, alors qu'il y avait des invités, les rosiers de Lady Banks de l'arche qui se trouve à droite au fond étaient encore en boutons, et en plus il pleuvait terriblement.

— Alors j'ai de la chance

— Mais il y a des invités qui ne s'intéressent pas du tout aux roses.

— Quel dommage.

— C'est comme pour les oiseaux, ils peuvent chanter tant et plus, il y a des gens qui ne les remarquent même pas.

Les rosiers de Lady Banks qui fleurissaient si abondamment qu'on n'en distinguait même pas les tiges formaient une arche jaune foncé. Aucun pétale n'était encore tombé au sol, tandis qu'une multitude de boutons attendant leur tour de pavoiser pointaient entre les feuilles. Le jardinier et l'ouvrier avaient manifestement terminé leur travail, car il ne les voyait plus.

— Ah, des oiseaux à lunettes! murmura-t-il en même temps qu'un vol d'oiseaux s'élevait d'entre les arbres buissonnant le long du mur et que l'on entendait leur long trille, "tchuru tchuru".

— Vous les reconnaissez aussitôt, fit remarquer la jeune femme après avoir attendu la fin de la roulade.

— Tout ce qui concerne les oiseaux, c'est mon frère aîné qui me l'a appris.

— Votre frère aîné?

— Oui. Mais il est mort.

À ce moment-là, à peine eurent-ils entendu un petit cri strident, "tsui tsui", qu'un chant aux modulations encore plus longues s'éleva tandis que les petites branches bruissaient en s'agitant. Un chant aussi cristallin que des gouttes semées dans le ciel, étincelantes dans la lumière du soleil.

— Ce n'est pas si difficile de reconnaître le chant de l'oiseau à lunettes. La nature de sa voix est très jolie.

— Eeh.

— Et en plus, c'est un oiseau peu farouche.

Ayant dit cela, il porta les mains à sa bouche, se tourna vers les buissons, se redressa et imita le chant : "Tchii tchuru tchii tchuru tchiru tchiru tchii." Bientôt, comme si l'oiseau renchérissait, le chant véritable se fit entendre, couvrant sa voix.

— Eh bien, mais c'est absolument fantastique! L'oiseau s'y trompe. Cette imitation de chant c'est aussi votre frère aîné qui vous l'a apprise?

— Oui. Mais il était bien plus doué que moi. C'était plus que de l'imitation. Je ne peux pas bien l'expliquer, mais… en fait, il n'avait pas besoin d'imiter…

Là, il s'abstint de lui dire que son frère parlait le langage des oiseaux, et après une inspiration, il continua :

— La forme de ses oreilles était parfaitement adaptée à la reconnaissance de leur chant.

— Elles devaient être aussi jolies que le gazouillis de l'oiseau à lunettes, j'en suis sûre.

Après un hochement de tête, la bibliothécaire termina sa tasse de thé et mains posées sur la table croisa les doigts. Blancs et lisses, comme ses pieds qu'il voyait dépasser de ses sandales. Son corsage n'avait aucun ornement, pas même une poche, il se demanda ce que cela donnerait si elle accrochait une broche de son frère sur son cœur. Elle lui irait certainement très bien. L'oiseau y étendrait ses ailes d'une manière familière et beaucoup plus naturelle que lorsqu'il se balançait au plafond de l'Aozora.

— Vous ne voudriez pas chanter à nouveau? lui demanda-t-elle. En imitant son gazouillis pour l'inviter à vous répondre?

— Non, attendons qu'il chante naturellement. L'oiseau à lunettes n'est pas dupe. Il proteste. Il dit qu'il ne faut pas troubler ce beau ciel bleu avec des voix désagréables.

— Vraiment?

— Oui.

Ils écoutèrent en silence. Cela lui rappela avec nostalgie l'époque où avec son aîné il faisait souvent la même chose, devant la volière du jardin d'enfants ou chez eux dans le jardin. À ses côtés ne se trouvait plus son aîné mais la bibliothécaire. Alors qu'en ce temps-là il espérait toujours entendre chanter les oiseaux, maintenant il souhaitait que l'oiseau à lunettes daigne ne plus chanter. Il pensait que cela lui permettrait de rester plus longtemps seul avec la jeune femme. Il ne tendait pas l'oreille vers les oiseaux mais vers elle.

Fût-ce pour exaucer son souhait ? Le brouhaha dans les buissons s'apaisa, la sensation que l'oiseau allait à nouveau chanter s'éloigna, et ils n'entendirent plus que le bourdonnement de l'abeille. Pour éviter des désagréments à la jeune femme, il tendit le bras et repoussa gentiment l'insecte.

VIII

Depuis cette rencontre, il nettoyait la volière avec encore plus de ferveur. Il lui suffisait de se trouver auprès des oiseaux ou de lire des livres empruntés à la bibliothèque du quartier pour évoquer avec encore plus d'intimité la silhouette de la jeune femme. En frottant le sol au lave-pont ou en réparant le treillis qui commençait à se déchirer, lui revenaient maintes fois son front couvert d'un voile de transpiration, la blancheur du lobe de ses oreilles que l'on devinait entre ses cheveux, la forme de ses doigts saisissant un chocolat. Comme d'habitude, les bengalis au-dessus de sa tête battaient frénétiquement des ailes, lui interprétaient une aubade.

Curieusement, il ne faisait plus autant attention aux enfants qu'auparavant. Il ne bronchait pas, même si avec leur trop-plein d'énergie ils déboulaient dans la volière en lui proposant de l'aider, même s'ils l'interpellaient sans cesse avec leur : "Monsieur aux petits oiseaux, monsieur aux petits oiseaux !" Bien au contraire, s'entendre interpeller ainsi le rendait heureux. Parce que, dans la mesure où il était le monsieur aux petits oiseaux, il pouvait avoir la certitude que les signes secrets échangés avec la bibliothécaire ne s'interrompraient pas.

— Aujourd'hui aussi on dirait qu'il va faire chaud.

La directrice du jardin d'enfants venait lui parler à l'occasion.

— Oui. Y aura-t-il piscine à partir de la semaine prochaine ?

Il s'étonnait lui-même d'aborder un sujet autre que celui des oiseaux.

— Oui. Et elle est difficile à nettoyer. Il s'est formé de la mousse.

— Je suis à votre disposition.

— C'est très gentil à vous. Mais nettoyer la volière me soulage déjà beaucoup. Pour la piscine, il est prévu que le nettoyage soit fait par la stagiaire.

— Bon, mais en cas de besoin, ne vous gênez pas pour m'appeler.

— D'accord, je le ferai. Eh bien, vous autres, vous en avez de la chance de pouvoir nager autant que vous voulez dans une piscine bien propre.

Tout fiers devant la directrice du jardin d'enfants, les bengalis agitaient leurs ailes dans l'eau en projetant des gouttelettes alentour.

L'autre changement intervenu depuis sa rencontre avec la bibliothécaire fut que pendant ses heures de travail il portait discrètement à ses lèvres un chocolat pris parmi ceux réservés aux invités. Jamais dans le passé il ne s'était laissé aller à gaspiller quoi que ce fût sur son lieu de travail. Même un trombone. Mais depuis l'après-midi passé avec la jeune femme, chaque fois qu'il voyait la boîte de chocolats il était incapable de se retenir. Pas particulièrement par envie. Du chocolat, on en trouvait autant qu'on en voulait à l'Aozora. Mais les chocolats qui lui étaient devenus nécessaires étaient ceux réservés aux invités, qui étaient rangés sur la troisième étagère à partir du haut du placard à provisions, ceux auxquels il ne devait pas toucher.

Quand une grande réception en soirée s'était terminée sans encombres, que tout le monde était parti, les invités comme les employés de la société, tard dans la nuit alors qu'il ne lui restait plus qu'à fermer et qu'il se retrouvait assis sur un tabouret dans la cuisine, la boîte de chocolats apparaissait soudain devant ses yeux. Une boîte plate en bois, avec sur fond blanc le nom du fabricant gravé en doré dans un alphabet cursif ornementé difficile à déchiffrer. Alors il se levait, faisait coulisser la porte du placard, sortait la boîte et l'ouvrait en la serrant sur son cœur. Les chocolats étaient rangés chacun dans son compartiment. Ovales, rectangulaires, aux noisettes, à la liqueur, couleur de caramel, blancs, laqués de noir, chacun se tenant sagement à l'intérieur des limites qui lui étaient imparties. Les invités occupés à boire de l'alcool n'y avaient manifestement pas touché car dans la boîte il n'en manquait presque pas.

Il tendait la main vers l'un des chocolats de la boîte. Celui que la bibliothécaire avait mangé ce jour-là, un petit cube avec une couche de lait et une couche de noir. Étonnamment frais. L'extrémité de ses doigts tremblait légèrement, si bien que le papier d'un blanc pur glissé dessous émettait un petit bruit sec. En dehors de cela ne lui parvenait aucun son. L'extérieur était noyé dans l'obscurité, seule la petite ampoule à incandescence au-dessus de la table de cuisine éclairait ses mains.

Elle l'avait mangé innocemment, avec plaisir. Elle avait hésité avant de choisir le plus petit, et l'avait remercié sur un ton plus détendu qu'à la bibliothèque du quartier. Son pouce et son index étaient plus lisses et ses ongles joliment arrondis et translucides n'avaient aucune tache, comme le bec d'un oiselet à la naissance.

Les yeux mi-clos, il glissait le chocolat dans sa bouche. Celui-ci fondait doucement. Sa langue devenait pâteuse. Il avait alors l'impression de manger les doigts de la jeune femme et s'empressait de refermer le couvercle de la boîte. Les papiers de chocolats n'en finissaient pas de bruisser à l'intérieur.

Au moment où toutes les roses jaunes des rosiers de Lady Banks qui s'étaient épanouies si merveilleusement s'étaient flétries et avaient disparu sans même laisser un pétale, il reçut de la société qui l'employait une demande de lettre d'excuses pour violation de la réglementation du travail.

"… Utilisation d'équipements et de matériel appartenant à la société sans autorisation et dans un but extérieur au service; usage personnel et consommation d'objets ayant causé préjudice à la société…"

Ces phrases étaient imprimées dans le document qui émanait du secrétaire général. Par quel chemin la société qui l'employait avait-elle été informée qu'il avait invité la bibliothécaire à la résidence? Et ces objets dont il était question, étaient-ce les chocolats? Quelqu'un l'aurait vu en manger? il n'avait aucun moyen de vérifier. Il ne lui restait plus qu'à se taire et écrire sa lettre d'excuses comme on le lui demandait.

Ses "lectures d'oiseaux" se poursuivaient comme d'habitude. Trouver les livres qu'il cherchait devenait de plus en plus difficile, et pourtant, en déambulant entre les rayonnages avec persévérance, il finissait régulièrement par tomber sur un volume qui retenait son attention. Quand le livre ressortait de quelques millimètres par rapport aux autres, ou au contraire était un peu plus enfoncé, cela lui suffisait pour croire qu'il s'agissait peut-être d'un signe de la bibliothécaire. Il lui semblait que dans ce décalage de quelques millimètres résidait peut-être le signe que la jeune femme tenait absolument à le voir choisir ce livre, si bien qu'il restait un moment sans pouvoir bouger de l'endroit où il se trouvait.

— Celui-ci, s'il vous plaît.

Devant le comptoir de prêt, il essayait de ne pas se montrer distant d'une manière peu naturelle. Bien sûr il ne faisait pas allusion aux signes.

— Oui. Attendez un instant.

L'attitude de la bibliothécaire restait la même depuis le début, posée et bienveillante. Ils n'avaient pas besoin d'échanger de mots superflus, à la manière dont elle tournait la page du registre où elle inscrivait la cote, au geste de sa main caressant la couverture du livre, au mouvement de ses lèvres quand elle disait : "À rapporter dans quinze jours", il pouvait parfaitement saisir les signes de la jeune femme. "Ah, je m'y attendais, il veut bien emprunter celui-ci. Un oiseau y est caché, et moi aussi je l'ai trouvé. Il a de la chance. Puisqu'il l'a découvert…" Le chuchotement de la jeune femme arrivait jusqu'à lui sous forme de gazouillis.

— Revenez à la résidence quand vous voulez, lui dit-il, ayant choisi le moment où il n'y avait pas d'usagers dans les parages.

— Je vous remercie beaucoup. Mais une fois c'est suffisant, lui répondit-elle. D'ailleurs il ne faut pas que je vous dérange dans votre travail.

Avait-elle appris par hasard cette histoire de lettre d'excuses et refusait-elle par discrétion? Il s'inquiéta.

— Ne vous tracassez pas pour cela. Il vous suffit de sonner quand vous voulez. Je vous attends et j'aurai sorti les chocolats.

— Ah, il était merveilleux! s'exclama-t-elle.

Comme si elle s'en rappelait le goût, ses lèvres esquissèrent un sourire. Elles étaient si brillantes qu'on aurait pu penser qu'elles se trouvaient encore imprégnées de saveur sucrée.

— Parce qu'il fut unique, maintenant encore je peux imaginer à quel point il était délicieux. C'est pourquoi j'en suis satisfaite.

Il avait si souvent évoqué chaque moment passé avec elle que le déroulement de cette journée ressemblait à un songe qu'il se remémorait régulièrement. Lui et la bibliothécaire, le rêve qu'ils faisaient tous les deux, sans que personne vienne les déranger.

— Tenez, je vous prie.

La jeune femme lui tendait le livre qu'elle venait d'enregistrer.

— À rapporter dans quinze jours, répéta-t-elle sur le même ton, alors que les mots résonnaient déjà entre eux d'un commun accord. Ces mots qu'il aimait tant, elle ne les omettait jamais. Bien sûr, elle savait qu'ils n'étaient pas réservés à lui seul, mais destinés au plus grand nombre, et pourtant c'était une réalité immuable : elle pouvait les répéter autant de fois qu'il le souhaitait.

Un jour de plein été, il quitta la résidence un peu plus tôt que d'habitude, passa par la bibliothèque du quartier, attendit l'heure de la fermeture et adressa la parole à la jeune femme :

— Si nous prenons la même direction, nous pourrions rentrer ensemble?

Elle baissa la tête et réfléchit un instant avant de répondre :

— Cela ne vous ennuie pas d'attendre un petit moment, le temps que je range?

— Pas du tout. Je vous en prie, prenez votre temps.

Il alla l'attendre sur une chaise du coin lecture, celle-là même où il avait lu l'histoire de la firme Michiru.

À sa manière habituelle de travailler il aurait pu tout naturellement l'imaginer, mais sa silhouette lorsqu'elle rangeait était vive et agréable à regarder. Il pouvait constater que ses gestes empreints de naturel et soigneux étaient attentionnés et vigilants pour chaque tâche, qu'il s'agisse de descendre les stores des fenêtres ou fermer à clef la porte de la réserve. Tout fut rangé jusqu'à ce qu'il n'y eût plus une seule feuille de bloc-notes sur le comptoir de prêt et que le tas de livres rapportés eût disparu à son insu. À la fin, elle avança d'un jour le tampon encreur pour le lendemain et le rangea dans le tiroir.

— Excusez-moi de vous avoir fait attendre.

Dès que l'électricité fut coupée, les livres furent engloutis dans l'obscurité. La bibliothécaire retourna le panneau "Fermé" accroché à la poignée.

Le soir approchait, un vent léger traversait les buissons, et dans l'allée où la chaleur de la journée se radoucissait enfin, ils marchèrent côte à côte en poussant leur bicyclette. L'eau coulait sans bruit, jouant à cache-cache entre les arbres, l'animation de l'avenue se poursuivait aux lointains, les cigales avaient cessé de striduler, ne s'élevait alentour que le bruit de roue des bicyclettes.

Ils ne parlèrent presque pas. De temps en temps lorsqu'ils croisaient des gens, ils se rangeaient sur le bas-côté l'un derrière l'autre et quand un chien vagabond s'approchait en aboyant s'immobilisaient et attendaient qu'il se calme avant de reprendre leur chemin. En cet endroit où il n'y avait ni comptoir de prêt ni livres, ni roseraie ni chocolats, il ne savait de quelle manière adresser la parole à la jeune femme. Toujours sans savoir, reprenant plusieurs fois son guidon en mains, et suivant des yeux à ses pieds leur ombre qui se densifiait peu à peu, il jetait ensuite un coup d'œil furtif à son profil. Même si celui-ci baignait à moitié dans la pénombre, son visage était si proche qu'il aurait pu le prendre tout entier entre ses mains. Par inadvertance il aurait presque pu tendre la main vers sa joue blanche, si bien qu'il serrait avec encore plus de force le guidon de sa bicyclette. Le couchant qui tout à l'heure encore éclairait la cime des arbres avait perdu son éclat, remplacé par la première étoile clignotante. Les oiseaux avaient depuis longtemps regagné leur nid.

En débouchant du chemin de promenade, dès qu'ils arrivèrent dans l'avenue, ils se retrouvèrent au milieu du déluge de lumière des réverbères et des feux de croisement des voitures. Les passants étaient plus nombreux, c'était plus animé, il perdait de plus en plus l'occasion de parler. À chaque carrefour, il se demandait avec inquiétude à quel moment la jeune femme allait prendre une autre direction. Et pourtant, comme s'ils s'étaient concertés à l'avance, ils gardaient la même allure et la même orientation. Le bruit des roues de leur bicyclette se confondait au point de ne faire qu'un et ne plus pouvoir se distinguer l'un de l'autre.

Ils traversèrent plusieurs carrefours, suivirent la rue commerçante, entrèrent dans une ruelle transversale, arrivèrent sur la levée du fleuve et franchirent le pont. Un très vieux pont sans décorations superflues. Dont l'enduit sur la rampe s'écaillait, aux pavés qui manquaient par endroits, et qui vibrait légèrement à chaque passage de camion.

— Vous n'êtes pas fatiguée? lui demanda-t-il.

— Pas du tout, lui répondit-elle, les yeux fixés vers l'autre extrémité du pont.

À la surface sombre du fleuve se reflétait une moitié de lune. À peine la voyait-on disparaître sous les vaguelettes qu'elle réapparaissait aussitôt, se scindant en morceaux disparates de lumière, avant de redevenir une moitié de lune dans le courant.

Quand ils eurent franchi le pont, le chemin se partageait en deux directions, celle qui allait vers l'embouchure du fleuve en longeant la digue et celle qui s'enfonçait dans le quartier résidentiel. Ils s'arrêtèrent tout naturellement à l'embranchement.

— Là tout de suite se trouve la volière du jardin d'enfants, lui dit-il en désignant vaguement un point dans l'espace. Je l'ai justement nettoyée ce matin.

Sans acquiescer, sans ouvrir la bouche, la jeune femme regarda dans la direction qu'il lui montrait.

— Il y a beaucoup de bengalis. Ils doivent être en train de se préparer à regagner leur nid pour dormir, continua-t-il. La nuit, les oiseaux sont encore plus intelligents. Vous ne voulez pas venir les voir avec moi?

Il allait lui laisser la place dans le creux de la clôture, l'endroit réservé à son aîné. De là, elle verrait bien l'intérieur des nichoirs. Il allait lui expliquer exactement comme le faisait son frère pourquoi les oiseaux développaient leur intelligence la nuit. Le grillage, le sol, l'abreuvoir étincelaient, il venait juste de les briquer. La mangeoire était bien remplie. Sa volière était en tout point remarquable.

Pendant qu'il laissait dériver ses pensées, elle restait immobile et silencieuse.

— C'est très gentil à vous…

Lorsqu'elle ouvrit enfin la bouche, le contour de son visage commençait à se fondre dans l'obscurité.

— … Mais je vais rentrer directement. Mon père m'a demandé de ne pas m'attarder.

Il déglutit et baissa les yeux.

— Ah bon ?…

— Excusez-moi.

— Mais non, de rien.

— Bon, alors… au revoir.

Après avoir dit cela, elle enfourcha sa bicyclette, appuya avec énergie sur le pédalier et s'en alla. En un rien de temps son dos et le bruit des roues s'éloignèrent, elle fut engloutie par l'obscurité. Dans un coin de son champ de vision flotta un instant l'ourlet de sa jupe : elle ne laissait derrière elle aucune preuve de sa présence.

Elle avait dit "au revoir" d'une toute petite voix. Beaucoup plus faible, peu affirmée, légèrement inquiète en comparaison de son "À rapporter dans quinze jours", à tel point qu'il n'avait pu la distinguer du bruit du vent.

— En pawpaw, "au revoir" se disait comment, déjà ? murmura-t-il.

Bien sûr, il se le rappela aussitôt. Et ce mot, sans s'adresser particulièrement à quiconque, il le murmura uniquement pour lui.

Ce jour-là, il emprunta la biographie d'un peintre. Sans faire d'études spécialisées, ayant gagné sa vie comme simple ouvrier imprimeur dans un journal, le peintre en question avait peint à l'huile en secret, n'étant reconnu par personne jusqu'à la découverte de son œuvre immense après sa mort. Il feuilletait distraitement le volume lorsqu'il avait découvert par hasard qu'à ses débuts, le peintre avait réalisé une série de pigeons voyageurs. Il avait pris comme motif les pigeons voyageurs élevés sur le toit de l'immeuble du journal où il travaillait.

Jetant un nouveau coup d'œil à la couverture du livre pour en vérifier le titre, il se rendit compte que quelque chose était collé sur l'étiquette de la cote. Il ne s'agissait pas de la marque indiquant qu'on ne pouvait l'emprunter, un petit autocollant en forme d'étoile était fixé en haut à droite du numéro de classification. L'étoile était aussi brillante que la moitié de lune qui se reflétait à la surface du fleuve le soir où ils étaient rentrés ensemble, la bibliothécaire et lui. Il pensa qu'il s'agissait certainement d'un nouveau signe qu'elle lui adressait, si bien qu'il le prit aussitôt pour l'emporter directement au comptoir de prêt.

— Vous n'en prenez qu'un seul?

Ce n'était pas elle qui était assise là, mais le bibliothécaire taciturne auquel il avait déjà eu affaire.

— Euh… elle… bredouilla-t-il, le livre entre les mains, et l'homme le pressa d'un :

— Vous l'empruntez ou pas?

— Eh, bah. Mais, euh, aujourd'hui, est-elle à la bibliothèque principale? La jeune femme qui est là habituellement…

— Elle a arrêté, lui répondit-il abruptement. À la fin du mois dernier. À l'origine, elle n'était que vacataire, vous savez.

Il lui fallut un peu de temps pour saisir correctement le sens de sa réplique. Il baissa la tête, déchiffra caractère après caractère le nom du peintre inconnu sur le livre qu'il avait entre les mains, fit courir ses doigts sur l'autocollant en forme d'étoile.

— Où est-elle?

Il savait bien que c'était inutile de poser la question, mais elle était tombée de ses lèvres avant qu'il n'ait eu le temps de s'en rendre compte.

— Eh bien on ne sait pas. J'ai entendu dire qu'elle allait peut-être se marier, mais je ne suis pas au courant. Et ce livre, vous l'empruntez?

Presque sans s'en rendre compte, il posa la biographie du peintre sur le comptoir de prêt.

— Tiens. Encore un enfant qui a fait une blague, murmura pour lui-même le bibliothécaire en détachant l'autocollant en forme d'étoile qu'il roula entre ses doigts et jeta dans la corbeille à papier sous le comptoir. Ils en font souvent. Les enfants, vous savez, des blagues. Ils mettent des autocollants partout, glissent des papiers de bonbons entre les pages. Tenez, le voilà. Surtout ne soyez pas en retard pour le rapporter.

Il prit le livre, s'éloigna du comptoir. Ensuite il alla remettre à sa place dans son rayonnage la biographie du peintre qui avait dessiné des pigeons voyageurs et quitta la bibliothèque du quartier les bras ballants.

Et plus jamais il ne revit la bibliothécaire. Le mercredi après-midi, chaque coup de sonnette à la porte de la résidence le faisait sursauter : il ne pouvait échapper à la pensée que peut-être ce serait elle. Mais ne se tenaient à la porte de service que le marchand de saké venu faire sa livraison, le facteur une lettre recommandée à la main, ou le démarcheur pour un abonnement au journal.

Quelque temps plus tard, le bibliothécaire peu aimable fut remplacé par un jeune homme aux allures d'étudiant qui céda presque aussitôt la place à une femme d'âge moyen, maigre, au regard mélancolique. Quels que fussent les bibliothécaires, aucun d'eux ne faisait attention aux livres que le monsieur aux petits oiseaux empruntait. La biographie qu'il avait aussitôt remise dans son rayonnage après avoir rempli les formalités de prêt resta indéfiniment au même endroit sans que personne s'en émeuve ni lui demande ce qu'il en avait fait. Dans un coin de l'étiquette de classement la trace de l'autocollant en forme d'étoile restait inchangée. Bientôt il finit par ne plus du tout emprunter de livres à la bibliothèque de son quartier.

Une seule fois, en rentrant du travail, il arrêta sa bicyclette à l'embranchement au bout du pont et prit la direction opposée à celle qu'il prenait habituellement. "C'est stupide, que crois-tu qu'il advienne en faisant cela ? Arrête, c'est complètement idiot !" s'invectivait-il en pédalant. La route qui suivait le fleuve allait tout droit. Sur sa gauche il y avait l'eau, sur sa droite le talus. Plus il avançait, plus l'eau s'étalait généreusement, l'odeur de la mer commençant à se faire sentir tandis que la nuit devenait plus profonde. Une nuit sans lune, sans même le clignotement d'une étoile. Bientôt approchèrent les lumières des usines sur les polders, et il arriva à la digue : il ne pouvait aller plus loin. La silhouette de la jeune bibliothécaire ne se trouvait nulle part.

À midi, en mangeant son petit pain sur le banc peint en vert de la charmille, il pensait souvent aux oiseaux migrateurs. Ceux qui, blessés par l'attaque d'un adversaire, affaiblis parce qu'ils n'avaient pas trouvé de nourriture, ou qui, à cause de facteurs impondérables, avaient décroché du trajet et n'arrivaient pas à atteindre leur but. La grue blottie dans les marais envahis d'herbes aquatiques. Ses ailes blessées retombent, elle retient son souffle, et non seulement elle ne peut les déployer mais elle n'a même pas la force de se redresser. Elle n'a d'autre choix que de se blottir au creux des herbes. Ses compagnes se sont déjà envolées, alentour elle sent par intermittence la présence d'êtres vivants invisibles. Elle ne sait déjà plus où elle se trouve, ni la distance approximative qui la sépare de l'endroit où elle doit retourner.

Dans le ciel les étoiles scintillantes sont bien trop lointaines. Les signes secrets interrompus, sans pouvoir se relier à quoi que ce soit restent dispersés, disséminés en surface. Les yeux levés vers le ciel, elle relie du regard les points entre eux. Elle a beau dépérir, elle déborde de l'intelligence dont font preuve la nuit les oiseaux que son frère aimait tant. Elle pense à cet endroit lointain cher à son cœur qui se situe tout au bout des points reliés. Lui reviennent la forme des arbres qui y croissent en abondance, l'orientation du vent, l'odeur de la terre.

Bientôt arrivent ses derniers instants. Dans un endroit inconnu où personne ne la veille, elle ferme les yeux. On peut l'attendre indéfiniment, elle ne reviendra pas.

Au moment où le vent d'automne commençait à fraîchir, dans la volière mourut un bengali.

— Ce matin il allait bien comme d'habitude, lui dit la directrice, comme toujours lorsqu'un oiseau mourait.

— Ils ne montrent pas qu'ils s'affaiblissent.

Sa réponse était elle aussi toujours la même.

— C'est parce que l'arrivée du froid a été brutale.

— Oui.

— Croyez-vous que c'est la destinée ?

— Oui, sans doute.

Leur conversation au sujet des oiseaux redevenait maladroite.

— Bon, alors je compte sur vous pour la suite, n'est-ce pas.

— Oui.

On avait l'habitude d'enterrer les oiseaux dans la "tombe aux petits oiseaux" au pied du ginkgo. Dans un coin couvert de feuilles mortes que le soleil n'atteignait pas, il y avait un endroit où la couleur de la terre était différente, où une plaque de formica peinte par les petits du jardin d'enfants servait de stèle. Il avait enterré là plusieurs dizaines d'oiseaux, du moineau de Java mort naturellement à la perruche ondulée déchiquetée par un chat errant. Sur la stèle aux mots tracés à la peinture par les enfants, le "tombe" penchait vers l'avant, la peinture coulait des points sur les "i", et le "oiseaux" rétrécissait vers la fin par manque de place. Chaque année au début de l'hiver tombaient les noix du ginkgo dont s'élevait une odeur tellement pestilentielle qu'on avait l'impression que les cadavres des oiseaux étaient remontés à la surface.

Ce jour-là, il n'enterra pas le bengali dans la "tombe aux petits oiseaux" : de manière à ce que la directrice du jardin d'enfants ne s'en aperçoive pas, il l'enveloppa discrètement dans son mouchoir qu'il glissa dans la poche de sa veste avant de s'en retourner chez lui. Un oiseau, quelle qu'en soit l'espèce, est toujours plus petit mort que vivant. Alors qu'il paraît étonnamment plus grand ailes déployées, celui qui ne volera plus jamais se met à rétrécir misérablement comme si ne plus pouvoir voler le privait d'une grande partie du système qui donnait forme à son corps.

Il se produisit le même phénomène pour le bengali. Son corps se rigidifia, ses prunelles se brouillèrent et ses pattes se crispèrent dans une vaine tentative pour saisir l'espace. Nulle part on ne lui voyait de trace montrant que quelques heures plus tôt il volait encore librement à travers ciel.

Roulant sur sa bicyclette, il sentait dans sa poche la petite masse froide recroquevillée. Elle paraissait fragile au point de s'écraser s'il appuyait dessus, et en même temps, avait une présence qu'il ne pouvait absolument pas gommer. Il arrêta sa bicyclette au milieu du pont, s'appuya à la rambarde, sortit le bengali. Lorsqu'il déplia son mouchoir, l'oiseau n'avait pas changé de forme. Une moitié de lune flottait comme l'autre soir à la surface du fleuve, qui ondoyait. Il prit le bengali dans sa main droite, et se penchant par-dessus la rambarde, le lança loin en direction du courant. En silence, sans le moindre clapotis, le cadavre de l'oiseau fut englouti par les ténèbres sans qu'il puisse savoir où il était tombé. Comme si de rien n'était, une moitié de lune continuait à vaciller sur les flots.

IX

Près de quinze ans s'étaient écoulés depuis le décès de
son frère aîné. Pendant tout ce temps, il avait poursuivi son travail de régisseur à la résidence, entretenu la volière du jardin d'enfants, roulé sans but
sur sa bicyclette à travers la ville, lu des livres sur les
oiseaux (pas ceux de la bibliothèque du quartier, il
se cantonnait désormais aux livres de la bibliothèque
principale de la ville), écouté la radio.

Tout paraissait comme d'habitude, mais peu à
peu les choses se transformaient. Dans la volière
la période des bengalis se termina, et pendant un
temps, il y eut une grande perruche lapis-lazuli in-
troduite par un ancien élève, à laquelle s'ajoutèrent
un couple de bantams hérité d'une ferme, et bientôt la situation se stabilisa avec des moineaux de
Java normaux. Mais le premier changement fut la
retraite de la directrice, nommée directrice honoraire, qui ne se montra pratiquement plus au jardin
d'enfants. Il connaissait de vue la nouvelle directrice qui travaillait déjà à la maternelle, mais elle
semblait ne pas trop apprécier les oiseaux, et ne
s'approchait presque jamais de la volière. Lorsque
parfois elle venait le voir, c'était souvent pour lui
dire qu'un enfant avait eu une crise d'asthme à cause

des plumes qui voletaient, ou que le voisinage était incommodé par les odeurs. Alors il baissait la tête sans rien dire et s'efforçait de nettoyer l'endroit avec encore plus de soin. Il lui suffisait amplement qu'on veuille bien le laisser continuer à s'occuper des oiseaux.

La directrice honoraire qui venait très rarement s'approchait de lui dès qu'elle l'apercevait.

— Tiens ? une nouvelle balançoire !

— Oui. Celle d'avant était cassée.

— Les moineaux de Java ont grossi, ils sont tout ronds, ils ont l'air résistants.

— Oui.

— Et leurs yeux cerclés de rouge, c'est mignon, n'est-ce pas ?

— Oui.

Ainsi échangeaient-ils à bâtons rompus au sujet des oiseaux, comme ils l'avaient déjà fait tant de fois.

Elle lui demanda s'il ne voulait pas assister à la cérémonie de remise des diplômes, avant son départ. Il s'avérait que les enfants souhaitaient offrir à leur monsieur aux petits oiseaux une lettre de remerciement pour le travail qu'il avait effectué de longues années durant. Devant ce développement inattendu, il fut embarrassé et déclina aussitôt l'invitation. Il faillit laisser échapper par mégarde qu'il n'avait jamais pensé aux enfants, que le plus important pour lui c'étaient les oiseaux, et prétexta en baissant la tête pour dissimuler sa gêne que justement le jour de la remise des diplômes tombait mal, à cause de son travail.

— Oh, quel dommage ! lui répondit-elle, sincèrement désolée.

Le jour d'après, il reçut de la part des enfants leur lettre de remerciement accompagnée d'une médaille souvenir.

"Monsieur aux petits oiseaux, merci d'avoir bien voulu nettoyer la cabane aux petits oiseaux" était-il écrit aux pastels gras sur la lettre.

La médaille commémorative était faite de carton découpé recouvert de papier doré. À l'avers il y avait son portrait, au revers, le dessin d'un oiseau. Il était très mignon mais, comme la broche lorsqu'elle pendait au plafond de l'Aozora, penchait d'une manière un peu disgracieuse. Il savait bien qu'il n'avait pas le droit de recevoir ces deux choses, il les plaça néanmoins à côté des broches sur le buffet.

À l'Aozora, hormis la propriétaire qui, ayant pris de l'âge, était devenue une vieille femme, rien n'avait changé. Le sol de béton froid, la trace du bocal de pawpaw sur le comptoir, le présentoir de gommes à mâcher prévenant la mauvaise haleine, la blouse blanche fatiguée, tout était pareil.

Il achetait de plus en plus de médicaments antidouleur et de patchs mentholés. Vers la fin de la cinquantaine, ses maux de tête avaient commencé à empirer d'année en année, si bien que plusieurs jours par mois il ne pouvait aller travailler sans antalgiques. Quand avaler trop de médicaments lui avait détraqué l'estomac, ne sachant si c'était vraiment efficace, avec une paire de ciseaux il s'était mis à découper en petits morceaux des patchs mentholés qu'il collait sur ses tempes pour tromper la douleur. Comme la pharmacienne, il avait vieilli. Il maigrissait, ses yeux se creusaient, son dos se voûtait, sa voix s'enrouait. Son front se dégarnissait, ses taches de vieillesse ressortaient, et les cheveux qui lui restaient n'avaient même pas la vigueur du duvet des moineaux de Java. Il se rendit compte un jour qu'il avait déjà largement dépassé l'âge auquel son frère aîné était mort.

La retraite approchant, lorsque la société changea d'orientation pour sa résidence, ce fut un coup pour lui. Tout en gardant la forme d'un établissement d'accueil, elle fut ouverte au public qui payait un droit d'entrée. À la base la teneur du travail n'était pas très différente, mais deux jeunes femmes furent employées, des visiteurs arrivaient sans cesse, et l'ambiance paisible qui régnait auparavant fut entièrement perdue. Au moment de la floraison des rosiers, surtout, lorsqu'une longue file d'attente se formait à l'entrée.

Il n'avait plus la possibilité d'aller s'asseoir à midi sur le banc peint en vert de la charmille. À sa table dans le bureau du sous-sol, tournant le dos aux employées, il mangeait seul son petit pain. Par la lucarne où apparaissaient et disparaissaient les pieds des visiteurs il ne voyait plus le ciel ni les oiseaux. Il repoussait du bout de sa chaussure les miettes de pain tombées au sol.

En prévision de l'ouverture au public, on avait fait ici ou là des aménagements. Installé dans le hall une longue table destinée à la vente des billets, et une rambarde autour du lit à baldaquin qui avait tellement impressionné la bibliothécaire. Accroché des panneaux "Prière de ne pas s'asseoir" sur les sofas, "Itinéraire de la visite" dans les couloirs, et devant les vitraux "Prière de ne pas toucher". Aménagé des toilettes et un casier à chaussures. Le brouhaha dominait toujours.

Ce brouhaha l'irritait, comme si l'ordre qu'il avait mis de longues années à établir au sein de la résidence était piétiné par des inconnus. Il laissait le plus possible aux employées le travail auprès du public, tandis qu'il se retranchait au sous-sol. Lorsque de temps à autre les employées lui apportaient un café ou un goûter, il se contentait d'un "merci" presque inaudible sans lever la tête de son bureau.

— Aujourd'hui, c'est du chocolat.

Elles avaient semble-t-il acheté un petit goûter au supermarché.

— Désolé, mais je ne mange pas de chocolat, leur dit-il.

Chez lui, l'annexe au fond du jardin avait fini par se transformer en une masse peu ordinaire. Recouverte de feuilles mortes, vrilles, fougères et autres mousses, au contour mal défini, incapable de s'écrouler davantage ni bien sûr de redevenir comme avant, paraissant complètement désorientée. Était-ce parce qu'il n'avait jamais manqué d'approvisionner la mangeoire-plateau fabriquée par son frère aîné ? Y avait-il une autre raison ? Les oiseaux des champs venaient sans cesse s'y rassembler. Moineaux et mésanges affairés sautillaient en dispersant la nourriture, une tourterelle turque venue du parc voisin, qui montait la garde, y donnait des coups de bec ici ou là de longues heures durant comme si elle essayait de sonder la nature véritable de cette masse, et il entendait un peu plus loin dans les fourrés la fauvette à tête noire dont le chant, babil gazouillé un peu embrouillé au début, s'achevait par deux ou trois notes flûtées très fortes. Au sol, des graines venues d'endroits indéterminés avaient germé, s'épanouissant en petites fleurs au nom inconnu.

Voulant nettoyer la mangeoire-plateau, il s'approcha, et découvrant par hasard dans l'éboulis à ses pieds des traces de l'époque de l'annexe, il les recouvrit précipitamment pour les dissimuler de feuilles mortes et de terre. C'étaient sans doute des fragments de livres, documents ou cahiers, désagrégés au point que l'on ne pouvait déjà plus y reconnaître la forme de l'original. Et pourtant, il était inquiet à l'idée d'avoir peut-être, par inattention, interrompu le long sommeil bien mérité de son père. Environné par le pépiement incessant des oiseaux, de manière à ne pas faire obstacle au sommeil de son père qui pouvait enfin entendre les mots de son frère aîné, il déposa doucement sur la mangeoire-plateau la graisse de bœuf et les graines de tournesol.

Fin septembre, un dimanche après-midi de beau temps, en rentrant des grands magasins où il avait acheté des chemises, il alla s'asseoir pour se reposer sur un banc du parc des berges du fleuve. Sur le talus couvert d'une herbe qui paraissait douce, des familles et des couples se prélassaient, des enfants roulaient à bicyclette sur le chemin de la digue, tandis qu'on entendait les cris de jeunes gens qui jouaient au badminton sur l'autre rive. La pluie de la semaine précédente avait troublé l'eau du fleuve qui coulait plus fort, provoquant des tourbillons autour des piles du pont. Le bengali s'était-il transformé en ossements au fond de l'eau? À moins qu'il n'eût été emporté vers la mer pour y être dévoré par les poissons? Alors qu'il pensait à cela tout en observant l'endroit où autrefois on jetait les cadavres, un vieillard inconnu s'approcha.

Le vieil homme était encore plus âgé que lui. Grand mais les reins courbés, un parapluie chauve-souris lui servait de canne et de profondes rides sur tout le visage lui donnaient l'air intransigeant. Surtout les quatre qui creusaient son front à égale distance l'une de l'autre, et qui avaient l'air d'une imitation comme sur une sculpture, jusqu'à un point douloureux. Il flottait dans un costume noir, portait une cravate sobre comme il convenait à son âge, et des chaussures en cuir poussiéreuses. Cheveux blancs broussailleux, pellicules éparpillées sur les épaules.

Sans le saluer, ni même lui lancer un regard, l'air de trouver cela naturel parce qu'il avait décidé à l'avance que cet endroit était le sien même s'il disposait alentour d'autant de bancs vides qu'il en voulait, le vieillard vint s'asseoir à ses côtés. Le monsieur aux petits oiseaux pensait justement ne pas tarder à rentrer, mais ayant l'impression de commettre une impolitesse s'il s'en allait aussitôt, il resta un moment assis là.

Ils avaient tous les deux le regard orienté vers le fleuve. Le vieillard les mains posées sur le manche de son parapluie planté entre ses jambes, et lui, les bras croisés par désœuvrement. Malgré tout, il observait son voisin en lui jetant de petits coups d'œil en coin. Plus que par ses rides il fut surpris par ses oreilles incroyablement grandes. Entre son menton devenu misérable à cause des dents qui manquaient et la courbure sans force de son dos, seules les oreilles conservaient un contour remarquable. Même trop grandes, elles n'étaient pas du tout disgracieuses, leur forme était régulière, voire élégante. Le duvet qui tapissait l'intérieur transparaissait à la lumière, les lobes empourprés étaient légèrement colorés de rose.

Le vieillard prit la parole en premier.

— Dites-moi, vous avez quelque chose là.

Il pointait une extrémité de doigt boudiné dans sa direction. D'une manière inattendue, sa voix était forte et pleine d'énergie.

— Ah, ça… répondit-il en portant sa main à sa tempe. C'est un patch mentholé. Pour calmer mon mal de tête.

— Ah.

Le vieillard observait attentivement ses tempes.

— Ça vous va bien.

Les yeux noirs du vieillard étaient troubles et ses glandes lacrymales suppurantes, tandis qu'en bordure s'accumulait la chassie.

— Vous trouvez?

— Oui. On dirait un accessoire élégant.

Chaque fois qu'il parlait, les rides sur son front ondulaient, comme douées d'une vie propre. Il reposa ses mains sur le manche de son parapluie.

— Ceux à qui les patchs mentholés vont bien ne sont pas si nombreux.

— C'est vrai.

Ne sachant trop quoi répondre, le monsieur aux petits oiseaux effleura du doigt le patch mentholé qu'il avait posé le matin même et qui gardait une légère odeur de menthol.

— C'est ce que vous pensez vous aussi, n'est-ce pas?

— Eh bien…

— Pour moi, ce n'est pas du tout comme pour vous.

Le vieillard secoua la tête, toussota, fixa un point aux lointains. Le vent souffla et ses cheveux broussailleux découvrirent ses oreilles encore plus. Il y eut un temps de silence. Les jeunes gens s'agitaient toujours, les enfants continuaient à pédaler. Les herbes aquatiques, les embruns qui jaillissaient autour des piles du pont, le paquet de chemises dans le panier de la bicyclette, tout baignait dans la lumière.

Bientôt le vieillard posa son parapluie sur le côté, et après avoir fouillé un moment dans la poche intérieure de son veston, sortit une petite boîte. Qui aurait pu ressembler à un paquet de cigarettes, mais il fut tout de suite clair que ce n'en était pas un. Parce qu'il l'appliqua aussitôt à son oreille.

Il ne pouvait plus quitter le vieillard des yeux. Bien sûr, il se demandait ce qu'était la boîte et ce qu'il faisait avec, mais il pensa tout d'abord que le plus important était que l'oreille y fût impliquée.

Indubitablement, le vieil homme prêtait l'oreille à la boîte. Les yeux baissés, le souffle régulier, il se tenait immobile, totalement concentré. Sa posture lui rappelait son frère aîné appuyé à la clôture pour écouter le chant des oiseaux. Le vieillard avait la bouche close, les cheveux en broussaille. Son dos était écarté de quelques centimètres du dossier du banc, sa tête conservait l'angle qui convenait le mieux à son oreille, et mis à part ses doigts qui tremblaient légèrement, son corps était parfaitement immobile. Cela faisait longtemps qu'il n'avait pas vu quelqu'un écouter d'une manière aussi recueillie, et son cœur battait fort. Il avait l'impression que depuis la mort de son frère aîné, c'était la première fois qu'il rencontrait quelqu'un essayant de percevoir un son que personne d'autre n'entendait.

— Euh… Excusez-moi.

Il pensait bien qu'il ne fallait surtout pas le déranger, mais ne pouvait rester ainsi sans savoir.

— Qu'est-ce que vous écoutez là ?

Sans paraître vraiment dérangé, remuant seulement ses yeux noirs, le vieillard avait plutôt l'air d'avoir attendu sa question.

— Vous voulez parler de ceci ? lui répondit-il, et sans hésitation il approcha la petite boîte de son oreille.

Tendu, le monsieur aux petits oiseaux se concentra de toutes ses forces.

— Vous entendez ?

— …

— Encore un peu de persévérance.

— Oui.

— Alors ?

— … Eh bien…

— Ça ne marche pas ?

— … Non, pas du tout…

— Ah bon ? C'est qu'aujourd'hui la température est un peu élevée.

Le vieillard posa la petite boîte sur sa paume pour la lui montrer. En bois, sombre et luisante. Assez grande pour tenir dans le creux de la main, n'ayant pas plus de deux centimètres d'épaisseur, dont le mécanisme d'ouverture ne se révélait pas au premier regard. Mais dont on remarquait aussitôt la décoration. Entièrement recouverte de fleurs des champs en incrustations de nacre de nautile, ajouré sur environ un quart de la partie supérieure.

— C'est une boîte à insecte, dit le vieillard. On y met un insecte et on écoute son chant.

— Eh, le chant d'un insecte ? s'exclama-t-il.

— Oui. Moi je suis partisan du grillon grelot. Le courant principal est plutôt au grillon koorogi, mais je soutiens résolument le grillon grelot. Allez, ne vous gênez pas, prenez donc cette boîte sur votre main.

Il tendit craintivement sa paume. Sachant qu'un insecte se trouvait à l'intérieur, il fit preuve de la plus grande prudence. Le coffret, plus léger qu'il ne le pensait, était tiède de la chaleur du corps du vieillard.

— Ah! s'exclama-t-il involontairement quand l'extrémité d'une antenne pointa hors de l'ajour.

— Vous voyez, ce n'est pas un mensonge.

— Mais alors, par où l'introduit-on?

— Pour qu'elle ne s'ouvre pas facilement, il y a un mécanisme spécial.

Le vieillard poussa sur le côté avec l'ongle de l'index, fit coulisser le fond, et dans un déclic la partie ajourée s'ouvrit. Ses mains avaient tendance à trembler mais il avait dû répéter maintes fois ce geste car ses doigts remuaient avec habileté.

— Comme ça, voyez-vous, lui dit-il d'un air fanfaron.

Tout en tenant le coffret à deux mains de manière à empêcher l'insecte de s'échapper, il l'invita à regarder à l'intérieur. C'était sombre, le monsieur aux petits oiseaux distinguait assez mal, mais sentait la présence manifeste de quelque chose de noir se dissimulant dans un coin. Il percevait aussi le frottement du corps de l'insecte contre la paroi et le grattement des pattes à l'intérieur.

— J'ai toujours cette boîte à insecte dans la poche intérieure de ma veste, dit le vieillard en faisant coulisser en sens inverse le mécanisme du couvercle. Ainsi je peux rester toute la journée en compagnie du chant du grillon grelot. Il veut bien chanter uniquement pour moi. N'est-ce pas tout à fait plaisant?

Le vieillard éclata de rire. Au début, le monsieur aux petits oiseaux pensa que c'était seulement dû à son dentier qui menaçait de se détacher, mais il s'agissait indubitablement d'un rire venant du fond du cœur.

À ce moment-là, soudain, se glissant discrètement dans les interstices du rire, le grillon grelot commença à chanter.

— Tenez, le voici.

La boîte à insecte entre eux, le vieillard approcha l'oreille gauche, lui l'oreille droite, et tous les deux s'absorbèrent un moment dans le chant du grillon grelot. Ils se trouvaient si proches qu'ils sentaient chacun le souffle de l'autre sur sa joue. De temps en temps, un coup de vent soulevait les cheveux du vieillard qui venaient caresser sa tempe.

Par la suite, l'après-midi de chaque fin de semaine, s'il ne pleuvait pas, il roulait à bicyclette jusqu'au parc des berges du fleuve. Il y voyait ou non le vieillard à la boîte à insecte. Lorsqu'il le rencontrait, ils ne faisaient rien de particulier, sinon écouter ensemble le chant du grillon grelot, mais s'il n'apercevait pas la silhouette du vieillard sur son banc, sans raison précise il se sentait las et nerveux. Il s'inquiétait alors de ce que peut-être son corps n'allait pas bien, et à la moindre sensation de présence, se tournait aussitôt vers la levée du fleuve. Si au contraire le vieillard était déjà installé à sa place attitrée, effrayé à l'idée de l'avoir fait attendre, il descendait en courant le long du talus.

Le chant du grillon grelot était assez différent de celui des oiseaux. Plus solitaire, défaillant et simple. Contrairement à celui des autres insectes qui, à quelque hauteur qu'ils fussent dans le ciel, se répercutait aussitôt sur la terre ; si l'on n'y prêtait pas particulièrement attention, on manquait souvent l'occasion d'entendre le chant discret du grillon grelot.

— Tenez.

Mais le vieillard qui saisissait aussitôt les prémisses du chant lui faisait signe. Alors, comme prévu, sur le point d'effacer le brouhaha ambiant, la petite masse d'obscurité au fond de la boîte se mettait à frémir.

Le chant du grillon grelot présentait des irrégularités. Il se poursuivait si longtemps que l'on pouvait craindre de voir ses élytres se déchirer à force de frotter l'une contre l'autre, s'arrêtait brusquement pour laisser la place à un long temps de silence. Selon les jours, il arrivait que finalement l'insecte ne chantât pas une seule fois. Mais le vieillard ne s'inquiétait pas pour autant. Sans en prendre ombrage, il attendait posément le moment. Et il avait l'air encore plus heureux lorsque, fatigué d'attendre, il entendait un chant de première qualité ne durant qu'un instant.

— Il est capital d'entretenir correctement la boîte à insecte. Négliger de le faire gâche son chant magnifique.

Le vieillard pouvait parler à l'infini de son grillon grelot et de sa boîte.

— Vous la nettoyez avec un produit ?

— Il n'est pas question de produit. Il faut une matière naturelle. Absolument naturelle.

— Oui.

— Du gras humain. C'est cela qui convient le mieux à la boîte.

— Eh.

— Le sébum qui brille sur un visage. On l'essuie avec un mouchoir de soie et on l'étale dessus. Doucement, hein.

Le vieillard sortit un mouchoir de la poche de son pantalon et lui montra comment faire. Contrairement à la petite boîte qui luisait sombrement, imprégnée d'une grande quantité de gras, le mouchoir vaguement crasseux était tout froissé.

— C'est pourquoi elle brille autant.

— Ce n'est pas seulement une question visuelle. Une boîte à insecte imprégnée de gras donne un son moelleux.

— Vous sentez la différence ?

— Bien sûr. Certains partisans du grillon koorogi, qui recherchent plutôt un chant incisif, utilisent de la résine de pin ou de la glycérine, mais c'est une voie erronée. C'est sans intérêt, déclara le vieillard d'un ton condescendant, en faisant monter et descendre les rides de son front.

Le vieil homme avait chaque fois la même tenue. Veston noir trop grand, chaussures couvertes de poussière et parapluie chauve-souris au manche solide. Était-ce à cause de la boîte à insecte qu'il glissait dans sa poche intérieure de sa veste ? Ses épaules paraissaient déséquilibrées, tandis que le devant de son veston pendouillait du côté gauche.

— Vous utilisez votre propre sébum ? lui demanda le monsieur aux petits oiseaux.

— Non, comme vous pouvez le constater, je suis déjà complètement desséché.

Effectivement, le front du vieillard était sec et pulvérulent.

— Si vous voulez, vous pouvez utiliser le mien, lui proposa-t-il en caressant de l'extrémité de son index le bout de son nez pour vérifier à quel point il était gras.

— Non merci.

La réponse du vieillard avait été immédiate.

— Le grillon grelot apprécie le sébum féminin. Surtout celui des petites filles.

Le vieillard enfonça son mouchoir dans la poche de son pantalon, et pour encourager le grillon grelot tapota gentiment le coin du coffret.

Quand le grillon grelot ne chantait pas du tout malgré les encouragements du vieillard, il imitait le chant de l'oiseau à lunettes. Afin de ne pas effrayer l'insecte, il approchait ses lèvres de l'ajour et chantait presque en chuchotant : "Tchii tchuru tchii tchuru tchiru tchuru tchii", et de temps à autre cela marchait. Se superposant aux résonances, le chant du grillon grelot leur revenait.

— Oh, c'est amusant, très amusant, se réjouissait le vieillard.

Et pour le rendre heureux, il poursuivait son imitation autant que nécessaire. Chant destiné uniquement au vieillard, à lui-même et au grillon grelot, n'atteignant ni les oiseaux à lunettes du ciel ni les gens regroupés dans le parc. Une voix que personne d'autre ne pouvait entendre, quelle que fût l'attention qu'on pouvait lui porter, enveloppait leur banc.

— Comment vous êtes-vous exercé ? lui demanda le vieillard.

— Mon frère aîné me l'a appris. Il était encore plus parfait. Je suis sûr qu'avec lui, même le grillon grelot aurait chanté librement. Mais il est mort.

— Oh, vraiment.

— Oui.

— Tous les oiseaux à lunettes ont le même chant, vous croyez ?

— Non, ils gardent leur originalité. Mais ils chantent tous joliment, et sur ce point ils sont identiques. C'est comment pour le grillon grelot ?

— Chacun est différent vous savez. Le plus important, avant d'entretenir la boîte à insecte, c'est sans doute de savoir reconnaître celui dont le chant est le plus joli.

— C'est possible?

— C'est même ma spécialité. Chez les partisans du grillon grelot, je suis classé dans la catégorie des personnages importants. Jusqu'à présent, j'en ai écouté plusieurs milliers. Même si dans les buissons ils chantent avec ardeur, on ne peut s'y fier. Dès qu'on les introduit dans une boîte à insecte, beaucoup oublient comment s'y prendre pour chanter.

— Quel est le point capital?

— Il suffit de l'observer quand il chante pour savoir à peu près. Il se tient à l'écart de ses congénères, tourné vers une direction particulière, et ce n'est pas pour marquer son territoire ni appeler la femelle : il est tout seul comme s'il chantait uniquement pour lui-même. C'est celui-là le bon.

Le vieillard toussa, et après s'être raclé la gorge ajouta :

— Dans la boîte à insecte, on n'en introduit qu'un seul, voyez-vous. Le grillon grelot doit être apte à la solitude, sinon cela ne marche pas.

— Je vois. C'est donc ça, approuva le monsieur aux petits oiseaux.

— Dites, dites!

Entendirent-ils soudain, tandis qu'une poignée d'enfants qui jusqu'alors s'amusaient au bord du fleuve arrivaient en courant, aussitôt faisant cercle autour du banc.

— Qu'est-ce que c'est?

— Il y a quoi dedans?

— Un goûter? Un jouet?

Essoufflés, les enfants posaient des questions à tour de rôle en désignant le coffret que tenait le vieillard. Ils avaient tous l'air d'avoir aux environs de cinq ou six ans, l'âge de la maternelle. Il se tenait sur ses gardes, inquiet de savoir comment réagir si par hasard certains pouvaient le reconnaître. Agacé, il se demandait même pourquoi les enfants étaient toujours aussi sans-gêne.

— Faites voir, monsieur, faites voir !

— À moi aussi, moi aussi !

Les enfants, complètement pris par la boîte à insecte, ne lui prêtaient pas vraiment attention.

— Ah, non, non.

Le vieillard penché avec exagération faisait semblant de protéger sa boîte à insecte.

— Si on tend l'oreille étourdiment, c'est irrémédiable, expliqua-t-il avec emphase.

— Pourquoi ?

— De quoi vous parlez ?

— Irrémédiable, c'est quoi, ça ?

Les enfants s'étaient rapprochés, encore plus excités.

— Dans la boîte, vous savez…

Contrairement à lui, le vieillard qui ne paraissait pas du tout tracassé par les enfants avait plutôt l'air de s'amuser joyeusement de leur présence.

— À l'intérieur de cette boîte est caché un Lilliputien.

— C'est quoi un Lilliputien ?

— Parce que vous ne le savez pas ? C'est stupéfiant ! Ce sont des gens miniatures, tout petits, de partout. Leur tête comme leurs dents, leurs mains et aussi leurs amygdales, leur vessie, leur pomme d'Adam et leurs voûtes plantaires, tout en eux est minuscule.

— Eeh, c'est bizarre.

— Mais non. Ils sont petits, c'est tout. Pourquoi les Lilliputiens sont-ils petits? Parce qu'ils ont été discrètement envoyés par le ciel. Il faut absolument qu'ils soient discrets. Parce qu'ils viennent du paradis, vous savez.

Le vieillard parlait si doucement que l'on ne pouvait croire qu'il disait tout ce qui lui passait par la tête. Il ménageait des pauses opportunes, sa voix avait des accents secrets. Les enfants furent bientôt captivés par son histoire.

— Le rôle des Lilliputiens, voyez-vous, s'il y a des gens qui le souhaitent, c'est de leur indiquer le jour et l'heure de leur mort.

— Eh, c'est vrai?

— Oui. Si ce n'était pas aussi important, nous ne serions pas là à les écouter avec autant de ferveur. N'est-ce pas, monsieur?

Soudain interpellé, il hocha la tête même si le bavardage du vieillard ne l'intéressait pas.

— Mais le plus important, c'est qu'il faut que ces gens le souhaitent. On ne livre pas inconsidérément un secret à ceux qui ne veulent pas l'entendre.

— Grand-père, vous savez quand vous allez mourir? questionna une petite fille sur un ton où pointait l'inquiétude autant que la curiosité.

La fillette qui paraissait intelligente était vêtue d'un gilet tricoté à points fantaisie, d'une jupe à bretelles en tissu écossais trop courte et de chaussettes de laine pelucheuses.

— Je m'apprêtais justement à le demander aux Lilliputiens. Parce que leur voix aussi, évidemment, est miniature. On ne peut pas l'entendre aussi facilement. Il faut se concentrer. Comme ça, en arrêtant de respirer, en plissant les yeux…

Le vieillard ayant collé son oreille à la boîte à insecte, les enfants à leur manière essayèrent de se tenir tranquilles en arrêtant de bouger pour observer d'un regard fixe sa boîte et son oreille.

— Alors, vous entendez? ne put s'empêcher de questionner la petite fille.

— Tu veux essayer d'écouter?

— Non!

Une expression inquiète sur le visage, elle avait reculé d'un pas.

— Je ne prête la boîte des Lilliputiens qu'en de très rares occasions, mais pour toi je peux faire exception. C'est spécial. Vous non plus, vous n'y voyez pas d'objection, je crois.

Le vieillard le regardait. Il ne put faire autrement que laisser échapper dans un souffle un faible "aah".

— Et moi je pourrais pas? Je voudrais bien l'entendre. La voix des Lilliputiens.

— Moi aussi moi aussi.

— Ouaah!

— Tu ferais mieux de ne pas.

— C'est vrai. Il a raison.

Au milieu des cris des autres enfants, la petite fille se tenait immobile, ne sachant que faire.

— Tiens, colle ton oreille à cet endroit-là.

Le vieil homme avait pris la fillette par la main pour l'approcher de lui, et en même temps qu'il mettait sous ses yeux la boîte à insecte, il essuya son visage avec son mouchoir de soie subrepticement sorti de la poche de son pantalon. D'un geste si prompt que l'on ne pouvait croire qu'il s'agissait d'un vieillard, tandis que la petite fille, sans se rendre compte de ce qu'on venait de lui faire, regardait craintivement l'ajour.

— Vaudrait mieux arrêter. Je suis sûr que c'est pas vrai! cria l'un des garçons, et ce fut le signal : les enfants s'égaillèrent aussitôt. Les chaussettes de laine pelucheuses de la fillette s'éloignèrent également en direction de la rive et bientôt, absorbées par la lumière, devinrent invisibles.

Le vieillard éclata de rire avec cette expression joyeuse qui le caractérisait. Sans se soucier des gens qui se retournaient à proximité, faisant claquer son dentier, son rire s'égrena alentour, plus enthousiaste que le chant du grillon grelot, bien sûr, mais aussi de l'oiseau à lunettes. Et satisfait de son rire en cascade, le vieil homme utilisa le carré de soie qui avait essuyé le visage de la fillette pour faire briller la boîte à insecte. Le faisant glisser dans chaque intervalle de l'ajour, même le plus minime, il n'en finissait pas de frotter avec le plus grand soin.

À l'approche du soir, le grillon grelot se met à chanter. Le vieillard et lui se rapprochent pour l'écouter. L'un près de l'autre à égalité ils tendent l'oreille. Il pense au grillon grelot qu'il ne voit pas, blotti au fond de sa petite boîte, et se dit avec soulagement que l'insecte se trouve bien là.

Le début du chant est toujours inquiet. Ne va-t-il pas s'interrompre dans l'instant? a-t-il seulement cru l'entendre? Il est assailli par le doute. Mais bientôt apparaissent, rien qu'un peu, la force et l'aisance. Il devient manifeste qu'il ne s'agit pas d'une illusion.

Le timbre en est infiniment pur. Il imprègne en douceur le conduit de l'oreille, et sans y laisser de sensation excessive, progresse vers le fond où il fait vibrer le tympan avec une telle discrétion qu'il ne se laisse pas appréhender comme un son. Et ce son n'est pas simple. Il est constitué de plusieurs membranes de sonorités infimes superposées, qui donnent naissance à de curieuses nuances.

Malgré lui, il a envie d'imiter le chant de l'oiseau à lunettes, mais il est clair que cela ne marchera pas. Le plus difficile est de garder le même volume. Le grillon grelot persiste à sortir un son adapté à sa taille, dont le volume tient exactement à l'intérieur de la boîte à insecte. Il se demande avec curiosité comment, avec une quantité de son aussi infime, l'insecte peut faire ressortir des motifs aussi subtils. Il est absolument incroyable que des élytres aussi fragiles, qui menacent de se déchirer à tout instant, puissent émettre le son qu'il perçoit maintenant au creux de son oreille, si bien qu'il en vient même à penser que peut-être, par pur hasard, un Lilliputien se dissimule vraiment à l'intérieur du coffret.

Le grillon grelot poursuit son chant. Même si en chemin celui-ci menace de disparaître, l'insecte reprend courage, frotte ses élytres, faisant vibrer l'obscurité. Les vibrations sont absorbées par le sébum de la petite fille.

L'oreille du vieillard se trouve juste devant ses yeux. Toujours aussi fraîche, comme si seul cet endroit avait échappé à la vieillesse, elle se découpe nettement dans les couleurs du soir. La tiédeur de son corps affleure à l'ourlet du pavillon. Il comprend que cette oreille est à l'écoute. Lui qui n'a cessé d'observer son grand frère à la volière et de traduire ses propos, il comprend la différence entre une oreille essayant d'entendre quelque chose d'important et une oreille ordinaire qui ne s'en soucie pas. Il éprouve de la nostalgie. Du simple fait de se trouver aux côtés de quelqu'un qui tend l'oreille, il sent s'apaiser son mal de tête.

Le long du banc est affalé le parapluie chauve-souris. Comme toujours, des pellicules parsèment les épaules du vieillard, ses chaussures sont recouvertes de poussière. Sur ses tempes sont collés de petits carrés de patchs mentholés. La nuit tombe rapidement et le cours du fleuve, les paquets d'herbes aquatiques, et ce qu'il y a au-delà du talus paraissent vaguement s'éloigner. À leur insu les silhouettes enfantines ont disparu, les laissant seuls tous les deux, le vieillard et lui.

Les deux oreilles forment un bloc : on ne peut déjà plus les séparer. À cette oreille le Lilliputien délivre dans un murmure son message secret.

X

On s'enfonçait dans l'automne, l'hiver qui approchait se trouvait à la porte. Les oiseaux qui se rassemblaient au jardin changeaient, il avait installé le chauffage dans la volière du jardin d'enfants, et dans la roseraie les roses flétries jonchaient le sol. Le nombre de visiteurs de la résidence avait diminué, ne restait plus qu'une seule employée à temps partiel. Au fur et à mesure de l'avancée du froid augmentait le nombre de jours où il souffrait de maux de tête, ce qui ne l'empêchait pas de se rendre au parc en bordure du fleuve.

— Monsieur aux petits oiseaux! entendit-il.

Il venait de sortir le dispositif de chauffage de la réserve et l'installait dans la volière.

— Vous avez apporté la boîte des Lilliputiens?

C'était la petite fille à qui le vieillard avait essuyé la joue avec son mouchoir. Elle portait les mêmes chaussettes de laine pelucheuses que ce jour-là. Elle avait dû se précipiter hors de la classe, car son souffle était blanc, tandis que ses joues rougies lui donnaient un air de bonne santé. En regardant à nouveau ses oreilles dénudées à cause de ses cheveux attachés de chaque côté de sa tête, il se rendit compte de ce que le vieillard avait remarqué : leur forme était joliment régulière.

— Vous l'avez avec vous?

— Non, dit-il en secouant la tête. Elle appartient au grand-père.

— Ah bon…

— Le jour où il est mort, vous l'avez entendu ?

— Eh bien, je ne sais pas…

— Hum…

Après avoir penché légèrement la tête, la fillette, les doigts accrochés au grillage de la volière, suivit des yeux le moineau de Java.

— Tu aimes les moineaux de Java? lui demanda-t-il.

— Oui. Mais l'anneau rouge qu'ils ont autour des yeux, c'est un peu triste pour eux.

— Pourquoi ?

— On dirait qu'on les a piqués avec une épingle, vous ne trouvez pas?

Il est vrai que les yeux des moineaux de Java étaient bordés d'une suite de petits points rouges de la taille d'un grain de millet, et que cette couleur rouge était la marque absolue qui les différenciait des autres oiseaux. La petite fille se souvenait-elle d'une piqûre? une ombre traversa son visage.

— Aucun d'eux ne souffre. Tu n'as pas à t'inquiéter, lui dit-il pour la rassurer.

— Vraiment?

— Oui.

L'air aussi effrayé que si du sang allait goutter d'un instant à l'autre, elle observait les moineaux de Java sur leur perchoir. Sur son dos ses deux couettes pendaient gentiment. Ses jambes nues s'étiraient avec grâce sous sa blouse, et elle avait beau porter des chaussettes de laine, elles avaient l'air transi.

— Mais, commença-t-elle sans quitter des yeux les moineaux de Java, si on détachait ces anneaux ils feraient de jolies petites boucles d'oreilles.

— Des boucles d'oreilles ?

— Oui. Pour décorer le lobe.

Il regarda à nouveau l'œil du moineau de Java. S'il appliquait doucement l'extrémité d'une épingle sur la bordure de l'œil, il arriverait peut-être à en détacher l'anneau rouge plus facilement qu'il ne le pensait ? Éloigné de l'œil noir, la petitesse de l'anneau se remarquerait encore plus et il faudrait faire attention à ne pas l'écraser par inadvertance avec le doigt. Certainement qu'en dehors de l'œil du moineau de Java, le seul endroit convenable pour cet anneau serait le lobe de l'oreille de cette petite fille. Ce lobe que personne n'avait encore touché était souple, translucide et lisse. Comme l'anneau rouge, il paraissait dépourvu de résistance au point de pouvoir s'écraser sous le doigt. Si on le décorait d'une goutte de sang, il serait tellement mignon. Elle courait ici ou là, et c'était comme si un moineau de Java voletait : il se surprit à lever les yeux vers le ciel.

— On n'est pas encore venu te chercher ? demanda-t-il avec précaution pour que l'anneau rouge ne se détachât pas du lobe.

— Non, lui répondit la petite fille en se retournant. Maman a eu un empêchement, elle ne peut pas venir, alors j'attends papa.

À ce moment-là, un moineau de Java se mit à gazouiller, suivi d'un autre. Un son cristallin, beaucoup plus pur et murmurant que des gouttes de sang, jaillissait de leur bec en direction du ciel. Le visage empourpré de la petite fille, malgré le froid de ses bras et ses jambes, semblait recouvert d'une fine couche de transpiration.

Le vieillard avait essuyé le sébum de la fillette mais n'avait pas touché au lobe de ses oreilles. L'ornement du moineau de Java n'avait certainement pas été souillé. C'est ce que, pour se consoler, il se dit en son cœur.

— Viens vite, ton papa est là! entendit-il alors la voix de la directrice du jardin d'enfants qui de loin appelait la petite fille.

— C'est glaçant, les bancs de pierre, n'est-ce pas? dit le vieillard.

Il n'avait pas d'écharpe, pas de manteau, mais comme toujours son vieux veston informe. Les silhouettes qui jouaient au badminton ou faisaient la sieste sur le talus étaient éparses, le parc silencieux. Si le soleil pointait un moment, aussitôt des nuages s'écoulant vers l'aval interrompaient la lumière.

— Oui.

Depuis tout à l'heure le vieillard collait son oreille à la boîte à insecte, mais le grillon ne semblait pas vouloir grésiller, si bien que sa main engourdie tremblait légèrement. Même sous la couverture nuageuse, la boîte à insecte ne perdait pas son lustre et les rainures de l'ajour luisaient.

— C'en est fini de lui, dit le vieillard en secouant le coffret qui bruissa légèrement.

En soufflant sur ses mains tremblotantes, dans le même ordre que lorsqu'il lui avait montré le mécanisme, il fit coulisser l'ajour pour ouvrir le coffret. Et sans même regarder à l'intérieur, le retourna brusquement. Quelque chose tomba et roula à leurs pieds. Le monsieur aux petits oiseaux rentra instinctivement les jambes. Il lui fallut un certain temps avant de comprendre qu'il s'agissait de la dépouille du grillon grelot.

Celui-ci était mort depuis apparemment pas mal de temps, car il était complètement desséché, n'avait plus d'antennes et plusieurs de ses pattes avaient été arrachées tandis que ses élytres repliés étaient tachés de noir. La silhouette en était devenue si misérable qu'il était incroyable qu'il eût été capable d'un tel chant.

— Il chante tout ce qu'il peut, et dès que le froid arrive il meurt.

Tout en disant cela le vieillard écrasa le grillon grelot. Sous la chaussure de cuir poussiéreuse l'insecte fut aussitôt réduit en poussière.

La semaine suivante puis l'autre, le vieillard ne vint pas. Peut-être n'avait-il pas l'intention de venir au parc jusqu'au retour de la saison des insectes. Il lui avait appris à reconnaître les bons grillons grelot et à entretenir les boîtes à insecte, mais il ne savait où le vieillard habitait ni le genre de vie qu'il menait. Assis seul sur le banc, tout en regardant le cours du fleuve, la couleur du ciel et les oiseaux migrateurs rassemblés sur les berges, de temps à autre il levait les yeux vers le talus, espérant qu'il arriverait peut-être, mais le vieil homme attendu ne se montra pas. À la tombée du jour le monsieur aux petits oiseaux finit par se sentir découragé. Et le banc de pierre était vraiment trop froid. Il n'eut plus qu'à se résoudre à enfourcher sa bicyclette et rentrer chez lui après un détour par le supermarché afin d'acheter de quoi dîner.

Ce dimanche-là également, il revenait chez lui après avoir ainsi passé l'après-midi au parc des berges du fleuve. Au moment où il tourna au coin de la ruelle qui menait au portillon sur l'arrière du jardin d'enfants, surpris il déglutit et freina brusquement. Il venait de découvrir dans le creux du grillage une silhouette qui s'y appuyait. Et la silhouette observait la volière.

Même s'il était plus ou moins rouillé, ce creux dans le grillage qui avait épousé la forme du corps de son aîné n'était pas encore détruit. Personne ne connaissait son existence sauf lui, ceux qui empruntaient ce chemin n'y jetaient même pas un coup d'œil, ils se contentaient de passer d'un pas rapide. De sorte qu'il eut un sursaut en reconnaissant une forme humaine dans ce creux.

Bien sûr, il savait qu'il ne s'agissait pas de son frère. Un instant seulement il avait souhaité que ce fût lui. La silhouette était beaucoup plus petite. Mais elle observait la volière avec autant de passion que son aîné, en cela il ne se trompait pas.

Il s'agissait de la petite fille à la boucle d'oreille du moineau de Java. Les alentours commençaient à s'assombrir et il ne voyait pas non plus sa mère, mais l'aspect de ce petit corps entièrement contenu dans le creux du grillage lui apparaissait paisible et sans aucune appréhension. Le jardin d'enfants en ce jour de repos baignait dans l'obscurité, l'on n'y sentait aucune présence humaine, et tous les moineaux de Java regroupés sur le perchoir s'apprêtaient à adopter la posture du sommeil. Seul un réverbère éclairait le profil de la fillette d'une lueur blafarde.

— Tu es seule ? lui demanda-t-il en s'approchant doucement.

— Ah, le monsieur aux petits oiseaux ! s'exclama-t-elle d'une voix tout aussi innocente que d'habitude.

— Tu ferais mieux de rentrer chez toi, tu sais. Il va bientôt faire nuit.

— Oui, répondit-elle, sans pour autant s'éloigner du grillage. Je reviens de ma leçon d'harmonium.

— Hmm. Ah bon ?

Contenait-il des partitions ? À ses pieds était posé un sac en tissu avec applications de notes de musique.

Il se tenait debout à côté d'elle. Se retrouvant en cet endroit si cher à son cœur, toutes les silhouettes de son aîné lui revinrent à la fois : lui apprenant à reconnaître les différentes espèces de canaris, prêtant l'oreille aux gazouillis, ou simplement appuyé à la clôture, immobile.

— Ils ne chantent plus, hein ?

— Quand il fait noir ils ne chantent pas.

— Parce qu'ils ont peur ?

— Non. C'est pour dormir.

Juste à côté de lui quelqu'un était présent, ensemble ils observaient les oiseaux. À cette unique pensée, il fut pris d'une nostalgie insupportable.

Comme si la petite fille connaissait la silhouette de son frère, elle ne forçait pas inutilement sur le creux, abandonnant naturellement son corps à sa forme. Elle conservait l'angle le plus approprié que son aîné avait trouvé pour observer les oiseaux. La nuit approchait, mais les anneaux des moineaux de Java ne perdaient pas leur couleur rouge. Et le lobe de l'oreille de la petite fille se trouvait tout près de lui.

— Je vais te raccompagner chez toi.

— Non, ça ira.

— Il ne faudrait pas que ta maman s'inquiète.

— Mais non. Je peux rentrer seule.

Elle avait pris son sac en tissu à ses pieds et levait les yeux vers lui en souriant.

— Au revoir, le monsieur aux petits oiseaux !

Il n'eut pas le temps de lui répondre : s'étant mise à courir, elle s'en alla, disparaissant au bout de la ruelle.

Face à l'obscurité, il murmura "au revoir" en langue pawpaw.

L'hiver cette année-là fut rude. Pendant des jours et des jours le temps était nuageux et quand se produisait enfin une éclaircie, un fort vent de saison soufflait, apportant la neige. La conduite d'eau de la résidence gela ; dans la roseraie plusieurs arches s'effondrèrent sous le poids du givre ; la jeune employée à temps partiel tomba sur le perron gelé et se brisa le poignet. Quand la neige s'entassa, les petits du jardin d'enfants, ravis, fabriquèrent des bonshommes de neige qu'ils vinrent aligner devant la volière. Informes, tout cabossés, ils écoutaient les gazouillis des moineaux de Java avec leurs oreilles faites de carottes ou de cubes coloriés de jeux de construction. Il recouvrit la volière d'une couverture afin de transférer les oiseaux dans une cage qui alla trouver refuge au bureau, mais plusieurs d'entre eux moururent de froid. Conformément au règlement du jardin d'enfants, ils furent inhumés dans la "tombe aux petits oiseaux".

Chez eux, au jardin, la neige sur l'annexe fondait difficilement : accumulée dans les interstices de la carcasse elle formait de petits blocs de glace grisâtres. À l'ombre des arbres qui prenaient leurs aises, il y avait toujours plein d'humidité, si bien qu'il y proliférait toutes sortes de mousses ou moisissures aux noms inconnus. Malgré tout, les oiseaux qui hivernaient s'y rassemblaient avec entrain. Les sansonnets faisaient entendre leur ramage ; un rouge-queue posté au sommet des décombres visait les insectes ;

les mésanges sans méfiance grappillaient vivement la nourriture sur la mangeoire-plateau ; la grive que son frère aimait tant et qu'il trouvait discrète, comme toujours mettait le plus grand soin à ne pas déranger les autres oiseaux. Malgré le vent glacé et la neige qui tombait tant et plus, aucun n'avait l'air morose. Chacun chantait de plus belle avec la gorge qui lui avait été attribuée, et de ses petites ailes qui ne remplissaient même pas la paume de la main, s'envolait vers le haut du ciel.

Ce jour-là, son regard alors qu'il lisait le journal tout en découpant avec une paire de ciseaux de petits morceaux de patchs mentholés à coller sur ses tempes, il s'arrêta sur un entrefilet de l'édition régionale. Parce que le nom du lieu qui était cité se trouvait au voisinage immédiat de chez lui. Une petite fille de cinq ans venue jouer avec ses frères à la salle d'arcades avait disparu, son père avait déposé un avis de recherche et elle avait été retrouvée tôt le lendemain matin pleurant seule dans un buisson du parc des berges du fleuve. La fillette avait dit avoir été emmenée par un monsieur qu'elle ne connaissait pas et la police enquêtait sur une tentative d'enlèvement de mineur. Il se remémora le paysage du parc qui s'était éloigné de lui depuis que le vieillard à la boîte à insecte n'y apparaissait plus. Aux confins du parc le long du fleuve il y avait assurément des eulalies en abondance et un cabanon de pêcheur abandonné depuis longtemps.

— Pourvu que ce ne soit pas elle…

La silhouette de la petite fille à la boucle d'oreille empruntée au moineau de Java lui traversa furtivement l'esprit, disparaissant aussitôt. Il replia le journal et tout en faisant aller et venir ses index sur ses tempes à la recherche de la racine de la douleur, y colla un morceau de patch mentholé de chaque côté, à droite et à gauche. Ce n'était rien de plus que cela.

Par la suite, il n'avait pas entendu parler d'arrestation. Peut-être avait-elle eu lieu et avait-il tout simplement laissé passer l'article du journal qui la relatait, pensait-il vaguement sans pour autant s'en préoccuper outre mesure. Simplement, lorsqu'il aperçut la petite fille à l'ornement d'oreille de moineau de Java en pleine santé qui s'amusait comme d'habitude dans la cour de récréation du jardin d'enfants, il se dit que bien sûr ce n'était pas elle qui avait été enlevée et il en fut soulagé.

— Les temps sont dangereux.

La pharmacienne venait de lui dire que l'on n'avait toujours pas arrêté le criminel.

— Ici, toutes les familles font en sorte de ne pas laisser les enfants jouer seuls, vous savez.

— Ah bon ?

— Et ceux du primaire vont à l'école en groupes accompagnés d'un adulte.

— Ah…

Il n'avait rien à répondre.

— Avec cette histoire au parc là-bas, dès qu'on perd un enfant de vue on a encore plus peur.

La pharmacienne était plus bavarde que jamais.

En prenant de l'âge elle ressemblait de plus en plus à sa mère. Ses mains tavelées posées sur le comptoir, les rides apparues sur sa nuque maigre, le ton de sa voix grave aspirée entre les étagères de démonstration, tout cela faisait que parfois, ne sachant plus qui était qui, il devenait confus. Et dans sa confusion, chaque fois il se trouvait ramené à l'époque où il venait avec son aîné acheter des pawpaw. Comme le creux dans la clôture du jardin d'enfants, la trace du bocal à large ouverture gardait vaguement sa forme même si elle commençait à disparaître.

— Il paraît qu'il y a eu attentat à la pudeur, poursuivait en baissant la voix la pharmacienne qui s'était accoudée au comptoir. Cela n'a pas été clairement annoncé mais la petite fille a été emmenée dans le cabanon sur le lit du fleuve, où se sont passées des choses pas bien du tout… hein.

Ayant fini par perdre ses mots, il gardait le silence, tandis que la pharmacienne continuait sans se préoccuper de lui :

— Les clients n'en finissent pas de jaser quand ils viennent ici, alors même si je n'ai pas envie de le savoir je suis bien obligée d'entendre ce qui se dit. Selon un représentant de laboratoire pharmaceutique, il paraît que le criminel est un homme assez âgé.

Tout en acquiesçant vaguement, le monsieur aux petits oiseaux faisait courir son regard sur les étagères afin de vérifier si les patchs mentholés qui lui plaisaient n'étaient pas en rupture de stock.

— La famille de la petite victime a déménagé, à ce qu'il paraît. Quand même, ce serait difficile pour elle de rester ici. Il faut penser à son avenir…

Choisissant le moment où elle s'interrompait, il ouvrit enfin la bouche :

— Les patchs mentholés que je prends d'habitude, en avez-vous ?

— Ah, mais oui bien sûr. J'avais oublié.

La pharmacienne pivota sur elle-même, prit une boîte sur l'étagère, en essuya la poussière à sa manche.

— Vos maux de tête persistent ?

— Oui.

— Vous feriez mieux de ne pas vous en tenir à ça et de vous faire examiner correctement à l'hôpital.

— Mais c'est très efficace.

— Ah bon ?

Elle s'accouda à nouveau au comptoir et jeta un coup d'œil à ses tempes. Il revenait du travail, si bien qu'il n'avait pas collé de patchs mentholés sur ses tempes, mais la peau irritée était rouge.

— Si vous vous collez des patchs mentholés sur le visage, les gens vont trouver ça bizarre.

— Je ne vais pas dehors dans ce cas…

— Mais moi une fois je vous ai vu.

— Les jours de repos, très exceptionnellement, il m'arrive d'oublier de les enlever…

— De toute façon…

La pharmacienne reprit la boîte de patchs mentholés, et dans un joli petit bruit la posa à nouveau sur le comptoir.

— Faites attention. Il ne faudrait pas qu'on vous suspecte.

Il lui adressa un discret signe de tête et sans en avoir conscience frotta sa tempe avec son index gauche. La peau lui cuisait légèrement.

— Vous irez consulter. N'est-ce pas. L'hôpital central est bien. Parce que le professeur de médecine interne qui y exerce est réputé, insista-t-elle jusqu'à ce qu'il sorte de la pharmacie et enfourche sa bicyclette.

Deux policiers voulant soi-disant lui poser des questions se présentèrent chez lui ce soir-là. Il avait fini de ranger après le dîner et s'apprêtait à tourner le bouton de la radio.

— Nous sommes désolés de vous déranger si tard, vous devez être fatigué.

Ils étaient tous les deux polis et affables. Assis au bord du sofa, le dos bien droit, ils souriaient, même.

— Vous êtes au courant du détournement d'enfant ? questionna l'un, et l'autre continua :

— Nous glanons des informations auprès de la population.

À tour de rôle ils lui posèrent toutes sortes de questions. La composition de sa famille, la nature de son travail, ses horaires de service, son poste, l'occasion qui l'avait amené à fréquenter le jardin d'enfants, ce qu'il y faisait, ses relations avec la directrice, ses fréquentations au parc, ce qu'il avait fait ce jour-là...

Il réfléchit longuement avant de répondre à chaque question. Simplement, au sujet du dimanche où s'était produit l'incident, il fut incapable de répondre avec certitude. Il aurait tout aussi bien pu nettoyer la volière, passer à l'Aozora, faire des courses au supermarché, comme ne pas faire un pas hors de chez lui. En tout cas, c'était un jour de repos ordinaire au cours duquel il n'avait rien fait d'exceptionnel, il ne pouvait rien en dire de plus.

— Êtes-vous allé au parc des berges du lit du fleuve ?

— Non.

Il avait pu répondre aussitôt à cette question. Parce que depuis la mort du grillon grelot, il n'avait pas revu le vieillard.

— Je n'y suis pas allé depuis qu'il a commencé à faire froid, ajouta-t-il.

— Y alliez-vous souvent avant qu'il ne fasse froid ?

— Euh...

— Qu'alliez-vous y faire ?

— Rien de spécial... Je bavardais avec une relation... Rien de plus.

— Cette relation, c'est qui ? Sans vouloir être indiscret.

— Je ne sais pas son nom. Un homme âgé que j'ai connu au parc.

Ils lui posèrent des questions détaillées au sujet des signes particuliers du vieillard. Une réponse entraînait une autre question, qui ouvrait un nouveau développement et le conduisait vers d'autres lieux.

Le temps passait rapidement mais les deux policiers n'avaient pas l'air de s'en préoccuper. Le monsieur aux petits oiseaux ne s'était pas rendu compte du moment où son mal de tête avait commencé.

— Excusez-moi un instant.

Il s'absenta pour aller dans la cuisine prendre un antidouleur.

— C'est un médicament ?

— Vous n'allez pas bien ? Excusez-nous, hein, de vous déranger.

Malgré ces paroles prononcées afin de le ménager, les deux policiers ne firent pas un geste pour repartir.

Finalement, il ne leur dit rien de la réalité des faits, à savoir que le vieillard avait enfermé dans un coffret un grillon grelot dont ils écoutaient le chant au parc. À moins de révéler cette particularité, il ne pouvait donner qu'un minimum d'informations au sujet du vieil homme. Alors qu'il ne s'était pas vraiment décidé à oser garder le secret, au moment où il allait parler de l'histoire du grillon grelot, sans raison les mots ne voulurent pas sortir de sa bouche. Était-ce qu'il n'avait pas confiance en lui pour décrire la boîte à insecte d'une manière pertinente ou que tout simplement cela fût trop pesant, à moins de tout attribuer à son mal de tête : tout en énumérant ces raisons au fond de son cœur, il avait bien conscience du tourbillon d'inquiétude généré par le sébum de la petite fille. Il choisissait ses mots avec précaution afin de se débrouiller pour ne pas avoir à parler du geste du vieil homme qui avait essuyé le visage de la fillette avec son mouchoir.

— Désolé de vous avoir importuné aussi long-temps.

— Merci de votre aimable collaboration.

Jusqu'à la fin, les deux policiers avaient conservé leur politesse.

Après les avoir raccompagnés dans l'entrée, n'en pouvant plus, il s'affala sur le sofa, comprima ses tempes et plongea son visage dans les coussins. Il avait l'impression d'entendre mugir sous son crâne une succession de vagues de douleur. Le sofa gardait désa-gréablement la tiédeur du corps des policiers. Il ten-dit le bras sous la table, tira vers lui la boîte vide où il rangeait les patchs mentholés et de ses mains trem-blantes arriva péniblement à en coller deux sur ses tempes. Dans ce carton vide où autrefois son grand frère accumulait les papiers de pawpaw, il en restait quelques-uns sous les patchs mentholés. Leur cou-leur avait passé, ils étaient secs et cassants, dans un état si précaire que les toucher aurait pu les réduire en poussière, et pourtant les oiseaux dessinés dessus l'observaient d'un air inquiet. Faisant attention à ce que le menthol n'entre pas dans ses yeux, il plongea son visage encore plus profondément dans les cous-sins et serra fort ses paupières.

Avant de se rendre à la résidence pour son travail, il passa au jardin d'enfants, où il trouva verrouillé le portillon sur l'arrière. À la poignée à peu près aussi vétuste que la clôture pendait un cadenas, et il eut beau pousser, tirer, celui-ci se contenta de cliqueter sans montrer le moindre signe de vouloir céder. Cela ne s'était jamais produit auparavant. Le cadenas tout neuf, luisant sombrement d'huile de machine, paraissait d'autant plus robuste que la serrure du portillon, dont la peinture s'écaillait, était bloquée par la rouille.

Il risqua un œil à travers une fente dans la clôture. Il n'y avait rien de bizarre chez les moineaux de Java. Qu'il n'y eût plus d'aliment de complément et que les feuilles de chou dans le récipient à légumes verts fussent flétries le chiffonnait bien un peu, mais il n'y avait pas de changement dans la salissure de l'eau ou la diminution de la quantité de nourriture, et les moineaux de Java voletaient ici et là manifestement en bonne santé. Les enfants ne semblaient pas encore arrivés, et derrière la fenêtre du bureau se reflétaient des silhouettes éparses.

Et s'il criait pour appeler un membre du personnel ? À moins de faire le tour afin de passer par l'entrée principale ? Ou alors, exceptionnellement pour aujourd'hui, nettoyer la volière en rentrant de son travail ? Il se demandait quoi faire lorsqu'il vit apparaître derrière la cage à écureuils la silhouette de la directrice du jardin d'enfants qui arrivait dans sa direction. Les mains dans les poches de son tablier, le regard baissé à ses pieds, elle évitait manifestement de croiser son regard.

— Merci de votre peine.

— Bonjour.

Après cet échange de salutations, toujours de part et d'autre de la clôture, ils restèrent un moment silencieux. Avec la précédente directrice partie à la retraite et qui n'était plus que directrice honoraire, il avait eu plusieurs fois l'occasion de bavarder, mais

avec la nouvelle, il n'avait pratiquement jamais eu
d'échanges et se demandait comment faire pour
engager la conversation. Dans l'immédiat, il ne lui
restait qu'à attendre qu'elle voulût bien lui ouvrir le
portillon.

— Euh, ce cadenas… commença-t-il enfin, mais
alors, comme si elle voulait l'empêcher de continuer,
la nouvelle directrice ouvrit soudain la bouche :

— Nous avons établi comme principe de fermer
soigneusement les portes.

Elle était maigre, de petite taille, pâle, et tout en
elle : jambes, bras, poitrine, doigts, était fin. Elle ne
se maquillait pas, son tablier frais lavé n'avait aucune
tache, et elle dégageait une légère odeur de savon et
de crème pour les mains.

— Oui, c'est plus sûr de cette façon.

Contrairement à sa voix, le gazouillis des moineaux de Java résonnait avec entrain dans l'air froid
matinal.

— Il y avait aussi une forte demande des familles.

Elle n'avait pas l'air d'accorder d'importance à ce
qu'il venait de dire. De part et d'autre de la clôture,
leurs regards s'évitaient, celui de la directrice baissé
à ses pieds, le sien sur le cadenas.

— Et donc… Elle déglutit. Nous avons établi la
règle qu'il est interdit aux personnes non concer-
nées de pénétrer dans l'enceinte du jardin d'enfants.
Il semble que certaines familles soient inquiètes à
l'idée que quelqu'un puisse aller et venir librement
pour s'occuper des oiseaux.

— Je vois…

Il venait enfin de comprendre que le cadenas qu'il
avait sous les yeux n'était pas destiné à interdire l'endroit aux intrus mais à lui-même.

— Alors que jusqu'à présent vous avez bien voulu vous en occuper avec passion, il m'est très pénible que cela se passe sous cette forme. Je vous prie de bien vouloir me pardonner.

En plus de son regard baissé à ses pieds elle inclina la tête, si bien que son corps devint encore plus petit. Mais dans le ton de sa voix, plus que de la désolation, il sentait son impatience à vouloir terminer cet entretien au plus vite.

— Non, c'est bon, de rien, bredouilla-t-il. Mais alors, vous avez trouvé quelqu'un pour s'occuper des oiseaux ?

Il n'avait pas d'autre question à poser.

— Je vais demander à l'étudiante qui est en stage chez nous.

Sa manière de parler lui signifiait que n'importe qui pouvait s'en occuper, qu'il n'était pas indispensable que ce fût lui.

— Je vous en prie, ne vous inquiétez pas.

Sur ce, la directrice lui tourna le dos et s'en alla à petits pas pressés vers le bureau.

— Il faut remplacer le chou fané par du frais. Et puis ne pas oublier la poudre de coquilles d'huîtres grillées et de coquilles d'œufs. Les moineaux de Java ont besoin de calcium. Pour chanter joliment, le calcium…

Il s'adressait à haute voix à la nouvelle directrice qui s'en allait sans se retourner. Comme s'ils voulaient lui répondre, les moineaux de Java entonnèrent l'un après l'autre un chant d'amour.

Le monsieur aux petits oiseaux commençait peu à peu à s'apercevoir que la rumeur le disait impliqué dans l'affaire de l'enlèvement d'enfant. Quand il roulait à bicyclette, il sentait peser sur lui des regards inconnus, tandis que des "kotori, kotori" parvenaient à ses oreilles. Ce fut encore la pharmacienne qui lui expliqua que ce "kotori" n'était pas celui du petit oiseau, mais signifiait bien "preneur d'enfant*".

— C'est pourquoi je vous ai conseillé d'être prudent, n'est-ce pas, chuchotait la pharmacienne au creux de son oreille.

Mais il ne pouvait répondre que :

— Euh, comme d'habitude, une boîte de patchs mentholés…

Depuis que le cadenas l'avait exclu du jardin d'enfants, la nouvelle directrice ne lui avait plus fait signe. Il aurait au moins voulu exprimer sa gratitude à la directrice honoraire, mais selon la rumeur rapportée par la pharmacienne, elle se trouvait hospitalisée dans un établissement pour personnes âgées et avait déjà semble-t-il oublié avoir dirigé une école maternelle. Il se rappela à nouveau que c'était elle qui s'était aperçue la première du problème de santé de son frère et qui avait appelé l'ambulance. Alors qu'elle lui avait tant de fois offert de prendre un goûter, pourquoi ne l'avait-il pas accepté d'un cœur sincère? Voici qu'il le regrettait maintenant. Assis face à la photographie de son aîné et de leur mère entourée par les broches, il ferma les yeux, et s'adressant en son cœur à l'ancienne directrice lui exprima sa gratitude.

Il devenait difficile pour lui de passer aux abords du jardin d'enfants. Il n'arrivait pas à avoir le courage

* Le titre de ce livre, Kotori, est écrit dans le syllabaire hiragana de la langue japonaise. Il peut s'écrire indifféremment avec les deux caractères chinois "petit" et "oiseau" ou "enfant" et "prendre", d'où le double sens du mot lorsqu'il est prononcé à voix haute.

de penser que, dans la mesure où il n'avait pas de poids sur la conscience, il lui suffisait de se comporter comme d'habitude. Chaque fois qu'il rencontrait un parent qui en le voyant serrait plus fort la main de son enfant ou se précipitait dans une rue transversale, il ne savait si c'était mieux de protester ou de se désoler, si bien qu'il en était troublé encore plus. Et pour apaiser ce trouble il pédalait encore plus fort.

La ruelle qui aboutissait face à la volière était un raccourci pour la résidence et l'éviter nécessitait un grand détour en longeant l'avenue. La ligne qui reliait son domicile, l'Aozora, la volière et la résidence avait une forme aussi immuable que celle des broches fabriquées par son grand frère. Ne pas suivre cette forme était plus dur qu'il ne l'aurait pensé. Il avait l'impression finalement de se retrouver seul à tomber du ciel en suivant maladroitement une ligne ne conduisant nulle part.

Quand il n'arrivait plus à le supporter, tôt le matin, lorsqu'il faisait encore noir, il sortait de chez lui pour aller voir la volière. Personne ne passait dans la ruelle et bien sûr le jardin d'enfants était désert, de sorte qu'il pouvait rester un moment dans l'intimité des oiseaux. Malgré l'heure matinale, les oiseaux étaient toujours éveillés. Ils lissaient leurs ailes avec leur bec, et tout en pépiant, "tchi tchi", paradaient pour lui sur le perchoir, mais sans crier.

En peu de temps la volière s'était transformée en un endroit qu'il ne reconnaissait pas. Alors qu'aucune nouveauté n'avait été ajoutée et que rien ne manquait, tout, de la manière de servir la nourriture jusqu'à celle de poser le récipient d'eau, avait pris de la distance. Il avait si bien ritualisé son nettoyage matinal de la volière qu'il voyait partout l'intervention d'autrui.

Dans l'abreuvoir posé exactement sous le perchoir des fientes étaient tombées, la balançoire aux cordons emmêlés pendait de travers, et le lave-pont traînait, posé à la verticale dans un coin. Malgré ses recommandations adressées à la nouvelle directrice, il n'y avait pas trace de feuilles de chou, et la poudre de coquilles d'huîtres grillées et de coquilles d'œufs n'avait pas été remplacée. Néanmoins, les oiseaux ne paraissaient pas du tout insatisfaits, ce qui le froissait encore plus.

Lui, il aurait aussitôt lavé l'abreuvoir à grande eau en frottant les fientes et les traces gluantes à la brosse avant de le remplir à nouveau d'eau fraîche. Puis il l'aurait déposé, pas sous le perchoir, mais sur le côté, le long du grillage de la volière. Bien sûr, il aurait démêlé les cordons de la balançoire afin qu'elle fût utilisable. Il aurait remplacé la vieille pâtée par de la nouvelle, à laquelle il aurait mélangé à égalité poudre de coquilles d'huîtres grillées et de coquilles d'œufs afin de leur faire apprécier la différence de goût. Quant au nettoyage du sol, il lui aurait sans doute pris pas mal de temps. Comment avait-on pu le laisser se salir à ce point? Il y avait une telle couche de salissures que les bottes de caoutchouc y laissaient leur empreinte. Et les poils du lave-pont qui traînait debout dans un coin étaient tout abîmés. Il faudrait en racheter un neuf, celui-ci était totalement inutilisable…

La volière se trouvait directement devant ses yeux. Il lui aurait suffi de tendre le bras pour s'emparer du lave-pont. Mais dans l'intervalle il y avait une distance d'un pas que son aîné n'avait jamais tenté de franchir. Et un cadenas se balançait sur le portillon, qui l'empêchait de faire ce pas.

Les rayons du soleil matinal qui teintaient de rose les montagnes à l'est s'étendaient au toit du bâtiment du jardin d'enfants, repoussant vers la bordure du ciel les vestiges de la nuit. Le casier à chaussures, les fenêtres de la salle de jeux et la cage à écureuils sortaient peu à peu de la brume. Où se trouvent les chaussures de la petite fille à l'ornement d'oreille moineau de Java ? se demandait-il vaguement tout en regardant le rectangle d'ombre du casier à chaussures s'allonger devant les classes. Il ne sentait plus ses mains accrochées au grillage ni ses oreilles gelées. La silhouette du ginkgo, à l'endroit exact de la "tombe aux petits oiseaux" était dessinée par la neige tombée la semaine précédente, qui n'avait pas encore entièrement fondu. Alors il entendit, mêlé au bruit des voitures dans l'avenue, crisser les freins d'une bicyclette devant l'entrée principale : sans doute un membre du personnel qui arrivait au travail.

— Laissez-vous choyer, commença-t-il à l'adresse des oiseaux, je ne peux pas venir aussi souvent vous écouter chanter, mais mon grand frère est toujours là, vous savez.

Il caressa le creux dans le grillage.

— Bon, alors au revoir.

Même les oreilles gelées, il discernait parfaitement le chant des petits oiseaux.

Il brûla dans son jardin la lettre de remerciement et la médaille souvenir reçues des enfants de la maternelle.

"Monsieur aux petits oiseaux, merci d'avoir fait le ménage de la cabane aux petits oiseaux."

Il l'avait tant de fois dépliée pour la lire qu'il récita à voix haute la phrase qu'il avait mémorisée. En faisant glisser son doigt sur le "petits oiseaux" écrit au crayon gras bleu ciel, lui revenait au creux de l'oreille leur voix lorsqu'ils l'appelaient : "Monsieur aux petits oiseaux! Monsieur aux petits oiseaux!" C'était incroyable que derrière ces "petits oiseaux" se cachent des enfants. Les pattes grêles n'allaient pas avec les ongles miniatures, ni les plumes qui voltigeaient avec les blouses qui virevoltaient, ni le bec corné avec les lèvres humides. Les silhouettes des oiseaux et des enfants lui apparaissaient à tour de rôle et bientôt elles se superposèrent, si bien qu'il finit par ne plus savoir qui était qui. À son insu, le bout de son index s'était coloré de bleu ciel.

Sur les ruines de l'annexe il déposa la lettre de remerciement et la médaille souvenir qui brûlèrent dès qu'il craqua une allumette, de petites flammes s'en élevant instantanément. Mais il eut à peine le temps d'y réchauffer ses mains que le feu s'éteignit, la lettre et la médaille se rétractant avant de se transformer en cendres emportées par le vent. Il eut l'impression d'avoir encore plus froid qu'avant de les brûler.

L'article mentionnant que le criminel avait été arrêté parut dans le journal au moment où les gens de la ville, las de la rumeur, commençaient à oublier les grandes lignes de l'affaire. Il s'agissait d'un ancien vendeur d'encyclopédies âgé de soixante-deux ans qui reconnut docilement sa culpabilité en expliquant que la fillette était si mignonne qu'il s'était surpris à lui adresser la parole, avant de commencer à s'accuser d'autres crimes. Le monsieur aux petits oiseaux regarda longuement le portrait du criminel. Mais il eut beau l'observer avec un maximum d'attention, cela ne changea rien au fait que cet homme lui était inconnu. Bien sûr, ce n'était pas non plus le vieillard à la boîte à insecte.

Après l'arrestation du criminel sa vie se poursuivit sans changement. Il ne fut pas contacté par le jardin d'enfants, ne reçut pas non plus de signe indiquant qu'il pourrait reprendre l'entretien de la volière, le cadenas restait accroché au même endroit. Et il y avait toujours ici ou là des gens qui en le voyant murmuraient "kotori, kotori" ou détournaient précipitamment les yeux.

La volière avait rapidement perdu son aspect d'autrefois. Un peu partout des fientes s'accumulaient sur le sol, la balançoire et le perchoir, avec l'humidité les aliments avaient changé de couleur, tandis que des herbes aquatiques paraissaient flotter sur l'eau de l'abreuvoir. Les nichoirs tombés avaient roulé, perdant ainsi leur sens premier, les blocs des fondations étaient envahis par les herbes, sur le toit s'amoncelaient les feuilles mortes du ginkgo. Le nombre d'oiseaux diminuait peu à peu, seul se remarquait le creux déserté dans la clôture. Et pourtant, ceux qui restaient voletaient autour de ce creux, et bien qu'ils n'eussent plus de compagnie, ils chantaient leur amour de tout leur cœur. Chaque fois qu'ils battaient des ailes, des plumes grises se détachaient, qui descendaient en voltigeant sur le sol devenu boueux.

Il ne pouvait rien y faire. Il ne voulait pas voir ces silhouettes déchirantes, mais il était tourmenté par la pensée qu'il ne pouvait les abandonner ainsi à leur sort, et finalement finissait toujours par se retrouver debout devant la volière. Il essaya de nourrir le mince espoir que peut-être la nouvelle directrice allait remarquer sa présence et réfléchir à propos de l'entretien de la volière, mais ce fut une tentative inutile.

Il eut beau rester là plusieurs dizaines de minutes, non seulement elle ne fit pas mine de se montrer, mais encore à peine eut-il conscience qu'elle l'épiait discrètement par la fenêtre du bureau qu'elle se retira aussitôt.

Comme l'annexe se transformant en ruines après la perte de son propriétaire, comme le grillon grelot se desséchant la saison terminée, les oiseaux se mirent à dépérir. Le dernier mourut alors que le long hiver s'en était allé, peu après la cérémonie de remise des prix*. Puisque la terre de la "tombe aux petits oiseaux" était souple et sombre, il se dit qu'ils avaient peut-être été inhumés sans incident. La volière sans les oiseaux avait pauvre apparence.

Bientôt, avant la cérémonie de rentrée, la volière fut détruite et il n'en resta même plus trace. Son unique consolation fut qu'au moins son aîné n'avait pas vu cela.

* La rentrée ayant lieu en avril, les cérémonies de fin d'année scolaire se déroulent en mars.

XI

Peu de temps après la disparition de la volière, le monsieur aux petits oiseaux arrêta son travail à la résidence.
À soixante ans il avait dépassé l'âge de la retraite et
par insouciance avait continué à travailler, mais brusquement, la société avait décidé de se débarrasser de
la résidence, il avait donc été question de son départ
à la retraite. Du côté de la société, on lui avait signi-
fié d'une manière très administrative le non-renouvel-
lement de son contrat, et peut-être existait-il un lien
quelconque avec l'affaire du preneur d'enfant. Mais
bien sûr, il savait bien qu'il ne servirait à rien de s'en
enquérir. La résidence, toute frémissante depuis qu'elle
avait été ouverte au public, avait perdu son calme et
n'était plus à proprement parler un endroit agréable à
vivre ; en y ajoutant le problème de ses maux de tête
qui s'aggravaient, tout cela fit qu'il sentit que c'était le
bon moment pour arrêter d'y travailler.

Le dernier jour avant sa cession aux nouveaux
propriétaires fut organisée à la résidence une soirée d'adieu réunissant le personnel administratif et
commercial de la société, à laquelle furent invités les
fournisseurs. Dans le grand salon un buffet avait été
aménagé avec toutes sortes de plats et de boissons,
un petit orchestre à cordes jouait de la musique de

chambre, les murs du hall d'entrée étaient ornés de photographies des personnages importants qui avaient visité le lieu dans le passé. Les gens vêtus avec élégance buvaient du vin et grignotaient de petits morceaux de fromage tout en bavardant joyeusement. Un groupe s'extasiait sur la magnificence de la roseraie, un autre était plongé dans une discussion de travail qui n'avait rien à voir avec la résidence, un autre encore sur la terrasse fumait en silence. En principe, cette soirée était destinée à exprimer de la reconnaissance à cette résidence qui avait rempli son rôle ainsi qu'au gardien qui avait travaillé si longtemps à travers les générations successives de présidents, mais presque personne parmi l'assistance ne faisait attention à lui. Cette soirée particulière, il la passa comme toutes les autres à l'accueil. En faisant scrupuleusement attention à ce que sa silhouette ne croise pas le chemin des invités ni ne trouble leur champ de vision, il se comporta de la manière à laquelle son corps était habitué.

Une seule fois cependant il y eut un épisode où l'animateur le tira par la manche. On lui demandait de faire un discours de départ à la retraite. Il prit le microphone avec réticence, s'inclina, et d'une petite voix prononça quelques mots de remerciement, qui ne parvinrent pas aux oreilles des invités dans ce grand salon où il y avait beaucoup de bruit, aussi certaines personnes n'avaient-elles pas l'air de comprendre pourquoi il se tenait là debout. L'animateur ne cessait de lui faire signe pour lui demander de parler plus fort, tandis que les interprètes du petit orchestre à cordes hésitaient, ne sachant à quel moment ils devaient se remettre à jouer.

Il reprit le microphone bien en main, toussa, voulut se mettre à parler d'une voix forte, et l'instant suivant, le chant de l'oiseau à lunettes sortit de sa gorge.

"Tchii tchurutchii tchuru tchitchiru tchitchirutchii, tchuru tchitchiru tchitchiru tchurutchii…"

Pourquoi cela se passa-t-il ainsi ? lui-même ne pouvait se l'expliquer. Comme s'il n'existait pas d'autre moyen pour obtenir une voix forte, quand il avait repris ses esprits, l'oiseau à lunettes chantait déjà.

Le chant était tel qu'il pouvait penser ne l'avoir jamais interprété aussi bien depuis que son frère aîné le lui avait appris. Chaque son qui se répercutait au plafond avant de se mélanger à la lumière des lustres résonnait aussitôt à travers le grand salon. Sa langue vibrait, donnant naissance à des nuances subtiles, les passages s'enchaînaient doucement, son souffle se poursuivait indéfiniment.

Le brouhaha disparut, les gens tendirent naturellement l'oreille mais ne parurent pas comprendre aussitôt ce qui se passait. Certains se tournèrent même vers les fenêtres, comme s'ils croyaient qu'un véritable oiseau était entré par mégarde. Bientôt des gens se doutant que la personne qui se tenait devant eux venait sans doute de faire un petit numéro d'imitation, il y eut de timides applaudissements qui se propagèrent, arrivant tant bien que mal à former un corps nourri. Des applaudissements faibles, qui n'étaient pas à la hauteur de la vivacité de l'oiseau à lunettes. Dans les intervalles se glissaient de discrets "kotori, kotori" murmurés. Il rendit le microphone à l'animateur et retourna dans un endroit à distance des regards. Les dernières résonances du chant de l'oiseau à lunettes étaient sur le point de s'éteindre lorsque le brouhaha reprit de plus belle, tout le monde oubliant aussitôt son existence.

Il sortit dans le jardin par la terrasse et se dirigea vers la charmille. Heureusement, là il n'y avait personne. Malgré la lumière qui émanait du grand salon, plusieurs lampadaires au jardin, et une petite lune montante de trois jours dans le ciel, la roseraie était enveloppée du calme de la nuit et même les fleurs épanouies baissaient la tête dans l'obscurité. Au creux de ses oreilles stagnaient les résonances profondes de son chant, sa langue en était encore tout engourdie. Sans penser à rien il resta assis là immobile. Le jour où s'étant disputé avec son aîné pour la première fois il n'était pas rentré déjeuner à la maison ; celui où après sa mort il avait mangé seul son petit pain ; celui où il avait parlé des oiseaux migrateurs à la bibliothécaire ; toutes sortes de souvenirs lui revenaient à la mémoire, mais son cœur était paisible. La musique et le brouhaha étaient aspirés dans le ciel nocturne avant de parvenir à la charmille, ne résonnaient à ses oreilles que les jolis chants des oiseaux de passage, de ceux du jardin d'enfants et des oiseaux migrateurs. Il lui suffisait seulement d'écouter et tout irait bien. Il n'était pas nécessaire de se sentir blessé de s'éloigner du lieu de travail auquel il était habitué, ni d'éprouver de la tristesse au souvenir de ces gens qu'il ne reverrait jamais.

— S'il vous plaît…

Il se retourna à cette voix soudaine : une serveuse se tenait là.

— En voulez-vous un ?

Elle lui tendait le plateau qu'elle avait à la main. Dessus étaient alignés des chocolats.

— Merci. Mais je ne mange pas de chocolat, lui répondit-il.

— Ah bon? Alors je vous prie de bien vouloir m'excuser, lui dit-elle poliment avant de s'éloigner.

Dans l'obscurité il avait eu un instant l'impression de sentir une odeur sucrée, mais ce n'était peut-être qu'une illusion.

À partir du lendemain, les travaux de rénovation commencèrent à la résidence, bientôt transformée en restaurant doublé d'un salon de mariage. Il n'y remit jamais les pieds.

Après l'arrêt de son travail, ses maux de tête devinrent de plus en plus violents. Il avait décidé de prendre le moins possible de médicaments, mais finalement, vaincu par la douleur, les jours où il doublait la dose se multiplièrent. À partir d'un certain moment les patchs mentholés étaient devenus des gris-gris dont il ne pouvait se séparer ne serait-ce qu'un instant. Quand il sortait, quand il se couchait, nuit et jour il en collait sur ses tempes, les renouvelant dès que l'odeur de menthol disparaissait. Sa peau irritée se détachait parfois, et l'endroit se mettait à suinter, mais la douleur qui en résultait était bien moindre comparée à celle de ses maux de tête, au contraire : l'irritation de la peau semblait calmer la douleur, si bien qu'il continuait sans s'en soucier à coller ses patchs.

Quand il avait du temps devant lui, il les découpait à la taille de ses tempes et les mettait en réserve dans le carton où son frère autrefois gardait ses papiers de pawpaw. Lorsque son stock s'épuisait, il devenait fou d'inquiétude et cela suffisait à lui donner l'impression que la douleur augmentait. Il ouvrait le carton plusieurs fois par jour, vérifiait le nombre de patchs, et quand cela ne lui suffisait pas, enfourchait aussitôt sa bicyclette pour se rendre à l'Aozora.

Les patchs n'étaient pas pour autant efficaces. Comme l'irritation de la peau, le menthol ne faisait rien d'autre que tromper la douleur, ce que lui-même savait bien. Néanmoins, il ne pouvait s'en séparer. Il avait arrêté de travailler, on l'avait privé de l'entretien de la volière, et maintenant il n'avait rien d'autre à faire que d'aller acheter ses patchs, pour les découper aux dimensions exactes de ses tempes et les ranger dans la boîte en carton. C'était seulement lorsqu'il s'occupait à cette tâche qu'il pouvait goûter, ne serait-ce qu'un peu, le sentiment de faire quelque chose de nécessaire.

— C'est pourquoi vous devez aller à l'hôpital central, continuait à lui seriner la pharmacienne. C'est un grand médecin. Les représentants des laboratoires pharmaceutiques et les patients le disent tous. L'autre jour, justement, le grand-père de la boulangerie est tombé d'un mal au ventre de raison inconnue, et on l'a transporté à dos d'homme dans le service chirurgical de là-bas…

Elle ne sortait pas les patchs des étagères sans avoir auparavant fait une intense propagande pour l'hôpital central.

Il finit par prendre la décision de se rendre à l'hôpital moins pour soigner sérieusement son mal de tête que par crainte que s'il n'y allait pas, la pharmacienne ne voulût plus lui vendre ses patchs.

— Alors, c'était comment?

— Le médecin m'a dit que tout allait bien.

— Eh, vraiment?

— Oui.

Ce n'était pas un mensonge. Après avoir fait des radiographies, des examens de sang et d'urine, le médecin avait simplement dit que tout allait bien. Le diagnostic était aussi laconique qu'autrefois lorsque son frère avait subi un test chez le psycholinguiste. Mais quelque part en son cœur il avait prévu cette situation. De la même manière que le langage paw-paw faisait partie du cœur de l'aîné, le mal de tête du cadet avait parasité son cerveau à tel point qu'il était difficile de l'en détacher, et il lui semblait impossible désormais de s'en débarrasser.

— Il paraît que je dois bien dormir, manger des aliments nutritifs, faire refaire mes lunettes pour la presbytie et un peu d'exercice.

— Hmm.

Elle ne paraissait pas convaincue.

La pharmacienne qui avait dépassé l'âge de sa mère était devenue bien vieille. Il ne savait pas si elle avait des enfants à qui passer le relais pour une troisième génération. Elle souffrait des hanches, ce qui était plus grave que de simples maux de tête, ne pouvait déjà plus rester debout très longtemps, et s'asseyait sur deux coussins plats empilés sur une chaise de bois. Son dos était courbé, pointu son menton parce qu'il lui manquait des dents, et elle devenait dure d'oreille, si bien qu'il lui arrivait sou-vent de faire répéter sa demande au client. Et pour-tant, son intuition qu'elle cultivait depuis longtemps se portait bien : dès qu'elle s'était assurée du nom du médicament, elle pouvait se lever et se tortiller selon l'angle le plus judicieux pour atteindre l'éta-gère qu'elle visait.

— En tout cas, dit-elle en décalant sa chaise et tendant le bras vers l'étagère où se trouvaient les patchs, ce qu'elle pouvait prendre le plus rapidement. C'était sans doute votre destinée, à votre frère et à vous, de n'acheter que des sucettes et des patchs chez moi.

— Oui peut-être.

Il regardait avec émotion la boîte posée sur le comptoir. Une boîte toute simple avec seulement le nom du produit imprimé dessus. Il pensa qu'avec toutes ces boîtes il n'aurait pu fabriquer quelque chose ayant autant de signification que les broches de son aîné.

La douleur arrivait toujours brusquement sans aucun signe avant-coureur. Comme si un colosse fou lui martelait l'intérieur du crâne, elle résonnait, se répercutait, s'amplifiait à vue d'œil. Pour lui, la douleur était un bruit. Il y avait en elle mélodie, rythme et harmonie, mais tout était désaccordé, en excès, arbitraire et sans ménagement. Il avait beau se boucher les oreilles, le colosse s'enfonçait encore plus profondément dans son cerveau, augmentant en intensité la douleur, et rien d'autre n'existait plus pour lui.

Même s'il savait écouter, il lui était difficile d'ignorer le bruit à l'intérieur de sa tête. Il avait l'illusion de se transformer en boîte à insecte. Au fond de cette petite masse d'obscurité était tapie une concrétion de son qui attendait son heure. Lorsqu'elle se déclenchait, il ne pouvait l'arrêter, et ne savait quand elle se terminerait. S'il voulait se délivrer de l'obscurité, le seul capable d'ouvrir le couvercle, le vieillard au parapluie chauve-souris, avait disparu pour ne plus jamais réapparaître.

De la même manière que le vieillard frottait la boîte à insecte avec du sébum de petite fille, le monsieur aux petits oiseaux collait des patchs sur ses tempes. L'odeur du menthol qui passait par son nez arrivait à ses tympans, apaisant un peu les ondes de douleur. Quand il collait ces patchs, il n'arrivait pas à ouvrir correctement les yeux et son visage avait tendance à pencher encore plus, si bien que son champ de vision rétrécissait. Lorsqu'il parcourait la ville à bicyclette, faisait des courses au supermarché ou restait assis sur le banc de pierre au parc des berges du fleuve, il passait de plus en plus de temps à regarder le bout de ses pieds. Au point que les yeux fermés il aurait pu se les figurer en détail. Le monde où il vivait se rétrécissait rapidement, il n'y restait pratiquement plus d'espace permettant à quelqu'un de pénétrer, et même si par hasard des gens regardaient dans sa direction, ce n'était que pour murmurer comme d'habitude "kotori, kotori". Il était toujours le monsieur aux petits oiseaux preneur d'enfant même après que tout le monde avait déjà un souvenir imprécis du double sens de ce "kotori".

Le matin au lever, toujours en pyjama, il sortait d'abord dans le jardin nettoyer la mangeoire-plateau des oiseaux près des ruines de l'annexe, avant d'y renouveler la nourriture. À chaque changement de saison, il s'ingéniait à proposer aux petits oiseaux un assortiment de fruits à coque, fruits, lard et graines, et parfois pour le goûter leur offrait des miettes de quatre-quarts. Ensuite, il faisait le tour du jardin en regardant si les graines apportées par les oiseaux de passage avaient germé, où en était la maturation des fruits qu'ils aimaient. Il revenait dans la maison après avoir pris le journal et changeait ses patchs. Son propre petit déjeuner n'était pas aussi soigné que celui des oiseaux des champs. Il faisait seulement bouillir de l'eau pour préparer du thé. Là encore, à cause de l'odeur de menthol, le thé n'avait pas beaucoup de goût : c'était comme s'il buvait de l'eau chaude. Pour occuper les longues heures jusqu'à l'arrivée de la nuit, certains jours il allait à la bibliothèque, pas à celle du quartier mais à la bibliothèque principale, au centre de la ville. Celle du quartier avait fermé à son insu, un panneau y indiquait désormais le bureau d'aide sociale. Il continuait à emprunter à la bibliothèque des livres où il y avait des oiseaux. Son don particulier qui lui permettait de délivrer autant d'oiseaux qu'il y en avait dans les masses de documents écrits était toujours aussi éclatant. Simplement, il n'existait plus personne pour lui reconnaître ce don et le féliciter. Ne guérissait pas avec le temps l'habitude qu'il avait, après avoir posé le livre sur le comptoir de prêt, de lever avec gêne les yeux de l'extrémité de ses pieds pour vérifier, au cas où, si la personne qui se trouvait derrière ne serait pas par hasard la bibliothécaire.

Il passait certains autres jours au parc des berges du fleuve. Se rendait à la banque où à la mairie pour des motifs futiles. Allait à l'Aozora, bien sûr. Faisait attention à son itinéraire pour ne pas passer par la ruelle qui conduisait à la volière, sur l'arrière du jardin d'enfants. À la maison, il lisait, écoutait la radio, réchauffait une boîte de soupe. Faisait revivre leurs voyages imaginaires, ce qu'il n'avait jamais fait depuis la mort de son aîné, établissant alors un emploi du temps détaillé et la liste des objets à emporter. En l'absence de celui qui était chargé de faire les bagages, il agrafait les feuilles volantes et le voyage se terminait lorsqu'il les rangeait dans le tiroir de la table.

Très rarement apparaissait un visiteur. Le jardin à l'abandon était insalubre ; le président de quartier se plaignait : il voulait qu'il fasse quelque chose ;

un ivrogne était entré, qui avait cru à tort la maison vacante ; un représentant des pompes funèbres appuyait sur la sonnette pour proposer un contrat d'obsèques. Le monsieur aux petits oiseaux gardait le silence, laissant les choses suivre leur cours jusqu'à ce qu'ils fussent repartis.

Quand ses maux de tête recommençaient, il passait son temps à essayer de les apaiser. Outre les patchs mentholés, l'autre moyen pour les calmer consistait à écouter le chant des oiseaux. Il ouvrait la baie vitrée qui donnait au sud, exposait sa tête à l'air du dehors, et attendait patiemment le rassemblement des oiseaux sur la mangeoire-plateau. Et lorsqu'il avait attendu un long moment et qu'aucun ne se montrait, il se résignait à imiter le chant de l'oiseau à lunettes. C'est ainsi que ses journées se déroulaient.

C'était un matin de la pleine saison du printemps, favorisé par un ciel bleu auquel il n'y avait rien à redire, où pour une fois sa tête était claire et il se sentait bien. Était-ce parce qu'il ne souffrait pas ? il se réveilla environ une heure plus tard que d'habitude, alors que le soleil matinal entrait déjà dans sa chambre et que lui parvenait de la mangeoire-plateau le remue-ménage des oiseaux. Le doux "tchii tchii", c'était sans doute l'oiseau à lunettes en train de picorer les quartiers de pomme déposés la veille, ainsi pensait-il rêveusement dans son lit lorsqu'il s'y mêla un bruit de nature différente. Ni un pépiement ni gazouillis, il n'était même pas sûr que ce fût un chant d'oiseau, avec des accents vaguement inquiétants.

Pour chercher d'où provenaient ces petits cris, il descendit l'escalier en faisant attention à ne pas faire de bruit, traversa la salle de séjour et tira le rideau.

Comme il l'avait prévu, il reconnut les oiseaux à lunettes qui voletaient entre les cornouillers en fleur, faisant frémir les pétales. Dissimulé par leurs chants, le bruit qu'il cherchait à atteindre menaçait de disparaître d'un instant à l'autre, mais il était sûr qu'il provenait bien d'un endroit pas plus éloigné que l'extrémité de son bras.

Il ouvrit la baie vitrée. À l'instant où il allait glisser les pieds dans les sandales posées sur la marche en ciment, il y vit quelque chose bouger. Il retira prestement son pied, s'accroupit et ramassa la sandale.

— Comme il est petit!…

L'oiseau était minuscule, au point qu'il n'avait pu s'empêcher de s'exclamer. Au niveau de la voûte plantaire de la sandale, au creux de la semelle, le corps était blotti. Il semblait manifester de lui-même qu'il n'avait pas besoin d'autre mot pour le qualifier que celui de "petit". Mais malgré sa taille, il comprit qu'il s'agissait d'un oiseau à lunettes.

Il avait dû se cogner à la fenêtre avant de tomber, en témoignaient à la partie supérieure de la vitre un peu de sang et de duvet amalgamés. S'il était tombé directement sur le ciment, cela aurait peut-être été encore pire. La semelle intérieure de la sandale usagée avait constitué un merveilleux coussin pour le recevoir.

Le petit corps se souleva soudain : l'oiselet sentant le danger essayait avec toute son énergie de s'envoler, mais ses terminaisons nerveuses avaient-elles été paralysées par le choc? à moins qu'une de ses articulations ne fût atteinte? il n'arrivait pas à s'arc-bouter sur ses pattes crispées, et ses ailes produisaient un bruit de papier froissé alors qu'il essayait en vain de les déployer. Et pendant ce temps-là, le bec ouvert, il tentait d'alerter ses compagnons à grands cris. Mais les oiseaux à lunettes rassemblés autour du cornouiller, ne pensant qu'à aspirer le nectar des fleurs, n'avaient pas un regard pour l'oiselet qui se trouvait sur la main du monsieur aux petits oiseaux.

— Tout va bien. N'aie pas peur, lui murmura-t-il en effleurant ses ailes si légèrement qu'il les toucha à peine.

Du bec jusqu'au bout de la queue, le corps miniature se dissimulait aisément au creux de sa paume.

— Allons, calme-toi.

En regardant mieux, il découvrit une légère trace de sang au sommet de sa tête. L'oiselet n'avait pas d'autre blessure, semblait-il. Sentant une présence humaine, il fit encore plus d'efforts et poussa une espèce de cri, étira son cou maigre afin de se redresser le plus possible.

— Tu vois, tout va bien.

Le monsieur aux petits oiseaux le gardait au creux de sa main. Il pensa que jamais dans le passé il n'avait touché quelque chose avec autant de précaution, le cœur tremblant. Le corps était si léger, si doux, qu'il risquait de le réduire en poussière s'il n'y prenait garde, et il était tiède. Cette tiédeur prouvait que la petite boule qu'il avait sous les yeux était bien vivante.

L'oiseau à lunettes qu'il voyait de près pour la première fois avait un assortiment de couleurs plus complexe qu'il ne l'aurait pensé. Du dessus vers la gorge s'étendait du jaune vert, les ailes étaient mêlées de brun, le ventre était blanchâtre, et toutes ces couleurs se mélangeaient harmonieusement. Selon l'intensité de la lumière ou l'angle sous lequel on le regardait, il laissait une impression curieuse, si bien que l'on n'arrivait pas à se décider pour une couleur. Pas du tout voyant, d'un calme qui faisait des arbres son milieu naturel, il était adorable.

Néanmoins, comme pour les oiseaux de la volière du jardin d'enfants, le bec seul contrastait. D'une solidité à toute épreuve, sans aucun lien avec la souplesse des ailes ou la douceur du gazouillis. Il pointait vers l'avant avec force, tandis que son extrémité affûtée luisait sombrement.

Mais le plus important de tout était le cercle blanc autour des yeux, comme si quelqu'un l'avait dessiné d'un trait de pinceau. D'un blanc pur, venant confirmer le nom d'oiseau à lunettes. Il faisait un beau pendant au cercle rouge du moineau de Java.

Lorsqu'il referma ses mains sur les ailes de manière à ne pas les abîmer si l'oiselet se débattait, celui-ci retrouva un certain calme, arrêta de pousser des cris et le regarda de ses yeux soulignés de blanc. Il penchait la tête comme si, plongé dans ses réflexions, il faisait une mise au point. Ses pupilles, plus petites qu'une goutte d'eau, étaient cependant d'un noir infiniment profond.

Soudain, le monsieur aux petits oiseaux s'affaira. Il sortit d'abord du débarras un carton et une vieille couverture, où dans un premier temps il déposa l'oisillon, avant de feuilleter l'annuaire pour vérifier où se trouvait la clinique vétérinaire. En attendant l'heure d'ouverture, il trouva sur l'étagère de son frère un livre où il était question des soins à donner aux oiseaux, dont il parcourut hâtivement les seules pages importantes avant de tournicoter dans la cuisine à la recherche d'un récipient adapté pour lui donner de l'eau. Le petit oiseau à lunettes, surpris par ce nouveau lit de carton, empêtré dans les replis de la couverture, se remit à crier "pii pii, tchii tchii".

— Bon, je sais. Encore un peu de patience, lui dit-il en jetant un coup d'œil à l'intérieur du carton, et l'oiselet se calma, avant de protester à nouveau dès qu'il s'en allait.

Pour lui éviter la mort par étouffement sous la couverture, il la plia avec soin et l'étendit au fond du carton qu'il ferma avant de l'attacher solidement sur le porte-bagages de sa bicyclette. La clinique vétérinaire se trouvait tout près de l'ancienne résidence. Même s'il avait l'habitude d'emprunter ce chemin, il se demandait avec inquiétude si par hasard l'oiseau n'allait pas s'envoler à travers l'interstice du couvercle du carton, ou si les tressautements n'allaient pas aggraver ses blessures. Il fallait faire vite mais ne pas s'affoler. Bien sûr, il prit sans hésiter le raccourci qui passait par la ruelle du jardin d'enfants. Il la traversa sans voir les vestiges de la volière, la tombe au pied du ginkgo ni le creux dans la clôture. Il pédalait dans le grincement des roues rouillées, entendant s'élever derrière lui les cris de l'oiselet à lunettes.

Il avait l'aile gauche cassée. Le vétérinaire l'apaisa, l'immobilisa, et après avoir ramené l'aile dans la bonne position la fixa à son corps en deux endroits avec une petite bande adhésive. Tout en prodiguant les soins, le vétérinaire dit qu'il lui fallait du repos parce que l'oiseau semblait avoir une commotion cérébrale et qu'il fallait lui donner des aliments faciles à digérer. Le vétérinaire se comportant d'une manière primitive et brutale, le monsieur aux petits oiseaux était en proie à l'inquiétude, mais l'oisillon n'avait pas l'air de souffrir, au contraire, il paraissait plutôt soulagé de ne pas avoir à bouger ses ailes douloureuses. Dès que les soins furent terminés, ses cris redevinrent ceux d'un oiseau de passage, et il se mit à sautiller sur la table d'examen en faisant cliqueter ses ongles.

En rentrant, le monsieur aux petits oiseaux passa à l'Aozora acheter un compte-gouttes et du lait en poudre.

— Tiens donc, c'est rare, fit remarquer la pharmacienne avec surprise, pas de sucettes ni de patchs, mais un compte-gouttes et du lait en poudre, continua-t-elle en insistant sur le "lait".

— Oui.

— Que se passe-t-il encore ?

— Euh, excusez-moi. Je suis un peu pressé.

L'oiselet à lunettes dans son carton était resté sur son porte-bagages.

— Ah, désolée, désolée. Bah, c'est un fait que chacun a ses raisons. Alors, combien de mois depuis la naissance ? Parce que cela varie avec l'âge, vous savez. Vous n'avez qu'à choisir celui qui vous convient parmi les laits en poudre rangés là-bas. Les compte-gouttes devraient se trouver par ici, je crois…

La pharmacienne força sur ses hanches qui la gênaient et se redressant au maximum prit une boîte posée sur l'étagère la plus haute. De la poussière tomba en même temps.

— Ce sont des articles bon marché en plastique, est-ce que ça fera l'affaire ? Autrefois j'en avais de magnifiques en verre, comme les pipettes qu'on utilise au laboratoire, mais ils ont disparu je ne sais où et je ne les vois plus.

— Oui, ce sera parfait.

— Que faites-vous pour les patchs ? Vous n'en voulez pas aujourd'hui ? rappela-t-elle à son attention.

En réalité venait le moment où il était temps d'en acheter une boîte supplémentaire, mais sa volonté de rentrer au plus vite à la maison l'emporta.

— Non, ce sera pour une autre fois.

Sur ce il la laissa, plaça le compte-gouttes et le lait en poudre dans le panier de devant de sa bicyclette qu'il se dépêcha d'enfourcher. Il ne s'était même pas aperçu que les patchs sur ses tempes qu'il n'avait pas renouvelés depuis la veille étaient complètement secs et n'avaient plus aucune odeur.

L'oiselet à lunettes avec ses ailes ligotées avait l'air un peu ridicule comme si une erreur s'était soudain produite au cours de son développement. Qu'il marche ou qu'il saute, il n'était pas solide sur ses pattes, l'équilibre de la ligne de son corps était rompu, si bien que sa fragilité se remarquait d'autant plus. Mais puisqu'il était manifeste qu'il ne pouvait voler, il suffisait de le laisser à l'intérieur du carton dont il ne pourrait s'échapper. L'oisillon parut enfin comprendre que la couverture était tiède et rassurante. Pendant un moment il avait picoré avec nervosité les coins du carton, mais bientôt, ayant trouvé l'endroit le plus agréable, il s'y blottit. Néanmoins, seuls ses yeux, par méfiance ou curiosité, restaient sur le qui-vive.

Le monsieur aux petits oiseaux posa le carton sur la table et tout en le surveillant, lui prépara à manger. Il écrasa dans le mortier de cuisine des châtaignes dont il avait fait provision pour la mangeoire-plateau, les saupoudra d'une cuiller de lait en poudre, ajouta de l'eau chaude pour le diluer et mélangea le tout. Après avoir déposé une goutte de ce mélange sur le dos de sa main pour vérifier si ce n'était pas trop chaud, il en aspira une petite quantité dans le compte-gouttes.

Donner à manger à l'oiseau à lunettes fut beaucoup plus difficile qu'il ne l'avait pensé au départ. Depuis qu'il avait écrasé les châtaignes et ouvert la boîte de lait en poudre, l'oiselet flairant la nourriture avait commencé à s'agiter, poussant des cris manifestement différents de ceux qu'il poussait jusqu'alors. Pour l'obliger à se dépêcher, il s'énervait, bec grand ouvert, faisant résonner à intervalles réguliers sa voix claire à travers la pièce. Et sa manière de crier faisait en sorte que celui qui l'écoutait ne pouvait absolument pas rester indifférent.

Les préparatifs enfin terminés, le compte-gouttes dans sa main droite, il prit l'oisillon dans la gauche. La faim de celui-ci ayant atteint son paroxysme, il paraissait ne plus pouvoir se maîtriser. Ses pattes qui grattaient sa paume l'irritaient, tandis que sous la bande adhésive les plumes se froissaient et qu'au fond du bec la langue pleine d'avidité s'impatientait, grouillant comme si elle avait sa propre vie.

"Ne nous énervons pas. Ce n'est pas le moment", dit-il, s'adressant à la fois à l'oiseau et à lui-même.

La première becquée, plus grosse qu'il ne le pensait, déborda du bec, et parce qu'il voulut l'avaler avec entrain, l'oiselet s'étouffa et se mit à régurgiter douloureusement. C'est ainsi que toute cette bonne nourriture se retrouva sur la poitrine du monsieur aux petits oiseaux.

"Oh là, ça va ?"

Il se précipita pour lui frotter le dos mais l'oisillon ne s'en souciait pas. Au contraire, il réclama plus fort.

"On n'a pas le temps de traîner, encore, encore !"

La main gauche qui immobilisait le petit corps, le bout de ses doigts qui tenaient le compte-gouttes, l'angle donné à son extrémité : il se concentra sur tous ces détails. Son front transpirait, ses patchs se décollaient de ses tempes. Pour faire couler adroitement la nourriture dans le bec, il lui fallait adapter sa respiration à celle de l'oiselet. Progressivement, il commençait à comprendre comment s'y prendre pour savoir à peu près jusqu'où enfoncer le compte-gouttes et à quel moment entre deux cris il fallait introduire la nourriture afin que l'oisillon puisse l'avaler en douceur et sans gaspillage. Alors qu'il suivait attentivement des yeux le rythme de la respiration du petit animal, il en vint à se sentir d'humeur à avaler le contenu du compte-gouttes, à tel point qu'il en salivait.

Il en répandit plus d'un tiers, mais étant arrivé tant bien que mal à tout lui faire manger, au moment où il posait le compte-gouttes avec soulagement, l'oiseau se cabra et se mit à réclamer furieusement :

"Pourquoi tu t'arrêtes ? Qui a dit que c'était la fin ? C'est pas plutôt le commencement ? Allez, vite ! Dépêche-toi. C'est pas le moment de traîner !"

De la même manière qu'il comprenait les paroles de son frère, il comprenait ce que disait l'oiseau. Les cris arrivaient dans un endroit préparé à l'avance au fond de lui, où comme des paroles ils restaient là, sans aucune contrainte.

Il recommença à préparer de la nourriture. Il n'était pas question pour lui d'en fabriquer beaucoup à la fois. Parce qu'il était écrit dans le livre de son aîné que les oisillons qui recevaient la becquée de leurs parents ne mangeaient pas d'aliments froids.

"J'ai compris. Il y a suffisamment à manger. Ne t'inquiète pas."

Plein de bonne volonté, il essayait de le calmer, mais l'oiseau ne cessait de réclamer jusqu'à ce qu'il introduise l'extrémité du compte-gouttes à l'intérieur de son bec.

L'oiselet réclamait continuellement à manger. Peu à peu, le monsieur aux petits oiseaux commença à avoir peur. Complètement perdu, il se demandait quel gouffre d'obscurité se dissimulait au fond de sa gorge. Malgré ses intentions, sa main gauche s'était vaguement chargée d'un poids qu'elle n'avait pas au départ, et même si le petit ventre rebondi de l'oisillon sortait de la bande adhésive, celui-ci continuait à réclamer. Il était complètement hors de lui. Il continuait à avaler la nourriture en utilisant toutes les forces de son corps. Sa langue ondulait et ses yeux brillaient, sur le qui-vive, prêts à réagir dès qu'il s'arrêtait de lui donner à manger.

Soudain, l'oiseau à lunettes régurgita avec un petit rot. C'était le signe qu'en principe son ventre était plein.

"Eh bien, on dirait que c'est suffisant."

Soulagé que le gouffre d'obscurité ne fût pas sans fond, le monsieur aux petits oiseaux poussa un soupir. Ses mains étaient aussi sales que le corps de l'oiseau. Pour que les microbes ne pénètrent pas dans ses blessures, il le frotta vigoureusement avec une serviette humide, et lorsqu'enfin il le coucha, l'oiselet se soulagea dans son carton avec un plaisir évident.

XII

Il se sentait particulièrement proche de l'oiseau à lunettes le soir au coucher, au moment où il fermait les yeux. Le carton posé dans un coin de la chambre baignait dans la pénombre alors que l'oiselet, le ventre plein, était tombé dans un sommeil profond. Ses yeux et sa langue qui ne cessaient de s'agiter tout au long du jour paraissaient immobiles, et son bec se fermait, tandis que les plumes de sa queue s'orientaient vers le bas. La couverture enveloppait gentiment ses ailes blessées et le carton se dressait vers le haut, le dissimulant au cœur d'un îlot de sécurité.

Et pourtant, le monsieur aux petits oiseaux ressentait pleinement sa présence. Flottaient derrière ses paupières la discrète respiration qui ne ressemblait en rien aux cris de réclamation, son ventre qui se soulevait à intervalles réguliers et la chaleur du petit corps imprégnant la couverture. Les yeux fermés, il distinguait toutes sortes de choses. Il avait même l'impression d'entendre battre son cœur. Celui-ci devait avoir à peu près la taille d'une noix de ginkgo, si bien qu'en le faisant rouler au creux de sa main, il pourrait de façon instinctive le prendre dans sa bouche. Enveloppé dans une membrane gélatineuse, rose et transparente, il palpitait dans un murmure. Ainsi tendait-il l'oreille à ce murmure.

Quelqu'un qui n'était pas lui se trouvait là. Il savourait cette réalité qu'il n'avait plus connue depuis la mort de son aîné. Qu'il n'avait pas ressentie depuis si longtemps. Comparé à celui de son frère, le volume de l'oiseau équivalait à presque rien, si bien qu'il aurait pu aisément l'écraser dans sa main, et non seulement il n'existait pas entre eux de lien de sang, mais le petit animal n'appartenait même pas au genre humain, alors pourquoi pénétrait-il aussi profondément en son cœur? Comme c'était étrange! C'est ce sentiment d'étrangeté qui le conduisait doucement vers un sommeil réparateur.

Selon le diagnostic du vétérinaire, la consolidation des os permettant à l'oiseau de voler à nouveau allait nécessiter un minimum de trois semaines. Du jour au lendemain, la vie du monsieur aux petits oiseaux se mit brusquement à tourner autour de l'oiselet à lunettes. Il lui donnait à manger toutes les quatre heures même la nuit, renouvelait la bande adhésive comme le vétérinaire le lui avait montré, lavait fréquemment la couverture et la faisait soleiller pour la désinfecter. Chaque matin il s'éveillait aux cris de l'oisillon et le soir il s'endormait en même temps que lui.

Ce serait tellement bien si son aîné était encore en vie, pensait-il souvent. Même si son frère avait refusé d'en élever pour lui-même, dans l'urgence il aurait certainement pris soin de l'oiseau à lunettes avec ses gestes inimitables, comme un garde-malade spécialiste des petits oiseaux, unique au monde.

Mais il n'avait pas le temps de se plonger dans le sentimentalisme. Être plus ou moins maladroit que son aîné n'était pas important, et pour l'instant n'existait rien d'autre que ce qu'il devait faire. Avant toute chose, la priorité allait à l'oisillon. Il ne permit pas non plus au mal de tête de faire obstacle : il arrêta simplement de coller des patchs sur ses tempes. Parce que le petit oiseau à lunettes détestait l'odeur de menthol.

Les soins terminés, il ne quittait pas des yeux l'intérieur du carton. À la cuisine il le posait sur la table, sur son bureau quand il lisait, sur la table basse de la salle de séjour quand il écoutait la radio, afin de pouvoir intervenir en cas de besoin.

Dans la mesure où il avait le ventre plein, l'oiselet ne demandait rien d'impossible. Même s'il se trouvait dans une position inconfortable, il ne laissait pas échapper son mécontentement, n'avait pas non plus d'accès de colère. Il marchait avec un nouvel équilibre dont il avait fait l'apprentissage à sa manière, avec son bec sondait chaque repli de la couverture, et lorsqu'il en avait assez se recroquevillait pour se reposer.

De temps à autre pour s'amuser, le monsieur aux petits oiseaux approchait une broche. Celle jaune citron, la première, un souvenir. Méfiant au début, l'oiseau se réfugiait dans un coin, mais cédant aussitôt à la curiosité, il s'approchait, pas à pas, le cou tendu, avant de lui donner de petits coups de bec sur tout le corps, en commençant par la tête et les ailes, allant finalement jusqu'à l'épingle de sûreté au revers.

Il paraissait lui faire des reproches : "Dis donc, toi avec tes ailes déployées, tu es bien effronté !" La broche ne réagissait pas, immuable.

Quand il le regardait ainsi, il ne sentait plus le temps passer. Entre eux il n'y avait ni clôture ni volière.

L'oisillon avait beaucoup plus besoin de sa présence que ceux du jardin d'enfants.

L'oiseau à lunettes chantait sans arrêt. Un chant distinct du cri lancé à perdre haleine pour réclamer sa nourriture : les matinées de beau temps, surtout lorsque ses camarades se regroupaient en grand nombre au jardin, il pépiait comme un oiselet : "Tchi tchi, git git, tchii tchii." Il rivalisait avec la musique qui sortait du poste de radio, ou dans le calme, racontait quelque chose à quelqu'un d'invisible. Son chant se répandait dans tous les coins de la maison. Il insufflait la vie à la chambre de leurs parents qu'il n'avait pratiquement jamais l'occasion d'ouvrir, à la vitrine bourrée de livres de leur père à laquelle il n'osait pas toucher, où la poussière s'était accumulée.

C'était très pénible pour lui de le laisser quand il devait sortir. Lorsqu'il lui fallait, par hygiène, un nouveau compte-gouttes, ou aller chercher de l'argent au bureau de poste, il ne pouvait s'empêcher d'éprouver de l'inquiétude. Il n'aurait pu dire concrètement ce qui le tracassait, mais à la pensée de l'oisillon aux ailes bandées seul à la maison, il ne savait plus à quel saint se vouer. Il pédalait sur sa bicyclette avec l'énergie du désespoir afin de se déplacer en un temps record, expédiait ses affaires et revenait se précipiter à bout de souffle dans l'entrée. Il jetait alors un coup d'œil au carton, où il le retrouvait bien sûr, qui levait vers lui des yeux interrogateurs :

"Que se passe-t-il donc ? Pourquoi te précipites-tu ainsi ?"

"Tout va bien ? Il ne s'est rien passé d'anormal ?"

"Non, rien."

Pour mieux le voir, l'oiseau penchait la tête de droite et de gauche, l'œil aux aguets. Il avait beau avoir une aile blessée et ne plus pouvoir momentanément voler à travers ciel, il n'avait pas perdu cette attitude qui prouvait l'intelligence de l'oiseau.

L'oiseau à lunettes se rétablissait à vue d'œil. Son pas se raffermissait, son corps s'arrondissait, la blessure au sommet de sa tête cicatrisait, peu à peu recouverte par le duvet qui repoussait. L'intervalle entre ses repas augmentait, il n'avait plus besoin de se réveiller la nuit, la quantité de nourriture absorbée chaque fois augmentait. Alors il adapta la composition de sa nourriture, y ajoutant de plus grandes quantités de châtaignes, de poudre de coquilles d'huîtres grillées et de légumes verts, lui donnant même de temps à autre du quatre-quarts imbibé de jus de pomme. Même si l'oiselet paraissait manger avec acharnement, lorsqu'un nouveau goût entrait dans la composition de ses repas, il hésitait, rentrait la langue, paraissant se demander avec prudence s'il se trouvait vraiment en sécurité. Mais dès qu'il avait vérifié qu'il n'y avait rien à craindre, il se lançait. Le quatre-quarts en particulier devint son aliment préféré. Il levait vers le monsieur aux petits oiseaux ses pupilles noires comme s'il lui reprochait de ne pas lui en avoir donné plus tôt, et en réclamait d'autre avec une énergie telle qu'il aurait pu avaler le compte-gouttes en même temps.

"Allons, calme-toi."

"Personne ne va te le prendre."

"C'est bien, c'est parfait, tu es gentil."

"C'est bon?"

Il monologuait sans cesse. Non, il ne s'agissait pas d'un monologue, il s'adressait bien à l'oiseau et en plus, il fut très étonné de s'apercevoir qu'il utilisait inconsciemment le langage pawpaw. Il le comprenait bien sûr, mais jusqu'alors ne l'avait jamais utilisé et, depuis la mort de son frère, n'avait plus l'occasion de l'entendre. Néanmoins, en présence de l'oiseau, ce pawpaw si cher à son cœur sortait tout naturellement de sa bouche. Même s'il ne faisait pas de longues phrases comme son aîné, les mots un à un lui revenaient correctement. Il n'avait rien oublié.

Quand il parlait, l'oiseau se tournait toujours vers l'endroit d'où provenait sa voix. Jamais il ne l'ignorait, ni ne faisait semblant de ne pas l'avoir perçue, ni ne paraissait las de l'entendre. Tout dans l'attitude de l'oiseau disait que dans la mesure où quelqu'un qui donnait de la voix se trouvait là, il avait le devoir de l'écouter.

Pour préparer sa nourriture, le monsieur aux petits oiseaux n'était plus maladroit. Il savait doser par intuition les densité, quantité et température, et dès qu'il posait sa main gauche sur l'oiseau, arrivait aussitôt à le soulever avec une force adaptée et rassurante.

"C'est l'heure de manger."

Manger, ce mot en pawpaw fut le premier retenu par l'oiseau à lunettes. Une musique entraînante pouvait bien s'écouler de la radio, un grand nombre d'oiseaux de passage gazouiller au jardin, il ne manquait pas de percevoir les vibrations attirantes dissimulées dans ce mot. En disant : "C'est l'heure de manger", le monsieur aux petits oiseaux éprouvait un sentiment de fierté comme s'il était un magicien capable d'enchantement. L'oiseau ouvrait alors grand le bec et lui faisait signe en recourbant la langue afin, on ne sait jamais, qu'il ne se trompe pas d'endroit où introduire le compte-gouttes.

"C'est ici. Ici. C'est ici, tu vois bien!"

Après avoir effleuré la bordure du bec avec l'extrémité du compte-gouttes, envoyant ainsi le signal qu'il ne se trompait pas, et suivant sa partie inférieure, il le faisait glisser très légèrement vers le fond. Tout en faisant attention à ne pas blesser l'intérieur si tendre de la bouche, choisissant l'intervalle entre le mouvement de la langue de l'oiseau et son cri, il introduisait la bonne quantité de nourriture en appuyant légèrement avec le pouce et l'index. L'oiseau faisait monter et descendre sa gorge, avalant tout avec application, comme s'il ne voulait pas gaspiller la moindre goutte. La sensation de la nourriture glissant le long du gouffre d'obscurité de la gorge se propageait à sa paume.

L'oiselet ouvrait à nouveau le bec. Il répétait son geste. Bec, langue, extrémité des doigts, paume, ils s'envoyaient des signes et se mettaient d'accord, établissant un flot sans heurts. Nulle part il n'y avait de contrainte, aucune hésitation non plus, l'oiseau paraissant même faire partie de sa paume, ou ses doigts faire partie de l'oiseau.

De temps à autre, ils échangeaient un clin d'œil. Un instant où ils n'avaient même pas besoin de mots en pawpaw s'écoulait entre eux. Malgré le noir profond des yeux entourés de blanc de l'oisillon, il savait bien qu'il s'y reflétait.

L'oiseau à lunettes attendait. Il attendait sans ciller ce que le monsieur aux petits oiseaux lui donnait.

C'était par une matinée tiède, où le temps était presque aussi beau que le jour où il avait secouru l'oiseau. Le soleil matinal éclairait le carton posé près de la baie vitrée de la salle de séjour, les feuillages au jardin brillaient d'une intense couleur verte, et sur la mangeoire-plateau, arrivés d'on ne sait où, une bande d'oiseaux de passage menait grand tapage. Alors qu'il lisait le journal sur le sofa, il se rendit compte soudain que les cris qu'il entendait provenir de l'intérieur du carton étaient légèrement différents de ceux de la veille. Manifestement plus longs qu'un simple pépiement, mais pas vraiment cohérents et encore un peu flous. Au début, il se dit avec inquiétude que peut-être l'oiseau n'allait pas bien, mais le timbre de sa voix, sans se tourner vers l'extérieur pour réclamer quelque chose, était plutôt empreint d'une certaine retenue, comme s'il s'adressait à lui-même. Il replia son journal et jeta un coup d'œil à l'intérieur du carton. L'oiseau, inconscient de sa présence, tourné vers un coin de la boîte, chantait tête baissée, légèrement penchée sur le côté. Derrière la vitre, sans porter attention à ce babil maladroit, les oiseaux de passage volaient en tous sens, à leur fantaisie.

Il s'essaie à gazouiller, à faire la cour avec son chant, se dit-il. Il se demanda alors avec curiosité s'il s'agissait d'un mâle ou d'une femelle, et pourquoi il n'y avait jamais réfléchi jusqu'alors ; c'était un mâle.

Il ouvrit la fenêtre de manière à ce que l'oiseau puisse entendre les gazouillis et que ceux-ci lui servent de modèle. Malheureusement il n'y avait aucun autre oiseau à lunettes sur la mangeoire-plateau : à part un bulbul qui criait d'une voix perçante, il n'y voyait que des moineaux. Et pourtant, l'oiseau cherchant à tout prix à interpréter le chant de ses congénères réfléchissait intensément avec sa petite tête dont la blessure venait de guérir. Le chant qu'il essayait de retrouver se situait-il dans la mémoire inculquée par ses parents avant sa chute sur la sandale ?

à moins qu'il se fût dissimulé quelque part en son corps dès avant sa naissance ? Le monsieur aux petits oiseaux ne savait pas. En tout cas, la seule chose certaine était qu'approchait pour l'oiseau le moment de devoir chanter.

Après un moment d'hésitation, il imita le chant de l'oiseau à lunettes. N'ayant toujours pas vraiment confiance en lui, il contracta sa gorge comme son frère le lui avait appris autrefois, fit vibrer sa langue et souffla à travers ses lèvres en cul-de-poule.

"Tchii tchuru tchii tchurutchi tchirutchi tchiru tchii, tchuru tchitchiru tchitchiru tchuru tchii…"

Aussitôt, l'oiseau leva les yeux vers lui et se rapprocha afin de mieux l'entendre. Il recommença une fois, deux fois, autant de fois qu'il le fallait. L'oiseau essayait de copier son chant en donnant de la voix, mais il détonnait, s'interrompait d'une manière indécise, et cela n'allait pas tout seul. Il le guidait et, se rapprochant de lui, l'encourageait. Quand il n'y arrivait pas, sans renoncer, il recommençait du début, afin de ne pas se perdre dans la mélodie.

"Oui, c'est ça, tu es doué."

Lorsque l'oiseau effectuait un trille un peu long, il le félicitait. Et il lui semblait que réapparaissait la joie éprouvée lorsque son aîné lui disait la même chose quand il lui apprenait les chants d'oiseaux.

"C'est ça. Tu es doué."

Bien sûr, l'oiseau à lunettes comprenait ces mots en pawpaw. Quand il les entendait, il se rengorgeait, et bien campé sur ses pattes, se dressait au maximum pour mieux se faire entendre. C'est ainsi qu'ils passèrent tous les deux la matinée à s'exercer.

Peu à peu, l'oiseau progressait. Non seulement son souffle augmentait, si bien que pendant ce temps-là il pouvait effectuer plus de trilles, mais les différences de modulation se faisaient plus nettes, tandis que le timbre gagnait en brillance. Et pourtant, plusieurs fois encore il y eut des passages maladroits, alors l'oiseau, l'air de dire : "Ah, je me suis trompé!", reprenait aussitôt mine de rien. Quand cela marchait il redressait la tête comme s'il attendait le compliment.

Lorsque le monsieur aux petits oiseaux ne pouvait s'occuper de lui, l'oiseau à lunettes s'efforçait de s'entraîner seul. Il aimait l'écouter alors. Bien sûr, c'était amusant de chanter ensemble, mais dans cet exercice solitaire, il y avait nécessité, pour le professeur, de ne pas s'immiscer, qui s'accompagnait de quelque chose de sacré, apaisant pour celui qui écoutait. Sachant parfaitement que son chant n'en était pas encore arrivé au point où il pouvait être offert à autrui, tout en mémorisant le modèle, l'oiseau gazouillait pour lui-même. Dans un coin de la boîte où ne parvenaient pas de bruits parasites, la tête légèrement plus basse que lorsqu'il s'entraînait avec son professeur, il fixait un point de la paroi de carton.

Pour ne pas le déranger, il l'observait à distance. Il le regardait discrètement, étonné de constater qu'une petite créature qui essayait de percevoir un son intérieur, et pas ceux du monde extérieur, pouvait paraître aussi intelligente.

Pendant qu'ils faisaient tout cela, les os se remettant normalement, vint le jour où il fut possible d'enlever la bande adhésive.

— Pensez-vous qu'il faille le remettre tout de suite en liberté? demanda-t-il au vétérinaire.

— Il est sans doute préférable de laisser le temps à ses ailes de s'habituer, qu'il s'entraîne à voler et qu'il reprenne un peu de forces.

Il savait bien qu'il faudrait tôt ou tard le rendre à la nature, mais en entendant la réponse du vétérinaire, il se sentit soulagé de constater qu'il avait encore un peu de répit avant ce moment-là.

Il se rendit aussitôt au rayon des animaux domestiques d'un grand magasin, où il acheta une cage. Il y avait vraiment un large choix. Il fit le tour pour les regarder une à une et finit par en choisir une en bambou sans ornementations superflues, avec un simple perchoir au milieu. Le hasard voulut que ce fût une cage de la firme Michiru.

"La cage n'enferme pas l'oiseau. Elle lui offre la part de liberté qui lui convient."

En même temps qu'il se rappelait la petite phrase de l'histoire de la firme Michiru, tout lui revint d'un coup : le confort des chaises du coin lecture, la forme des cartes de prêt, le léger bruit du tampon encreur, la voix de la bibliothécaire disant "À rapporter dans quinze jours", et son cœur se mit à battre plus fort. Pour balayer tout cela, la cage dans ses bras, il quitta le grand magasin d'un pas rapide.

La bande adhésive enlevée, en ayant terminé avec le carton, quand il arriva dans la cage, le petit animal eut soudain l'air d'un véritable oiseau. Il retrouva aussitôt sa forme et son équilibre, tandis que battaient ses ailes. Il n'eut pas le temps de s'étonner que la couverture fût remplacée par du bambou qu'il s'étirait déjà et tendait les pattes avec une telle énergie qu'il donnait l'impression de s'apprêter à s'envoler.

"Allons, ne te précipite pas, lui dit-il. Si tu te casses encore un os, il faudra recommencer de zéro."

Mais en regardant mieux, il put constater que les ailes avaient retrouvé leur état d'origine. Elles se déployaient avec aisance d'une manière bien symétrique, au point qu'il était impensable qu'elles aient été immobilisées pendant trois semaines, tandis que la couleur brune des plumes débordait de vitalité.

L'oiseau s'accoutuma tout de suite à sa cage. Il avait l'air d'avoir complètement oublié l'existence du carton et donnait l'impression de l'avoir toujours considérée comme son nid.

"Comme vous voyez, tout va bien."

Aussitôt perché sur le bambou dont il goûtait le confort, l'oiseau fanfaronnait.

Dans le même temps, le sevrage se terminant, l'oiseau commençait à pouvoir manger seul des céréales et du mealworm. Puisqu'un jour ou l'autre il partirait, le monsieur aux petits oiseaux avait décidé de ne plus le toucher. Lorsque par hasard il avait une envie irrépressible de sa tiédeur, il retenait sa main gauche qui se tendait instinctivement vers la cage. À la différence du carton, l'entrée était petite, si bien que sa main restait bloquée à mi-chemin.

Était-ce en relation avec le logement et la nourriture ? depuis que l'oiseau à lunettes s'était retrouvé dans la cage, son chant s'était encore perfectionné. La vitesse des sons qu'il faisait rouler s'était accrue, sa manière d'accentuer la note était merveilleuse et de la douceur s'était ajoutée à sa voix. La maladresse de ses débuts avait complètement disparu.

Ils s'exerçaient ensemble tôt le matin. Certains jours d'autres oiseaux à lunettes venaient se rassembler sur la mangeoire-plateau, mais ils ne se laissaient pas distraire par leurs gazouillis. Leurs deux chants se rapprochaient progressivement, et venait un temps où ils se mêlaient, se fondant en une seule mélodie. Alors, l'oiseau faisait tourner ses yeux pour lui faire signe :

"Là, c'était bien, hein ?"

Il lui répondait d'un hochement de tête. C'était l'instant où des signes secrets s'échangeaient entre eux.

L'"exercice dans la solitude" se teintait lui aussi de passion. Décomposant à sa façon le modèle, l'oiseau vérifiait la hauteur et la longueur de chaque son et inventait toutes sortes de liens entre eux. Il n'était jamais satisfait. Même si son oreille ne discernait pas de problème, pour l'oiseau il y avait manifestement quelque chose qui clochait quelque part, et il répétait le même passage indéfiniment jusqu'à ce que le problème fût résolu. Pour ne pas déranger la solitude de l'oiseau, il restait assis sur le sofa sans allumer la radio, sans lui parler : il retenait même son souffle. Devant l'oiseau, il demeurait immobile, dans une attitude correcte, comme son frère le lui avait appris.

Dans la mesure où il n'avait plus à s'inquiéter de lui donner de la nourriture ou de faire face à un phénomène anormal inattendu au cours de la nuit, le soir venu, il plaçait la cage à l'intérieur de l'armoire vitrée de la salle de séjour. Dès qu'il eut rangé dans le débarras tous les livres de leur père qui y étaient entassés, il y disposa d'un espace parfaitement adapté à la cage.

"À partir d'aujourd'hui, tu vas t'entraîner à dormir seul."

Était-il désorienté par ce nouvel endroit ? l'oiseau, remuant la tête, regardait autour de lui dans l'armoire vitrée.

"Tu n'as pas à t'inquiéter. Je suis sûr que tu dormiras mieux ainsi."

Après avoir inspecté tous les recoins, l'oiseau, perché au milieu de la cage, écoutait tête penchée chaque mot qu'il prononçait en pawpaw.

"Bonne nuit."

Tout en murmurant son mot préféré, le monsieur aux petits oiseaux referma la porte de l'armoire vitrée. Il resta devant un petit moment en se demandant si l'oiseau à lunettes, effrayé, n'allait pas s'agiter, mais tout était calme derrière la vitre.

"Tchii tchuru tchii tchuru tchitchiru tchitchiru tchii, tchuru tchitchiru tchitchiru tchuru tchii…"

Le lendemain matin, il sortit la cage, et peu après l'avoir posée près de la fenêtre éclairée par le soleil matinal, il entendit l'oiseau chanter une phrase entière, du début jusqu'à la fin. Le timbre, la phrase et le rythme étaient nettement différents de la veille.

— Eh !

Il se retourna involontairement en poussant un cri de surprise, et l'air de dire : "Je peux le refaire autant de fois que vous voulez", l'oiseau fit résonner à nouveau dans toute la pièce le chant qu'il venait de parachever. Le monsieur aux petits oiseaux s'approcha de la fenêtre et tendit les mains pour envelopper la cage dans ses bras. Comme s'il serrait l'oiseau sur son cœur.

Sans se faire remarquer, voici qu'il était devenu un véritable oiseau. Un oiseau qui n'avait plus besoin de carton ni de compte-gouttes, capable de voler librement à travers ciel et de transformer son gazouillis en chant d'amour.

Le chant limpide se poursuivait à l'infini, avec une transparence presque irréelle, sans pour autant manquer de relief. Et sa douceur effleurait gentiment les tympans. Les particules de son jaillissaient soudain du bec dans toutes les directions, se poursuivant vers les lointains d'une manière inattendue, roulant en cascades, et leur résonance n'avait pas disparu que déjà d'autres particules suivaient. Les résonances qui se chevauchaient s'exprimaient d'une manière encore plus fine, source d'harmonies que personne n'aurait pu noter sur une partition.

Incrédule, il observait la petite tête de l'oiseau en se demandant si ce chant merveilleux sortait du bec qu'il avait connu tout poisseux de nourriture. L'oiseau, sans se laisser distraire par des pensées parasites, utilisait la totalité de son corps uniquement pour chanter. Bien campé sur ses pattes, plumes caudales frémissantes, il faisait vibrer sa gorge. Était-ce l'excitation ? le blanc de l'anneau qui entourait ses yeux en paraissait même plus frais. Il avait l'impression de voir les mouvements complexes de la langue au fond du bec. Certainement que ne gardant plus trace de l'innocence qu'elle avait en avalant de la nourriture, elle décrivait maintenant des courbes aussi mystérieuses que si elle avait été ensorcelée.

"Tchii tchuru…" commença-t-il pour l'accompagner, mais il se tut aussitôt. C'était lui sans aucun doute qui avait guidé l'oiseau vers un chant d'amour, mais maintenant celui-ci chantait complètement différemment de son modèle. Il s'en était écarté, y avait introduit des nuances personnelles, faisant l'apprentissage de la technique consistant à lier l'un à l'autre les passages sonores. S'il pouvait lui aussi chanter de cette manière, quel bonheur ce serait, pensait le monsieur aux petits oiseaux, mais il pouvait toujours le vouloir, il était incapable de le reproduire, car ce chant était attribué à cet oiseau à lunettes et à lui seul.

L'oiseau poursuivait ses trilles au rythme de son souffle. Par-delà la fenêtre, les autres oiseaux à lunettes s'en donnaient à cœur joie, mais aucun n'égalait celui qui se trouvait dans la cage. Seul le chant de celui qui se tenait face à lui arrivait à son oreille.

"Ne te force pas", fut-il sur le point de murmurer, même s'il souhaitait écouter ses trilles le plus longtemps possible.

Quelque part en son cœur il se demandait jusqu'où l'oiseau irait s'il le laissait chanter son content : son corps finirait peut-être par éclater en mille morceaux ? Il avait peur, alors. La beauté de ce chant le laissait pétrifié de peur. Mais l'oiseau, lui, ne craignait rien.

Se pliant à nouveau à la loi de son frère aîné, le monsieur aux petits oiseaux restait immobile, l'oreille tendue. Il ne comprenait qu'une chose : le moment de la séparation approchait.

XIII

— C'est un chanteur à faire perdre la tête !

Quand un homme apparut qui, sans salutations ni préambule, lui dit cela, comme d'habitude, ayant largement ouvert la baie vitrée, il faisait prendre à l'oiseau le soleil du début de l'après-midi.

— C'est un oiseau à lunettes de l'année, n'est-ce pas. Il est encore très jeune. Il vient tout juste de quitter le nid ?

Se frayant rapidement un passage entre les arbres qui poussaient en liberté, l'homme traversait le jardin, arrivant vers lui.

— J'étais tellement séduit par cette belle voix, que je n'ai pu m'empêcher de venir vous déranger. J'ai appuyé sur la sonnette, mais on dirait qu'elle est cassée… ajouta-t-il comme pour se justifier, en jetant un coup d'œil à la mangeoire-plateau près des ruines de l'annexe.

— À qui ai-je l'honneur ?

— Parce que moi aussi j'élève des oiseaux à lunettes, alors, continuait l'homme, toujours sans se présenter.

Le ton de sa voix disait bien qu'à ses yeux il n'y avait rien de plus important que cet oiseau.

— Je l'ai remarqué il y a quelques jours en passant par ici pour mon travail. J'ai une aciérie, et de temps en temps je viens par ici pour affaires. Mais dites donc, il chantait pour un public, hein ? Je l'ai su tout de suite, que c'était ici. N'est-ce pas une habitation où l'on a une prédilection pour les oiseaux ? Il paraît qu'on vous appelle le monsieur aux petits oiseaux, c'est bien ça ? Les gens du quartier le disent, en tout cas.

Il y avait longtemps qu'il ne s'était pas entendu appeler ainsi, et sur le moment, il fut sur ses gardes, mais l'homme depuis le début paraissait ne s'intéresser qu'à l'oiseau à lunettes. S'approchant sans aucune discrétion, l'homme s'accroupit pour jeter un coup d'œil à la cage. Il portait une tenue de travail grise usagée qui s'était faite à son corps, une casquette de même couleur et de solides chaussures de chantier. Dans sa poche de poitrine était glissée une paire de gants de coton tricoté, son pantalon était taché de graisse de machine, et même s'il paraissait un peu plus jeune que lui, des fils blancs se remarquaient dans les cheveux qui dépassaient de sa casquette. Sur sa tenue de travail était cousu un écusson au nom d'une société, mais c'était trop petit, le monsieur aux petits oiseaux ne pouvait pas le déchiffrer.

— Les autres sont où ?

Ne comprenant pas très bien sa question et ne sachant quoi répondre, il demanda :

— Comment ?

— Vous n'avez que celui-ci ?

— Eeh…

— C'est surprenant, pouvoir élever à ce point un chanteur isolé. Moi, en vingt-cinq ans, j'en ai élevé plus de cinq cents et je n'en ai pas rencontré plus de deux ou trois à peu près de ce niveau-là, vous savez.

— Mais je n'en élève pas. Je me suis seulement porté à son secours alors qu'il était blessé, lui répondit-il, et l'homme eut une expression de surprise avant de regarder à nouveau la cage avec encore plus d'intérêt.

— Eeh, vraiment? Vous l'avez eu par hasard? Alors, sa blessure, elle est guérie?

— Oui, pratiquement.

L'oiseau à lunettes, s'étant aperçu qu'on parlait de lui, paradait d'un bout à l'autre du perchoir, où après s'être échauffé la gorge avec de petits cris, il se lança dans un chant triomphant. En un clin d'œil sa voix les enveloppa, déborda du jardin, et portée par le vent s'en alla vers les lointains.

— Qu'en dites-vous, n'est-il pas magnifique? s'exclama l'homme, fanfaronnant comme si l'oiseau lui appartenait. Élégant, doux, joyeux et libre!

Il ne pouvait accueillir sans arrière-pensée les compliments de cet homme, et sans comprendre pourquoi, il avait du vague à l'âme. Il trouvait dommage de chanter ainsi de toutes ses forces pour un parfait inconnu et s'adressait en son cœur à l'oiseau à lunettes, lui murmurant que ça suffisait, qu'il pouvait s'arrêter là.

— Tenez, maintenant, l'expression a changé, et la mélodie n'est plus tout à fait la même. Il s'amuse à augmenter les variations. C'est extraordinaire!

L'homme avait beaucoup de mots pour qualifier le chant de l'oiseau. Mais s'il paraissait s'extasier, il y avait dans ses yeux un éclair qui observait l'oiseau avec froideur. À l'opposé de la voix de l'oiseau à lunettes, celle de l'homme était grasseyante, rauque, et son haleine sentait le tabac. Il avait des mains rugueuses qui ne convenaient pas pour s'occuper de petits oiseaux, et des envies sur ses doigts égratignés un peu partout.

— Cela ne fait aucun doute, il s'agit d'un surdoué comme on n'en voit qu'un par décennie. Moi qui en ai élevé cinq cents, je peux vous le garantir.

— Vous croyez? Tous les oiseaux à lunettes chantent bien, lui fit-il remarquer.

— Pour un monsieur aux petits oiseaux, vous êtes un amateur, permettez-moi de vous le dire.

L'homme accompagna sa réflexion d'un rire forcé.

— Il y a autant de peu doués qu'on en veut. Qui ne peuvent chanter que d'une façon monotone avec un filet de voix, et en plus cette voix est peu intéressante. Vous entendez bien la différence, quand même!

— Je ne me suis jamais posé la question de savoir s'il était doué ou pas.

— Dans n'importe quel univers, il y a des recalés et des surdoués. Il y a aussi des génies. Alors après tout, autant écouter le chant des génies. N'est-ce pas?

Tourné vers la cage, l'homme attendait confirmation. En réponse, l'oiseau à lunettes se remit à chanter.

— Un oiseau aussi petit, capable de mettre toute son énergie dans un son que même un instrument de musique fabriqué par l'homme ne peut fournir. En devenant son maître on peut en avoir l'exclusivité.

— Vous élevez des oiseaux à lunettes? questionnat-il.

— Bah, hein, répondit l'homme après avoir attendu une interruption du chant.

— On a le droit d'en élever alors que c'est un oiseau de passage?

— Vous posez des questions bien stupides.

Mettant les pieds sur la marche où l'oiseau était tombé, l'homme s'assit à côté de la cage sans même demander l'autorisation.

— Moi je chéris les oiseaux à lunettes. Les oiseaux à lunettes chantent pour moi. Il n'y a pas d'inconvénient à cela, vous voyez.

C'est mieux si la cage est un peu plus petite ; si on lui fait manger du lézard coupé en morceaux, sa voix gagne en brillance ; c'est important de limiter les exercices afin qu'il ne s'abîme pas la voix à trop chanter ; il vaut mieux faire attention car il arrive parfois que des gens d'associations de protection des oiseaux mis au courant viennent se plaindre ; pendant que l'homme bavardait d'un air entendu sur des choses diverses, le monsieur aux petits oiseaux n'intervint pas. En pleine forme, l'oiseau à lunettes, manifestement excité, battait des ailes et sautillait, tandis qu'il lui parlait à nouveau en son cœur : "Arrête, tu n'es pas obligé de te répandre en amabilités."

— Au fait... commença l'homme après avoir rajusté sa casquette, en passant la main sur son visage mal rasé, toujours sans le regarder. Ne pourriez-vous pas me confier ce petit ?

— Confier ? répéta-t-il, surpris par cette demande.

— Bien sûr, je suis prêt à vous dédommager

— Il n'est pas question pour moi de le confier, je ne vais pas tarder à lui rendre la liberté. Quand il aura repris suffisamment de forces.

— Puisque vous le relâchez, ça revient au même, non ? Si vous me laissez faire, je peux encore améliorer sa voix.

— Pour quoi faire ?

— Qu'y a-t-il de mal à chérir la beauté ?

L'homme à la casquette approcha encore plus sa tête de la cage et, glissant le bout des doigts entre les bambous, fit claquer sa langue pour attirer l'oiseau. Sans crainte, celui-ci, de bonne humeur, chanta encore plus fort, ne restant toujours pas un seul instant en place.

— Je suis sûr que toi tu peux devenir le champion de la réunion de chant.

Se rendait-il compte qu'il ne s'agissait pas des doigts du monsieur aux petits oiseaux ? l'oiseau à lunettes picorait les articulations abîmées des doigts de l'homme.

— Je vous en donne cinq pour cent de plus que le marché.

— Ce n'est pas une question d'argent…

— Vous changerez d'avis quand vous prendrez conscience de la valeur de son chant.

— Bien sûr que je connais sa valeur. Tout enfant, j'écoutais déjà le chant des oiseaux en compagnie de mon frère aîné.

— Hmm.

L'homme eut un hochement de tête et après un instant de réflexion, continua :

— Alors, dimanche prochain, venez donc avec moi à la réunion de chant. Je suis sûr que ça vous plaira. Après vous pourrez prendre la décision de me céder ou pas votre oiseau à lunettes.

— C'est quoi, cette réunion de chant ?

— Exactement ce que disent les mots. C'est un endroit où on se réunit pour écouter le chant des oiseaux, vous voyez.

— Aah…

— Il n'y a pas à réfléchir des heures. C'est simple : des gens qui aiment les oiseaux se rassemblent. En réalité, on n'accepte pas les visites impromptues, mais avec moi, vous n'aurez aucun problème. Parce que je suis vice-président du conseil d'administration.

Il se demandait, plongé dans la confusion, pourquoi il se trouvait soudain embarqué dans un tel déroulement des choses. En tout cas, pour le moment, il lui fallait se débarrasser au plus vite de l'intrus s'ils voulaient se retrouver seuls tous les deux, l'oiseau à lunettes et lui.

— Puisque c'est son chant qui nous a rapprochés, pourquoi ne pas prendre un peu de bon temps ensemble, hein? Parce que, quoi qu'on en dise, vous êtes bien le monsieur aux petits oiseaux, n'est-ce pas. Alors, ce dimanche qui vient, vous êtes libre?

Poussé dans ses retranchements, n'ayant pas l'énergie de refuser catégoriquement, il acquiesça faiblement.

— Tant mieux. Bon, alors je passerai vous chercher le matin à sept heures. Ah, zut! Il va falloir que je retourne à mes livraisons, moi. Je vous ai dérangé, hein. Je suis content à l'idée de vous retrouver dimanche, vous savez.

L'homme s'en alla précipitamment. Sa silhouette ayant disparu derrière les arbres, après avoir entendu s'éloigner un bruit de moteur, le monsieur aux petits oiseaux rentra la cage à l'intérieur de la maison.

"Mais qui c'était?"

L'oiseau à lunettes le regardait d'un air interrogateur.

Le dimanche, le temps était plutôt frisquet pour une fin de printemps, avec du vent et des nuages. L'homme arriva à l'heure dite, au volant d'un véhicule utilitaire.

— C'est mieux s'il fait un meilleur temps, mais bon, on n'y peut rien. Allez, ne vous gênez pas, montez. C'est un peu en désordre, mais n'y faites pas attention.

Vêtu de la même tenue de travail avec la même casquette grise que lors de leur première rencontre, l'homme était encore plus volubile.

— Vous savez que vous avez de la chance, vous alors. C'est la dernière réunion de chant de la saison. Si on rate celle-ci, il faut attendre jusqu'en décembre. Chacun apporte les oiseaux à lunettes dont il est le plus fier, et on vient de loin, vous savez. C'est qu'aujourd'hui le prix remis en espèces est élevé, alors hein.

Pendant que l'homme à la casquette parlait, il fit ses dernières recommandations à l'oiseau à lunettes qui devait garder la maison en restant bien sage, et sans même penser à emporter quoi que ce soit, bras ballants et bouche bée, il prit place dans la voiture.

Ils traversèrent le pont, passèrent devant l'ancienne résidence, et longèrent le fleuve vers l'amont. La voiture avait pas mal d'années derrière elle, la conduite était brusque, et elle produisait sans cesse quelque part des bruits désagréables à l'oreille qui formaient une véritable cacophonie. La largeur du fleuve s'amenuisait peu à peu tandis qu'ils approchaient des montagnes et qu'un paysage inconnu commençait à s'étendre alentour. Le monsieur aux petits oiseaux se demandait encore avec curiosité pourquoi il roulait en cet endroit dans le véhicule d'un homme qu'il connaissait à peine. Pourquoi n'avait-il pas été capable de refuser de l'accompagner ? maintenant que c'était trop tard, il le regrettait.

La seule chose réconfortante pour lui était que cet homme, malgré sa suffisance, parlait des oiseaux à lunettes. Quel genre d'exercice leur faire exécuter pour augmenter leur capacité respiratoire afin qu'ils puissent effectuer de longs trilles ; quels étaient les points essentiels permettant de distinguer les oiseaux qui en public étaient forts de ceux qui ne s'épanouissaient pas ; pourquoi une belle voix innée n'arrivait pas à se perfectionner pour arriver au gazouillis idéal ; pourquoi le meilleur chanteur dont il avait entendu parler autrefois n'avait finalement jamais réussi à devenir un champion, etc. De sa bouche sortait tout un tas d'histoires à leur sujet.

C'était la première fois qu'il rencontrait un personnage aussi passionné par les oiseaux, à part son frère. Bien sûr le lien qui les unissait à ces petites créatures était entièrement différent, mais il était certain que cet homme les aimait à sa façon.

Soudain, ayant senti entre les vibrations du moteur brinquebalant une présence derrière lui, il se retourna brusquement. Se trouvait là un gros chargement qui allait jusqu'au toit du véhicule, recouvert de vieux chiffons noirs. Il en soulevait un bord machinalement lorsque d'une voix forte à laquelle il ne s'attendait pas, l'homme à la casquette s'écria :

— N'y touchez pas !

Si bien qu'il le lâcha précipitamment.

— Si on ne barre pas la route à la lumière ils chantent inutilement, et quand ils doivent chanter, leur voix est fatiguée.

— Excusez-moi.

— En arrivant sur place, on les échauffera progressivement. La mise au point est délicate, vous savez.

— Tout ce chargement, c'est des oiseaux à lunettes ?

— Oui. Il y en a seize.

Puisqu'ils se rendaient à une réunion de chant, c'était normal de transporter des oiseaux à lunettes, mais surpris par leur tranquillité malgré leur nombre, le monsieur aux petits oiseaux ne quittait pas des yeux le chargement. Les cages semblaient empilées l'une sur l'autre comme des blocs qui tout en gardant l'équilibre tenaient merveilleusement bien ensemble dans cet espace restreint.

— Ils peuvent rester si calmes ?

— Oui, il suffit de les mettre chacun dans une petite cage réservée au déplacement pour qu'ils restent tranquilles, vous savez. Bah, ça fait aussi partie de l'entraînement.

Ensuite l'homme à la casquette se mit à lui parler du plaisir qu'il y avait quand le signal pour faire chanter l'oiseau était perçu au bon moment, et que les sentiments de l'homme et de l'oiseau à lunettes se superposaient exactement. L'homme n'en finissait pas de poursuivre son récit, glissant insensiblement vers le registre des fanfaronnades concernant les champions qu'il avait entraînés dans le passé. Pendant ce temps-là, les seize oiseaux à lunettes, sans faire le moindre bruit, retenaient leur souffle sous leurs chiffons noirs.

Ils avaient roulé environ quarante minutes lorsque la voiture, quittant la route qui longeait la rivière, emprunta un chemin de campagne, passa sous un pont d'autoroute, gravit une petite colline couverte de taillis et s'arrêta à mi-pente. Là s'étendait un terrain vague plus vaste qu'on aurait pu le penser. Alentour étaient entassés en vrac conduites métalliques, filins d'acier et madriers, ce qui faisait penser à un dépôt de matériaux de construction, mais tout cela, délavé par la pluie, ne paraissait pas bien entretenu et il régnait sur l'endroit une atmosphère de délabrement.

Mais ce qui attira le plus son regard fut le nombre de véhicules garés un peu partout et la quarantaine de personnes qui préparaient avec ardeur la réunion de chant. Ils alignaient des cages sur le sol, s'asseyaient sur des chaises pliantes, et si certains vérifiaient l'état de chaque oiseau, d'autres les nourrissaient à la seringue, tandis que d'autres encore, portant un sifflet à leur bouche, en vérifiaient le bon fonctionnement. Dans un coin à l'est du terrain vague se dressait un chapiteau où des organisateurs, semblait-il, traçaient la grille du tournoi sur une grande feuille de papier, alignaient les prix à offrir aux vainqueurs, plaisantaient, fumaient. Il n'y avait que des hommes.

Les oiseaux à lunettes se trouvaient à l'intérieur de petites cages en bambou individuelles où ils pouvaient à peine déployer leurs ailes. Soulagés que leur long déplacement fût terminé, certains pépiaient avec joie, mais il y avait aussi des groupes dont on n'avait pas encore enlevé les chiffons noirs, qui continuaient à garder le silence. En tout cas, l'endroit débordait d'oiseaux à lunettes. On pouvait regarder dans toutes les cages, il n'y avait partout que des oiseaux à lunettes, oiseaux à lunettes, oiseaux à lunettes.

L'homme à la casquette décida de s'installer à l'ombre d'un chêne, où avec les gestes d'un habitué il sortit les cages de la voiture et alla les posa dans un endroit déterminé avec le matériel qui lui était nécessaire. Chacun de ses gestes était tellement efficace qu'il resta là, bras ballants à le regarder, incapable de l'aider. Intriguées, plusieurs personnes vinrent lui adresser familièrement la parole, et lorsque quelqu'un lui jetait un regard méfiant, l'homme à la casquette intervenait aussitôt en disant :

— C'est une de mes relations. Un éleveur d'oiseaux à lunettes.

Chaque fois, ne sachant quelle attitude adopter, le monsieur aux petits oiseaux détournait le regard en baissant la tête.

Au fur et à mesure que le nombre de gens rassemblés augmentait, la densité des oiseaux à lunettes s'élevait. Pour une raison inconnue, tous les participants étaient des hommes de même apparence et de même âge, vêtus d'à peu près les mêmes vêtements fatigués. Le soleil était toujours aussi faible et le ciel voilé de brume, tandis que le vent agitait les branches du chêne. L'homme à l'approche de l'ouverture du tournoi semblait entrer dans une subtile mise au point, et tout en relevant nerveusement un coin du vieux tissu qu'il remettait aussitôt en place, donnait à boire aux oiseaux. Pendant ce temps-là il continuait à parler des performances de ses oiseaux qui cette année-là n'étaient pas extraordinaires, analysant les raisons de cette faiblesse, et du choc qu'il avait éprouvé lorsque celui sur lequel il comptait le plus était mort de maladie. Le monsieur aux petits oiseaux, de plus en plus désœuvré, commençait à se lasser de tout, et même de devoir acquiescer à intervalles réguliers. Le brouhaha des hommes alentour tourbillonnait au gré du vent. Alors que tant d'oiseaux à lunettes se trouvaient tout près, non seulement il n'avait pas le cœur joyeux, mais au contraire se sentait tellement oppressé qu'il en avait du mal à respirer. De plus, ses maux de tête, dont il n'avait pas souffert depuis longtemps, recommençaient. Lui qui, en compagnie de son frère, procédait toujours à des préparatifs rigoureux lors de leurs voyages imaginaires, regrettait de ne pas avoir emporté ses précieux médicaments et ses patchs mentholés.

Bientôt commença la réunion de chant.

— Bon, je prends celui-ci.

Après bien des hésitations, l'homme à la casquette, ayant repéré celui qui lui paraissait en meilleure forme parmi les seize oiseaux à lunettes, prit sa cage et se dirigea vers le centre du terrain.

La réunion de chant fut complètement différente de ce que le monsieur aux petits oiseaux avait imaginé. Nulle part il n'y avait cette atmosphère sereine qui règne quand on se divertit à écouter les oiseaux chanter, c'était beaucoup plus tendu et il n'y avait pas de pardon. Les participants s'excitaient, et perdant toute prudence, mettaient à nu leur agressivité. En un clin d'œil, le centre du terrain se transforma en un monde clôturé par leur souffle qui faisait obstacle aux bruits extérieurs, dont il se retrouva exclu et sans possibilité de fuite.

Au centre du terrain, à distance raisonnable, étaient plantés deux piquets. Au sommet desquels étaient accrochées, recouvertes de leur chiffon noir, les cages des oiseaux à lunettes qui allaient s'affronter. Leurs éleveurs se campaient à côté des pieux, un arbitre se tenait au milieu, un compteur à la main, entouré des autres participants faisant cercle. Au signal de l'arbitre, les éleveurs arrachaient le chiffon qu'ils glissaient prestement dans leur ceinture, en même temps qu'ils commençaient à souffler dans le sifflet accroché à leur cou. Ce sifflet qui imitait la roulade de la femelle, trompant l'oiseau à lunettes, l'obligeait à chanter. Gagnait celui qui au bout d'un chant continu exécutait cinq trilles. Les combats se déroulaient ainsi l'un après l'autre, dans l'ordre établi par la grille du tournoi.

Le monsieur aux petits oiseaux s'approcha craintivement du cercle, et debout à l'extérieur, observa ce qui se passait. Dans certains cas la victoire se décidait presque trop simplement, dans d'autres, la conclusion tardait à venir, et il n'arrivait pas à faire la différence entre celui qui gagnait et celui qui perdait. D'ailleurs il n'avait pas envie de le savoir. L'arbitre levait le doigt ou le repliait pour donner le résultat, mais il lui était impossible de déchiffrer ces signes. Il comprenait seulement que les oiseaux à lunettes chantaient de toutes leurs forces.

Quand on enlevait le chiffon, l'oiseau, surpris, l'œil aux aguets, se redressait et regardait le ciel. Le geste qu'avait l'éleveur en enlevant le chiffon était inutilement exagéré. À peine voyait-on le bas se soulever et tracer une courbe dans l'espace que l'instant suivant il retombait mollement, pris dans la ceinture. L'éleveur ne se contentait pas de rester debout bien droit à souffler distraitement dans son sifflet de bambou. Il utilisait subtilement sa langue pour que la mélodie du sifflet ressemble le plus possible au chant de la femelle et, les jambes bien d'aplomb, tapait sur le sol en cadence à petits coups saccadés. Était-ce dans l'intention d'imiter sa posture ? À chaque coup de rein le chiffon qui suivait le mouvement virevoltait. Aux yeux du monsieur aux petits oiseaux, cela prenait l'apparence d'une danse étrange.

Mais au coup de sifflet, l'oiseau à lunettes innocent tendait l'oreille dissimulée au creux du duvet, penchait la tête pour essayer de localiser la femelle qui lui faisait ainsi des avances et se mettait à chanter selon un rite immuable qui montait de l'intérieur de son corps d'une manière irrépressible. Le chant de la femelle pouvait bien appartenir au domaine de la contrefaçon et l'arbitre avoir un compteur à la main, sans s'en soucier, son bec dressé vers le ciel, il faisait de son mieux en chantant de sa plus belle voix. Le gazouillis débordait de l'espace restreint de la cage et montait vers des hauteurs lointaines que n'atteignaient pas les mains qui arbitraient ou portaient un sifflet à la bouche, où même s'il n'était plus audible, devenu cristal transparent, il continuait à flotter éternellement à travers ciel.

Le monsieur aux petits oiseaux connaissait bien ce chant. Ce gazouillis qu'il aimait tant, qu'il avait écouté et essayé d'imiter en compagnie de son aîné.

Pendant ce temps-là, le combat continuait, sur la grille du tournoi s'étiraient régulièrement des lignes au feutre rouge, tandis que le nom de l'éleveur vaincu était marqué d'une croix. Dès que l'on avait décidé de la victoire, comme s'ils poursuivaient un mouvement de danse, les deux adversaires se redressaient légèrement, reprenaient le chiffon accroché à leur ceinture, et après l'avoir fait virevolter à nouveau, en recouvraient la cage dans une belle envolée comme pour montrer qu'il ne s'agissait pas de les laisser chanter inutilement. La danse du vainqueur était plus légère. Le vaincu avait un brusque claquement de langue, envoyait un coup de pied brutal au sol, certains crachaient même une insulte, cherchant à déclencher la bagarre. Leurs cris de colère et les gazouillis des oiseaux ne se mélangeaient jamais.

Enfin arriva le tour de l'homme à la casquette. Son adversaire était un doyen plein de dignité, au ventre rebondi. Il marchait en traînant légèrement la jambe gauche, ce qui ajoutait à sa présence intimidante. Ils paraissaient à égalité. L'homme à la casquette, sourcils froncés, soufflait dans son sifflet de façons variées, se montrant câlin ou prodiguant des encouragements, pendant que le doyen marquait le pas légèrement au regard de sa corpulence, en balançant sur un rythme personnel son ventre qui ressortait au-dessus de la ceinture et le chiffon qui y était accroché. Les nuages étaient plus lourds qu'au matin, le soleil avait disparu, et le vent faisait claquer la toile du chapiteau. À cause de cela, peut-être, les oiseaux tardaient à chanter. Ils voletaient vaguement dans leur cage, et à peine pensait-on qu'ils allaient se mettre à chanter qu'aussitôt ils refermaient le bec, peu sûrs d'eux.

La transpiration montait au visage de l'homme dont la casquette menaçait de tomber, tandis qu'aux pieds du doyen la trace de la semelle de la jambe qu'il traînait dessinait un motif désordonné. Les spectateurs avaient croisé les bras, l'arbitre chaque fois qu'il faisait signe laissait échapper un cri rauque. Combien de tours le compteur indiquait-il? Qui avait l'avantage? le monsieur aux petits oiseaux l'ignorait, essayant de toutes ses forces de s'empêcher de leur crier que s'ils n'avaient pas envie de chanter, ils n'y étaient pas obligés. Son mal à la tête augmentait peu à peu. La douleur s'enfonçait de plus en plus à l'intérieur de son crâne, y déployait son réseau qui infiltrait son cerveau et le ligotait. Il essaya plusieurs fois de faire pression sur ses tempes, mais sans succès : la douleur ne lui laissait pas de répit.

Ne pouvant en supporter davantage, il s'éloigna du cercle et marcha sans but en bordure du terrain vague. Les oiseaux à lunettes dont ce n'était pas le tour s'agitaient dans leur cage. Ils pouvaient bien être enfermés à l'étroit, le cercle blanc qui entourait leurs yeux se détachait avec netteté, formant un cercle absolument parfait. Certains avaient un nom inscrit sur une petite plaque de bois accrochée à la cage.

Tchoro, Jakku, Pitchu, Tomu, Choku... Les noms à moitié effacés sur les plaquettes aux coins élimés et maculées de crottes étaient difficiles à déchiffrer. Faisaient-ils cela pour oublier qu'ils avaient été éliminés de bonne heure? Plusieurs participants assis en rond buvaient de la bière. À côté d'eux, quelqu'un qui avait semble-t-il accédé à la deuxième manche nettoyait son sifflet en bambou plein de salive.

La bataille de l'homme et du doyen ne paraissait pas vouloir se terminer. Il voyait entre les spectateurs la casquette grise de travers et le ventre rebondi qui tremblait. De temps à autre résonnait un chant magnifique, alors s'élevait un murmure qui retombait graduellement dans l'attente du chant suivant.

"Ce n'est pas la peine de chanter, il n'y a personne ici à qui dédier vos chants."

Le monsieur aux petits oiseaux avait fermé les yeux et appuyé son front au tronc de l'arbre : c'était légèrement plus frais, ce qui lui permit d'oublier un instant la douleur. Derrière ses paupières se détachait la silhouette de l'oiseau à lunettes qu'il avait laissé à la maison. Pelotonné au milieu du perchoir, il l'attendait sans doute, l'oreille aux aguets.

"Vous pouvez chanter magnifiquement, personne ne vous répondra."

Aucun des participants ne l'entendait parler ni même ne remarquait la silhouette de ce vieil homme qu'on appelait le monsieur aux petits oiseaux.

"Celle que vous cherchez n'est pas ici, malheureusement."

Ainsi s'adressait-il aux oiseaux à lunettes derrière ses paupières. Puis il ouvrit les yeux, s'approcha des cages que l'homme à la casquette avait entassées sur le sol, en ouvrit les portes une à une. Une rafale de vent souffla, la poussière s'éleva, et dans le même temps il y eut un coup de sifflet encore plus strident, mais rien de tout cela ne parvint aux oreilles du monsieur aux petits oiseaux. Les oiseaux à lunettes, ne se rendant pas compte au début que les portes étaient ouvertes, avaient l'air de se demander ce qui se passait, et même après avoir posé leurs pattes sur le seuil, regardaient prudemment autour d'eux.

"Allez, vous pouvez sortir."

Il avait ouvert en grand toutes les portes. Bientôt, le plus courageux s'envola, et comme à un signal, les autres s'envolèrent à la suite. Au début, justement, ils agitaient leurs ailes maladroitement, mais retrouvant aussitôt le rythme, après avoir décrit un tour au-dessus de la tête du vieil homme, certains s'égayèrent entre les branches du chêne, tandis que d'autres se dirigeaient vers un endroit encore plus lointain du ciel. Après avoir constaté que les ailes du dernier oiseau avaient disparu dans l'ombre des nuages, le monsieur aux petits oiseaux se mit à courir pour fuir cet endroit.

Quelqu'un se rendit-il compte qu'il se passait quelque chose d'anormal ? ou était-ce l'agitation des spectateurs passionnés par le combat ? Il entendait du bruit derrière lui, tout en courant de toutes ses forces. En cours de route, quand il passait devant des amoncellements de cages inconnues, il en ouvrait toutes les portes, et sans prendre le temps de vérifier si les oiseaux à lunettes prenaient bien leur envol, se remettait aussitôt à courir. Il eut l'impression d'entendre des bruits de pas qui le poursuivaient, mais il n'avait d'autre solution que de poursuivre sa course effrénée. En descendant la colline, il tomba plusieurs fois, s'écorchant les mains, se cognant les genoux, mais il n'eut pas du tout mal, seule sa tête l'élançait.

Quand il arriva enfin au pied du pont de l'auto-route, il se retourna, et au-delà des champs aperçut la colline isolée au milieu des taillis. Sans se soucier du déroulement de cette réunion où des hommes se battaient avec l'énergie du désespoir, il s'allongea, jouissant tranquillement de la végétation. Il se redressa, appuya son dos à la pile en béton du pont, et toussa en essayant de reprendre son souffle. Comme pour lui dire au revoir, dans le ciel au-dessus de la colline, de petits points dessinaient une courbe. Il n'avait aucun moyen de savoir s'il s'agissait de la nuée d'oiseaux à lunettes qu'il avait libérés.

Il demanda dans une maison en bordure de route à faire venir un taxi, changea pour un autobus circulaire et quand enfin il arriva chez lui, il était déjà tard dans l'après-midi. Le petit oiseau à lunettes attendait sagement près de la baie vitrée.

"Où êtes-vous allé en me laissant tout seul ? J'étais mort d'inquiétude, vous savez", lui dit-il d'un air de reproche, à moins qu'il n'eût éprouvé du soulagement en découvrant son visage, et voletant tout autour de sa cage, il soulevait des plumes.

Le monsieur aux petits oiseaux s'assit à côté de lui, but un verre d'eau d'une seule traite et caressa la cage. Le sang de ses blessures sur ses paumes avait séché, dans les creux du sable s'était collé. En relevant les manches de sa chemise, il vit les ecchymoses sur ses coudes, tandis que son pantalon était taché aux genoux.

"C'était terrible, tu sais", murmura-t-il.

Il lui semblait que les battements de son cœur tardaient à s'apaiser. La douleur pulsait dans sa tête au même rythme.

"Mais je m'en moque."

Le vent avait cessé, les nuages s'en étaient allés, remplacés par une lumière pâle qui éclairait vaguement les ruines de l'annexe. Pourrissante, celle-ci changeait de forme peu à peu, sous les plantes grimpantes entrelacées, ayant offert refuge à de nouvelles graines et s'étant couverte de mousses qui la faisaient ressembler à une créature vivante. Selon l'angle sous lequel on la regardait, sa silhouette offrait quelque ressemblance avec le dos de leur père en train de lire. Les arbres avec leurs nombreux bourgeons d'un vert vif se dressaient en hauteur et étiraient librement leurs branches qui protégeaient ce petit îlot du monde extérieur. Sur la mangeoire-plateau, qu'il n'avait pas eu le temps de nettoyer ce matin-là, étaient éparpillées des épluchures de pommes que deux bulbuls s'amusaient du bout de leur bec à faire rouler.

"Piiyo, piiyo."

De temps à autre, stridents et résolus, des cris aigus traversaient en ligne droite la lumière. Il avait l'impression de voir leur trace ressortir dans le ciel.

Il se trouvait seul avec les oiseaux. Derrière lui il y avait la photographie de leur mère et les broches que son frère avait fabriquées, et devant lui il y avait les ruines de l'annexe. C'était tout.

Il n'en finissait pas de contempler le jardin en compagnie de l'oiseau à lunettes. La scène de la réunion de chant s'était déjà éloignée, indistincte, se transformant presque en illusion. Puisqu'il s'agissait d'une illusion, il n'avait pas à craindre que l'homme à la casquette vînt lui crier dessus.

Le soleil déclinait peu à peu. Il ne s'était pas rendu compte que les bulbuls étaient partis, que les peaux de pommes, complètement desséchées, avaient perdu toute couleur, et que la moitié des ruines de l'annexe était en train de se couvrir d'ombre.

"Tchii tchuru tchii tchuru tchitchiru tchitchiru-tchii, tchuru tchitchiru tchurutchiii…"

Sans le moindre signe avant-coureur, l'oiseau à lunettes s'était mis à chanter. Ses pupilles dans leur cercle blanc le regardaient fixement.

"Tu n'es pas obligé de chanter pour moi ni pour quelqu'un d'autre, tu sais", lui chuchota-t-il après avoir approché son visage de la cage.

"Demain matin tu quitteras cet endroit. Tu te lanceras à travers ciel."

En tendant l'oreille, il crut percevoir la voix de son frère. Cette voix enveloppa doucement la douleur de sa tête. Dans la mesure où l'oiseau chantait près de lui, il n'avait pas besoin d'entendre de mots superflus. Seule la langue pawpaw l'accompagnait.

Le soleil couchant remplissait le jardin. La tombée du jour n'allait pas tarder. Voulant à nouveau entendre la voix de son aîné, la cage serrée sur son cœur il s'allongea.

"Je crois que je suis un peu las…"

L'oiseau à lunettes sauta de son perchoir afin de se rapprocher de lui.

"Je vais dormir un peu… J'ai besoin de repos…"

L'oiseau à lunettes se remit à chanter. Il chanta uniquement pour lui.

"Garde-le… précieusement… ce chant si beau…"

Ayant dit cela, le monsieur aux petits oiseaux tomba dans un sommeil dont il ne se réveilla plus. Dans ses bras, l'oiseau à lunettes n'en finissait pas de gazouiller.

DU MÊME AUTEUR CHEZ ACTES SUD

LA PISCINE, 1995.

LES ABEILLES, 1995.

LA GROSSESSE, 1997.

LA PISCINE / LES ABEILLES / LA GROSSESSE, Babel n° 351, 1998.

LE RÉFECTOIRE UN SOIR ET UNE PISCINE SOUS LA PLUIE suivi de *UN THÉ QUI NE REFROIDIT PAS*, 1998 ; Babel n° 833.

L'ANNULAIRE, 1999 ; Babel n° 442.

HÔTEL IRIS, 2000 ; Babel n° 531.

PARFUM DE GLACE, 2002 ; Babel n° 643.

UNE PARFAITE CHAMBRE DE MALADE suivi de *LA DÉSAGRÉGATION DU PAPILLON*, 2003 ; Babel n° 704.

LE MUSÉE DU SILENCE, 2003 ; Babel n° 680.

LA PETITE PIÈCE HEXAGONALE, 2004 ; Babel n° 800.

TRISTES REVANCHES, 2004 ; Babel n° 919.

AMOURS EN MARGE, 2005 ; Babel n° 946.

LA FORMULE PRÉFÉRÉE DU PROFESSEUR, coéd. Leméac, 2005 ; Babel n° 860.

LA BÉNÉDICTION INATTENDUE, 2007 ; Babel, n° 1100.

LES PAUPIÈRES, 2007 ; Babel n° 982.

LA MARCHE DE MINA, 2008 ; Babel n° 1044.

LA MER, coéd. Leméac, 2009 ; Babel n° 1215.

ŒUVRES, tome I, coll. "Thesaurus", 2009.

CRISTALLISATION SECRÈTE, coéd. Leméac, 2009 ; Babel n° 1165.

LES TENDRES PLAINTES, 2010 ; Babel n° 1268.

MANUSCRIT ZÉRO, 2011.

LES LECTURES DES OTAGES, coéd. Leméac, 2012.

LE PETIT JOUEUR D'ÉCHECS, coéd. Leméac, 2013.

ŒUVRES, tome II, coll. "Thesaurus", 2014.

OUVRAGE RÉALISÉ
PAR L'ATELIER GRAPHIQUE ACTES SUD
ACHEVÉ D'IMPRIMER
SUR ROTO-PAGE
EN AOÛT 2014
PAR L'IMPRIMERIE FLOCH
À MAYENNE
POUR LE COMPTE DES ÉDITIONS
ACTES SUD
LE MÉJAN
PLACE NINA-BERBEROVA
13200 ARLES

DÉPÔT LÉGAL
1ʳᵉ ÉDITION : SEPTEMBRE 2014
Nº impr. : 87241
(Imprimé en France)